© 2015 서진강

오

뭇

1947년 서울에서 태어나_____학 문예창작
과를 졸업했다. 1968년_____에 「완구점 여
인」이 당선되어 등단했_____게임」으로 이상
문학상을, 1982년 「_____학상을 수상한 이
래 동서문학상, 오_____학상 등 주요 문학
상을 수상했다. 2_____번역 출간된 장편소설
『새』로 독일 리베라투르 상을_____는데, 이는 해외에서 한
국인이 문학상을 받은 최초의 사례로서 한국 문학의 해외 진
출사에서 매우 뜻깊은 사건으로 평가받는다. 저서로 소설집
『불의 강』『유년의 뜰』『바람의 넋』『불꽃놀이』, 짧은소설집
『돼지꿈』『가을 여자』, 장편소설『새』, 동화집『송이야, 문을
열면 아침이란다』를 비롯해『내 마음의 무늬』등 다수의 수
필집이 있다.

불꽃놀이

.

오정희 컬렉션 | 소설집

불꽃놀이

초   판   1쇄 발행   1995년 9월 30일
초   판   5쇄 발행   2011년 7월 14일
개 정 판   1쇄 발행   2017년 12월 15일
개 정 판   4쇄 발행   2023년 6월 12일

지 은 이   오정희
펴 낸 이   이광호
펴 낸 곳   ㈜문학과지성사
등록번호   제1993-000098호
주   소   04034 서울 마포구 잔다리로7길 18(서교동 377-20)
전   화   02)338-7224
팩   스   02)323-4180(편집)   02)338-7221(영업)
전자우편   moonji@moonji.com
홈페이지   www.moonji.com

© 오정희, 1995, 2017. Printed in Seoul, Korea.

ISBN 978-89-320-3063-0 04810
        978-89-320-3059-3 (세트)

이 도서의 국립중앙도서관 출판예정도서목록(CIP)은 서지정보유통지원시스템 홈페이지
(http://seoji.nl.go.kr)와 국가자료공동목록시스템(http://www.nl.go.kr/kolisnet)에서
이용하실 수 있습니다. (CIP제어번호: CIP2017032127)

이 제작물은 아모레퍼시픽의 아리따글꼴을 사용하여 디자인되었습니다.

불꽃놀이

소설집 오정희 컬렉션

문학과지성사

차례

옛우물

마흔다섯 살이 된 생일 아침, 나는 여느 날과 마찬가지로 여섯 시에 맞춘 탁상시계 소리에 눈을 떴다. 겨울 지나면서 해는 발돋움질하듯 조금씩 길어지고 매일매일 한 겹씩 엷어지는 어둠 속에 섬세하게 깃들인 새벽빛, 친숙하고 익숙한 습관과 사물들 사이에서 잠을 깨었다. 여기저기, 가장 적합하다고 여겨진 자리에 의심 없이 놓인 전기밥솥, 가스레인지, 프라이팬과 낡고 늙어 부쩍 모터 소리가 요란해진 냉장고들 가운데서 움직이며 나는, 태어났을 때 사십오 년 후의 이러한 내 모습을 결코 상상하지 않았으리라는 생각을 잠깐 해본 것이 다르다면 다른 일이었을 것이다. 그해 이른 봄 오늘과 별로 다를 것 없는 어느 날 나는 스물세 살부터 십 년에 걸쳐 해 거름으로 아이낳이를 한 서른세 살의, 아마 그녀로서는 마지막 출산이기를 바랐을 여자의 자궁에서 벗어나 시간의 그물에 걸려들었다.

어머니는 그 뒤로도 십 년 가까이 아이를 낳았다. 내가 여덟 살이 되었을 때 낳은 사내아이를 끝으로 자궁은 말린 오얏처럼 쭈그러들었다.

내가 태어난 날임을 상기시키는 아무런 특별함은 없다. 그해 봄날 바람이 불었는지 비가 내렸는지 맑았는지 흐렸는지, 이제는 층계를 오르는 일조차 잊어버린 치매 상태의 노모에게 묻는 것은 의미 없는 일이리라. 다산의 축복을 받은 농경민의 마지막 후예인 그녀에게 아이를 낳는 것은, 밤송이가 벌어 저절로 알밤이 툭 떨어지는 것, 봉숭아 여문 씨들이 바람에 화르르 흐트러지는 것처럼 자연스럽고 범상한 일이었을 것이다.

나는 막냇동생이 태어나던 때를 기억하고 있다. 깨끗한 바가지에 쌀을 담고 그 위에 마른미역을 한 잎 걸쳐 안방 시렁에 얹어 삼신에게 바친 다음 할머니는 또다시 깨끗한 짚을 한 다발 안방으로 들여갔다. 사람도 짐승처럼 짚북데기 깔갯짚에서 아기를 낳나? 누구에게도 물을 수 없었던 마음속의 의문에 안방 쪽으로 가는 눈길이 자꾸 은밀하고 유심해졌다.

할머니는 아궁이가 미어지게 나무를 처넣어 부엌의 무쇠솥에 물을 끓였다. 저녁 내내 어둡고 웅숭깊은 부엌에는 설설 물 끓는 소리와 더운 김이 가득 서렸다. 특별히 누군가 말해준 적은 없지만 아이들은 무언가 분주하고 소란스럽고 조심스러운 쉬쉬함으로 어머니가 아기를 낳으려 한다는 눈치를 채게 마련이다.

할머니는 언니에게, 해 지기 전에 옛우물에서 물을 길어와 독을 채워놓으라고 말했다. 머리카락 빠뜨리지 마라. 쓸데없이 수다 떨다 침 떨구지 마라. 부정 탄다. 할머니는 엄하게 덧붙였다. 열다섯 살 큰언니는 물 뜨러 다니는 것을 부끄러워해서 물 길러 갈 때마다 입을 한 발이나 내밀었지만 불평 없이 물초롱을 찾아 들고 나는 두레박을 챙겨 따라 나섰다. 정자나무 지나 먼 옛우물까지 가는 동안 언니는 한 번도 입을 열지 않았다. 물을 떠오면 할머니는 검불이나 먼지가 떴는지 살핀 뒤 먼저 흰 사발에 담아 장독대로 돌아갔다. 다음에는 부뚜막의 조왕각시 사발에 채웠다. 아버지는 보이지 않았다. 마실이나 갔다 오게. 아이야 여자가 낳는 거지. 할머니가 손사래를 쳐서 내보냈다. 남자야 아이를 만드는 데나 소용 있는 거지 하는 뜻이었을 게다.

우리들은 불길이 잘 들지 않아 써늘한 윗방에 모여 재미도 없는 놀이에 열중하는 체하지만 귀는 온통 어머니의 신음이 새어나오는 안방에 쏠려 있었다. 실뜨기도 공깃돌 놀이도 재미없었다. 우리들이 모이면 으레 아웅다웅 벌이는 싸움질도 하지 않았다. 이슬이 비친다거나 양수가 터졌다거나 문이 덜 열렸다거나 아아직 멀었다, 하는 할머니의 목소리에 섞여 아이고 어머니 아이고 어머니, 고통에 찬 외침이 들릴 때마다 언니는 어깨를 움찔움찔 떨고 조그만 얼굴이 굳어지며 말했다. 난 시집 안 가. 아이를 안 낳을 거야. 나는 작은오빠에게 머리를 쥐어박히고 훌쩍훌쩍 울었다. 정옥이의 엄마, 염쟁이 마누라가 아기를 낳다가 아기와 함께 죽었다는 말을 했기 때문이었다. 밤 깊도록 불 켜진 안방의 수런거림과 산고의 신음에 불안하게 귀 기울이다가 옷을 입은 채로 가로세로 쓰러져 잠이 들었지만 아침 일찍 저절로 눈이 떠졌다. 햇살이 퍼지지 않았는데도 문창호지가 밤새 눈 내린 아침처럼 환했다. 한바탕 큰일이 지나간 것처럼 평온함이 감돌았다. 기름이 뜬 미역국과 흰밥으로 차려진 밥상을 보며 우리가 잠든 사이 어머니가 아기를 낳았다는 것을 알았다. 안방에 건너가면 윗목에 한 아름 꿍쳐 있는 수상쩍은 피빨래와 짚 더미. 아기는 우리가 차례로 입었던 배냇저고리를 우리가 막 벗어난, 혹은 지나온 작은 생처럼 물려 입고 밤을 지새운 고통, 피와 땀과 젖 냄새가 비릿하고 후덥덥하게 뒤섞인 공기를 마시며 잠들어 있었다.

할머니는 뒤란으로 돌아가 피 묻은 짚과 태를 태웠다. 우리가 떠나온 세계는 시커먼 연기와 검댕이로 피어올라 할머니가 장독대에 떠놓은 정화수 흰 대접, 옛날의 우물물에 날아 앉고 그렇게 우리는 영원한 암호, 비밀일 수밖에 없는 한 세계와 결별한다.

마당은 어느새 깨끗이 쓸려 있고 아버지는 새끼를 꼬아 숯과 고추를 끼워 대문에 금줄을 쳤다. 우리들은 싸리비 자국이 선명한, 아직 아무도 밟지 않은 마당에 작은 발자국을 만들며 학교로 갔다. 길에서 만나는 아이들에게마다 비밀 얘기하듯 소곤소곤 말했다. 우리 엄마가 아기를 낳았어. 동생이 생겼어. 사내아기야.

거기에는, 새 아기가 태어난 풍경에는 밝음과 고즈넉함, 슬픔 같은 것이 어려 있다. 우리는 누구나 가엾은 한 여자의 가랑이에서 피투성이가 되어 태어난다. 그리고 익히 알고 있는 길을 걸어가듯 생애 속으로 한 걸음씩 옮겨놓는다. 삶에 대한 상상력이란 대개의 경우 지나치게 황당하거나 안일하다. 묘지에 갔을 때 사람의 생애란 묘비에 적힌 생몰 연대 이상이라거나 그 이상이 아니라는 상반된 느낌들이 동시에 고개를 들지만 간단한 생몰 연대에 비해 그의 생애와 업적을 적은 비문은 구차한 변명이나 췌사로 보여질 수도 있으리라.

한 사람의 생애에 있어서 사십오 년이란 무엇일까. 그것은 부자도 가난뱅이도 될 수 있고 대통령도 마술사도 될 수 있는 시간일뿐더러 이미 죽어서 물과 불과 먼지와 바람으로 흩어져 산하에 분분히 내리기에도 충분한 시간이다.

나는 창세기 이래 진화의 표본을 찾아 적도 밑 일천 킬로미터의 바다를 건너 갈라파고스 제도로 갈 수도, 아프리카에 가서 사랑의 의술을 펼칠 수도 있었으리라. 무인도의 로빈슨 크루소도, 광야에서 외치는 선지자도 될 수 있었으리라. 피는 꽃과 지는 잎의 섭리를 노래하는 근사한 한 권의 책을 쓸 수도 있었을 테고 맨발로 춤추는 풀밭의 무희도 될 수 있었으리라. 질량 불변의 법칙과 영혼의 문제, 환생과 윤회에 대한 책을 쓸 수도 있었을 것이다. 납과 쇠를 금으로 만드는 연금술사도 될 수 있었고 밤하늘의 별을 보고 나의 가야 할 바를 알았을는지도 모른다.

그러나 나는 지금 작은 지방 도시에서, 만성적인 편두통과 임신 중의 변비로 인한 치질에 시달리는 중년의 주부로 살아가고 있다. 유행하는 시와 에세이를 읽고 티브이의 뉴스를 보고 보수적인 것과 진보적인 것으로 알려진 두 가지의 일간지를 동시에 구독해 읽는 것을 세상을 보는 창구로 삼고 있다. 한 달에 한 번 아들의 학교 자모회에 참석하고 일주일에 두 번 장을 보고 똑같은 거리와 골목을 지나 일주일에 한 번 쑥탕에 가고 매주 목요일 재활센터에서 지체부자유자들의 물리치료를 돕는 자원봉사의 일을 하고 있다. 잦은 일은 아니지만 이름난 악단이나 연주자의 순회 공연이 있을 때면 남편과 함께 성장을 하고 밤 외출을 하기도 한다.

갈라파고스를 떠올린 것도 엊그제, 벌써 한 주일 이상이나 화재가 계속되어 희귀 생물의 희생이 걱정된다는 티브이 뉴스에 비친 광경이 의식의 표면에 남긴 잔상 같은 것일 테고 더 먼저는 아들이, 자신이 사용하는 물건들에 붙여놓은, '도도'라는 단어에서 비롯된 것일 수도 있다. 도도가 무엇인가를 묻자 아들은 사백 년 전에 사라진, 나는 기능을 잃어 멸종된 새라고 말했었다. 누구나 젊은 한 시절 자신을 전설 속의, 멸종된 종으로 여기지 않겠는가. 관습과 제도 속으로 들어가야 하는 두려움과 항거를 그렇게 나타내지 않겠는가.

우리 삶의 풍속은 그만큼 빈약한 상상력에 기대어 부박하다.

14

삶이 도태시킨 가능성에 대해 별반 아쉬움도 없이 잠깐 생각해 본 것은 새로 보태어진 나이테에 잠깐 발이 걸렸다는 뜻일 게 다. 그러나 나는 이제 혼례에나 장례에 꼭 같은 한 가지 옷으로 각각 알맞은 역할을 연출할 줄 알고 내 손으로 질서 지워주는 일들에 자부심을 갖고 있다. 마늘과 생강이 어우러져 내는 맛을 알고 행주와 걸레의 질서를 사랑하지만 종종 무질서 속으로 피신하는 것도 한 방법이라는 것을 알고 있다.

남편과 아들이 서둘러 아침 식사를 하고 각각 일터와 학교로 간 뒤 화장실 청소를 하려다가 나는 픽 웃었다.

깔끔한 성격의 남편은 그답지 않게 자주 변기의 물을 내리는 일을 잊는다. 나는 한 번도 그 점을 지적한 적이 없다. 비교적 성공한 봉급 생활자인, 이제 머리가 벗어지기 시작하고 몸이 붇기 시작하는 장년의, 일자리나 술자리, 잠자리에서까지 능숙하고 세련된 그에게 어린 날을 떠올리게 하는 것은 거의 없다. 내게서 어린 날의 심한 허기와 도벽, 노란 거품을 게워내던 횟배 앓이의 흔적을 찾을 수 없는 것처럼. 그러나 나는 사타구니에 손을 넣고 모로 누워 웅크리고 자는 그의 모습을 볼 때, 채 물 내리는 것을 잊은 변기 속의, 천진하게 제 모양을 지니고 물에 잠겨 있는 똥을 볼 때 커다란, 늙어가는 그의 속에 변치 않은 모습으로 씨앗처럼 깊이 들어 있는 작은 그를, 똥을 누고 나서 자신이 눈 똥을 신기하고 이상해하는 눈길로 물끄러미 바라보는 어린아이, 유년기의 가난의 흔적을 본다.

남편의 선배 중에 경상도 시골에서 과수원을 하는 사람이 있었다. 남편과 내가 찾아갔을 때, 그와 그의 아내는 똥과 풀을 섞어 두엄자리를 만들고 있었다. 그의 아내가 냄새 풍기는 것이 미안했던지 내게 말했다. 똥이 썩을 때의 빛깔은 얼마나 형형색색으로 예쁜지 몰라요. 사람들이 제가 눈 똥을 보지 않게 되면서부터 본질을 잃어가는 게 아닌가 싶다고 나는 대꾸했었다. 그들 부부는 오래전 통일 이전의 독일 유학생으로 각각 독일 문학과 교육학의 박사과정을 마쳐갈 즈음 모종의 사건에 연루되어 소환되었다. 재판을 받고 일 년간 복역한 후 풀려났지만 남편의 선배는 원거리 공포증이라는 이상한 병을 얻었다. 자신이 있는 곳으로부터 이 킬로미터 반경을 벗어나면 심장이 뛰고 불안해서 안절부절못한다는 것이었다. 고향인 시골로 돌아왔을 때도 한동안 검은 수건으로 눈을 가리고 자신이 이제부터 살아가야 할 생활 반경을 익혀야 했었노라고 했다. 버스 터미널까지 자동차를 운전해서 우리를 데려다준 것도 그의 아내였다. 방랑이 꿈이었는데 인생이 참 아이로니컬하지요. 자랑스러운 영농 후계자로 뽑혔다는 그는 사과꽃이 만발한 과수원에서 우리와 작별하며 헛헛하게 웃었다.

집 안을 치우고 나니 한결 호젓하고 조용한 것 같다. 주전자에 물을 채워 불에 얹고 나는 부엌 벽에 걸린 전화기의 송수화기를 떼어 들었다. 지역 번호를 누른 뒤 빠르고 센 힘으로 번호판을 꾹꾹 눌렀다. 아득한 공간 속으로 신호음이 울렸다. 열 번,

열다섯 번, 스무 번. 송수화기를 제자리에 걸고 나는 더운물을 부은 찻잔을 천천히 휘저었다.

시는 강을 경계로 해서 남과 북으로 갈리고 농사를 짓는 북쪽과 소비 지역인 남쪽의 생활권을 이어주는 다릿목께에 상설 야채 시장이 선다. 남편과 아들이 녹즙을 마시기 시작하면서부터 나는 값도 비교적 싸고 무엇보다 싱싱하다는 이유로 이 시장을 자주 이용해왔다.

이른 아침 시장에 나오면 이슬 맺힌 채로의, 아직 가지런히 땅에 뿌리내리고 있는 듯한 연상을 불러일으키는 채소들, 푸른 잎과 구근 들을 만난다. 그것들은 내게, 해 뜰 무렵 이슬에 발목 적시며 푸른 식물들 사이에 서 있는 듯한 만족감을 주기도 했다. 내 손으로 가꿀 수 있는 작은 밭이 있었으면 좋겠다는 생각을 해보는 것도 그때였다. 대부분 햇빛과 바람, 비에 의한 것이 아닌, 알맞은 온도와 습도, 빛을 인위적으로 조절한 비닐하우스에서 재배한 것이라는 것을, 시든 푸성귀에 흠뻑 물을 뿌려 푸릇푸릇 살아나게 하여 갓 뽑은 것 같은 속임수를 쓰기도 한다는 것을 알게 된 뒤에도 그랬다.

신선초와 케일, 컴프리 따위로 채워진 커다란 비닐 주머니를 양손에 무겁게 들고 시장을 벗어나며 나는 잠깐, 여름이 오기 전에 운전면허를 따야 하지 않겠는가를 생각했다. 진작 운전을 시작한 이웃 사람들이나 친구들로부터 운전을 하면 생활 형태와 감각이 달라진다는, 얼마나 기능적이고 자유스러워지는가 하는 얘기를 듣고 있는 터였다. 그러나 운전에 대한 생각은 다 릿목에 이르러 지워져버렸다.

차들이 꼼짝 않고 늘어서 있었다. 다리가 끝나는 곳에 시가지로 진입하는 세 갈래 길이 부챗살처럼 뻗어 있어 병목 현상을 일으켜 평소 교통 체증이 심한 곳이긴 해도 이처럼 끝 간 데 없이 차들이 뒤엉켜 움직이지 않는 것은 드문 일이었다.

파마머리를 봉두난발로 불불이 세우고 두터운 겨울 코트를 입은 한 여자가 입에 불붙이지 않은 담배를 서너 개비 한꺼번에 물고 길 가운데 서서 두 팔을 내두르며 교통정리를 하고 있었다. 길 가던 사람들이 피식피식 웃어대고 자동차들은 신경질적으로 경적을 울려대었다. 나는 그때 늘어선 차 중에서 낯익은 감청색 승용차를 보았다. 남편의 차였다. 뒷좌석과 옆에 동승한 남자들이 있었다. 다리 건너 횟집에서 점심 식사를 하고 오는 길이리라 짐작되었다. 은행의 부장직에 있는 남편으로서는 고객과의 식사 자리도 중요한 업무일 것이었다. 핸들에 손을 얹고 있는 남편의, 그의 동승자들에게는 보이지 않을 얼굴은 피곤하고 권태로운 표정을 담고 있었다. 뒷자리의 남자들은 창을 내리고 고개를 빼어 그 여자를 보며 웃고 있었다.

나는 나 자신도 모르게 조금 남편의 시야에서 비껴 섰다. 남편은 나를 보지 못한 것 같았다. 똑바로 앞만 바라보고 있었다. 아침에 입고 나간 그대로의 차림인데도 집 밖에서 보는 남편은 낯설었다. 나는 순간적인 내 태도와 감정에 당황했다. 내가 조금 더 그를 바라보았거나 아주 작은 소리로라도 불렀다면 그는 알아차렸을 만큼 가까운 거리였다.

미친 여자의 교통정리는 상습적인 것인 듯 그녀는 경찰에게 어깨를 잡혀 순순히 끌려가며 물방개 떼처럼 까맣게 밀린 차들을 향해 손을 흔들어주는 여유까지 보였다. 차들이 움직이기 시작하고 감청색 승용차도 그 속에 섞여 들어 어느 결에 시야에서 사라졌다. 그 차가 안 보일 때까지 눈으로 좇다가 나는 천천히 걸음을 떼어놓았다.

몇 대의 버스를 보내고도 나는 그 자리에 우두커니 서 있었다. 버스비로 꺼내 쥔 몇 낱의 동전에 축축이 땀이 찼다. 버스를 타기에는 짐이 무겁다고 속으로 말했다. 아직 세 시, 집에 들어가서 서둘러 해야 할 일은 없다고, 저녁밥을 지을 때까지는 아직 시간이 많이 남아 있노라고 왠지 변명하는 기분으로 말했다. 신호등이 파란불로 바뀌어도 건널 염이 없이, 비스듬히 맞바라다 보이는 건물을 바라보고 서서 뜨거운 커피를 한잔 마시고 싶다고 목쉰 소리로 조그맣게 말해보았다. 택시는 쉽게 잡히지 않았다. 어쩌다 빈 택시가 지나가기도 했지만 미처 손을 들기 전에 지나가버렸다. 반대 방향으로 가는 빈 택시는 자주 눈에 띄었다. 조금 돌더라도 건너가서 타는 게 낫겠다고 작정을 하고 길을 건넜다. 택시 정류장의 표지판을 찾아 망설이듯 느릿느릿 걷다가 옛날로부터 홀연히 나타난, 낯익은 찻집의 문 앞에서 문득 멈춰 섰다.

문득,이라고 말하는 것은 옳지 않다. 나는 집으로부터 이곳
까지의 먼 길이 여러 해에 걸친 우회라는 것을 부인할 수 없다.
찻집의 유리창에 바짝 붙어서서 뚫고 들어갈 듯 이마를 대었
다. 오래전 내가 앉았던 자리, 강이 맞바로 내다보이는 창가의
탁자 위에 담뱃갑과 반쯤 마시다 만 찻잔, 몇 개의 열쇠가 매달
려 있는 열쇠고리가 무심히 놓여 있었다. 그리고 재떨이에 걸쳐
진 담배에서 피어오르는 연기. 의자는 비어 있었다. 유리 밖의
내 모습이 유령처럼 그 물상 위로 비비적대며 어른거렸다. 나는
훅 숨을 들이마시며 눈을 부릅떴다. 그것은 텅 빈 공허, 사라짐
의 공포였을까. 그곳은 사과가 떨어져도 "툭 하는 소리가"* 나
지 않는 저편의 세계. 내가 때때로 송수화기를 통해 듣게 되는,
어둠의 심부로 한없이 빨려가 사라지는 신호음. 이제는 영원히
과거 시제로 말해질 수밖에 없는 비인칭 명제. 그러나 나로서는
간신히 온 힘을 다해 '그'라고 부르는.

연인들이 저물도록 강물을 바라보다가 돌아가는 찻집이었
다. 내가 무거운 나무문을 밀자 그것은 '여러 해 만에' 비로소
삐익 녹슨 소리를 내며 열렸다. 한낮인 탓에 찻집 안은 손님이
하나도 없이 조용했다. 그 언젠가와 꼭 같았다. 연극 무대에서
흔히 사용하는 방법, 추억을 상기시키는 하나의 장치처럼 모든

* 박목월의 시 중에서

것이 그대로였다. 상앗빛 와이셔츠에 커프스가 단정한 주인 남자가 이제는 수염을 기르고 있는 것만이 달랐을 뿐이다. 모든 것이 그대로인 채 조금씩 낡아가고 가라앉아가고 있었다. 나는 제일 안쪽 자리를 잡고 앉았다. 찻잔이 놓인 탁자가 마주 보이는 자리였다. 그 자리에 앉았었을 남자는 카운터 옆의 공중전화 박스에서 이켠에 등을 보이고 서서 전화를 걸고 있었다. 유리 칸막이가 되어 있어 말소리는 들리지 않았다.

완연한 봄이군요. 가죽 덮개 씌운 메뉴 책을 가져온 주인 남자의 말에 여러 해 전의 내가, 스스로에게도 이상하게 들리는 낮고 쉰 목소리로 '블루마운틴' 커피를 주문했다. 그와 함께였다면 찻집 남자는 그때처럼, 강물빛이 좋지요라고 말했을 것이다. 정말 그렇군요라고 그가 대답하면 찻집 남자는 이 고장에는 봄가을이 없어요. 봄인가 하면 여름이 되고 가을이 오면 곧 눈이 내리지요라고 덧붙일 것이다. 찻집 남자는 그가 혼잡한 대도시에서 왔음을 알아챈 것이다. 이 고장 사람에게라면 강물빛이 좋군요 따위의 말은 하지 않았을 것이다. 그것은 스쳐 지나가는, 잠시 머물다 영원히 떠나가는 나그네를 향한 말이다. 담배한 대를 피울 동안, 차 한 잔을 마실 동안, 한 컵의 맥주를 마실 동안만 내 눈빛에 머무는.

재떨이에 걸쳐놓은 담배는 더 이상 푸르스름한 연기를 피워 올리지 않고 위태롭게 구부러진 흰 재가 어느 순간 소리 없이 무너졌다.

나는 그가 내 어깨 너머로 바라보던 강과 강물 위에 떠 있는, 갈대숲 우거진 작은 섬을 바라보았다.

　반백의 남자가 전화박스에서 나와 자리에 털썩 주저앉았다. 담배를 물고 불을 붙였다. 찻집 남자가 커피를 가져왔다. 진하고 뜨거운 커피 냄새가 가라앉은 공기 속을 섬세하게 떨며 실핏줄처럼 퍼져가는 것을 느꼈다. 그 향기를 감지했던가, 맞은편 탁자의 남자가 고개를 들어 이켠을 바라보았고 잠깐 허공에서 시선이 맞부딪쳤다. 어딘가 몽롱하고 불안해하는 눈빛이었다. 나는 찻잔에 설탕과 크림을 넣어 천천히 휘저으며 그에게서 눈을 떼지 않았다. 나는 찻집 주인이 손수 뽑아내는 커피 맛이 일품이라는 것을 알고 있었고 또한 그가 남색가라는 것을 알고 있었다. 이 작은 도시에서는 무엇이든 감추어지는 것이 없었다. 아직 늙지 않은 그의, 가짜로 만들어 붙인 듯 풍성한 턱수염 따위는 허세에 지나지 않을 따름인 것이다.

　베토벤의 석고 데드마스크는 옛날처럼 벽 위 높직이 그 자리에 붙어 있었다. 나는 마주 앉은 그에게, 중학교 미술 시간에 석고로 마스크 뜨던 얘기를 했을 것이다. 콧구멍을 막고 눈을 꼭 감고 되게 갠 석고 반죽을 얼굴에 바를 때의, 세상이 사라지듯 어둡고 차가워지던 느낌을, 아마 죽음이 그럴 거라고 말했을 것이다. 오직 내 어깨 너머로 아득히 가 있는 그의 눈길을 잡으려는 필사적인 노력으로 더듬거리며 감히 죽음을 말했을 것이다.

　담배를 다 피우고 난 남자는 일어나 다시 전화박스로 들어갔다. 나는 눈길을 돌렸다. 강은 완연히 봄빛을 띠고 있었다. 먼 산은 아직 잎 피지 않은 부드러운 갈색으로 아득하지만 강둑을 따라 늘어선 버드나무 가지에는 연둣빛 기운이 안개처럼 어려 있었다. 다리의 중간쯤에서 한 여자가 허리를 깊이 굽히고 강물을 내려다보는 것이 보였다. 다리에서는 종종 자살 사건이 일어났다. 그것은 신병 비관, 생활고, 실연 등의 제목을 달고 지방 신문의 하단 일단 기사로 보도되었다. 다리의 중간 지점을 받친 기둥 아래는 물살이 믿을 수 없이 빠르게 소용돌이치기 때문에 깊이 빨려들어간 익사체는 오랜 후에야 물의 흐름이 느려지는 강의 하류에서 천천히 떠오른다고 했다.

어릴 때 내게 죽음은 흰 봉투였다. 가끔 학교에서 돌아올 때나 아침에 집을 나설 때 대문과 문설주 사이에 반으로 접혀 꽂힌 흰 봉투를 보곤 했었다. 집안 식구들 중 아무도 누가 언제 그것을 끼워 넣었는지 알지 못했다. 어른들은 그것이 부고(訃告)라는 것을 알려주지 않았지만 아이들은 함부로 만지거나 열어보면 안 되는 불길하고 부정한 그 무엇이라는 것을 저절로 알았다. 아무것도 씌어지지 않은 흰 봉투에 넣어져 아무도 알아차리지 못하는 순간에 살짝 문틈에 끼워진 죽음은 두렵고 낯선 비밀이었다.

한여름 청청히 물오르는 계절에도, 죽음의 자리에 누운 아버지는 자꾸 뚝뚝 나뭇가지 부러지는 소리가 들린다고 말했다. 저승으로 열린 귀는 셀로판지처럼 얇고 투명해져 다른 사람들은 볼 수 없는, 오직 이미지 속에서만 존재하는 또 다른 세계의 소리를 듣고 있었다. 죽음을 앞둔 사람의 환청이라 귀담아듣지 않으면서도 임종을 지키기 위해 모여든 가족들은 자주 밖을 내다보는 시늉을 하고 아버지를 안심시켰다. 우리는 그것이 죽음의 소리라는 것을 몰랐다. 우리는 죽음을 알아보기에는 너무 젊었던 것이다. 참 깨끗이 곱게 가셨다. 입관을 하기 전 어머니가 자부심을 가지고 말했으나 그 말이 끝나기가 무섭게 아버지는 냄새를 풍기기 시작했다. 온몸을 흔들며 웃던 평소의 습관처럼 전신으로 냄새를 풍겼다. 어머니는 그러한 말을 해서는 안 된다는 것을 몰랐다. 오래된 미신이라 하더라도 옛사람들이 옳았다. 그들은 죽음에 위엄을 부여할 줄 알았다. 죽은 자에 대해 말하는 것은 금기였다. 야삼경 지붕 위에 올라가 망자의 흰 저고리를 흔들며 캄캄한 천공에 외치는 초혼제를 지낼 때 나의 어린 아들은 아주 커다랗고 하얀 새가 날개를 펄럭이며 어두운 하늘로 날아가는 것을 보았다고 말했다.

그가 죽은 후 오랫동안 나를 괴롭히던 귀울음은 나았다. 한없이 귀가 부풀어 오르는 느낌, 세상의 온갖 소리들이 종잡을 수 없이 웅웅대며 끓어올라 뇌 속을 파고드는 고통을 호소하자 이비인후과의 젊은 의사는 아마 달팽이관에 이상이 생긴 듯하다는 자신 없는 진단을 내렸다. 이제 범상히 살아가는 내게 그의 흔적은 없다. 밥을 먹고 잠을 자고 혼자 있는 시간에 뜻 없이 내뱉는 탄식처럼 짧고 습관적인 성교를 한다. 그러나 모든 죽은 사람들이, 그들에 대한 기억이 소멸한 뒤에도 그들이 남긴 살아 있는 사람들의 유전자 속에 깃들이듯 그는 나의 사소한 몸짓과 습관 속에 남아 있다. 예기치 않았던 날, 누구나 이용할 수 있는 신문의 부고란에서 그의 죽음을 보았을 때부터 내게는, 그의 떠도는 전화번호를 불러내어 꾹꾹 눌러대는 버릇이 생겼다. 어둠의 심부를 향해 신호음을 울리며 이제 그가 사용할 수 없는 일련의 숫자들은 캄캄한 공허 속으로 끝없이 퍼져갔다. 그가 왜, 어떻게 죽었는가를 묻는 것은 의미 없는 일이리라.

그가 죽은 뒤 한동안 내게는 모든 사람들이 시체처럼 보였다. 먹고 마시고 너털웃음 치는 시체, 걸어 다니는 시체, 쾌락을 느끼거나 고통을 느끼는 시체. 어릴 때 동무 정옥이의 아버지가 옳았는지도 모른다. 술주정뱅이 염쟁이인 정옥의 아버지는 밤마다 관 속에 들어가 잔다고 했다.

전화박스를 나오는 남자의 시선이 다리 위에 가 있는 내 눈길을 끌어당겼다. 남자가 여자를 바라보는 것이 아닌, 어딘가 혼란에 빠진 눈길이었다. 해가 갈수록 나는 낯선 남자의 눈길을 받을 때 그것이 남자가 여자를 바라보는 눈길이 아님을 느끼게 된다. 유리알처럼 무의미하고 건조하게 스쳐가는, 혹은 자신의 내부를 들여다보는 눈빛의 투사. 그것은 내가 더 이상 젊은 여자가 아니라는 의미이리라.

나는 똑바로 그 남자를 바라보았다. 그 남자는 가지런히 빗긴 머리를 공연히 쓸어보고 얼굴을 문지르며 흐트러진 눈빛으로 허둥대었다. 실내에 갇힌 만져질 듯 단단한 고요함을 견디지 못한 찻집 주인이 턴테이블에 판을 걸었다. 재킷에서 디스크를 꺼내어 조심스레 먼지를 닦아내고 바늘을 올리는 번거로움과 수고, 옛 방식을 그는 즐기고 있는 듯싶었다. 지익지익 바늘 긁히는 소리에 이어 라벨의 「볼레로」가 흘러나왔다.

그 남자는 힘겹게 내 시선을 걷어내며 신문을 펴 들었다. 그러나 나는 그의 얼굴을 가린 신문지 너머에서 여전히 나를 바라보는 눈과 조금씩 거북해지고 가빠지는 숨결을 느낄 수 있었다. 그는 심한 혼란에 빠진 것에 틀림없다. 내가 젊고 아름다운 여자였다면 그가 그토록 당황하지는 않았을 것이다. 저 여자가 누구일까. 왜 나를 뚫어지게 바라보는 것일까. 뒤죽박죽 헝클어진 기억의 창고를 헤집어 그가 알았던 여자, 안았던 여자, 버렸던 여자 들의 희미한 얼굴을 떠올리며 진땀을 흘릴 것이다. 점차적으로 빨라지는 캐스터네츠의 소리가 가까스로 끌어올린 실마리들을 흩어버려 그는 점점 더 미로 속을 헤매게 될 것이다.

그가 마침내 신문을 탁자에 내려놓으며 결심한 듯 몸을 일으켰다. 내 쪽을 향한 몸이 순간 기우뚱하며 탁자를 치고 찻잔이 바닥에 떨어져 날카로운 파열음으로 부서졌다. 그는 극도로 당황한 것 같았다. 막바지로 치닫는 볼레로의 8분 음표와 16분 음표의 숨 가쁜 원무를 헤치고 주인 남자가 다가왔다. 당황한 몸짓으로 허리를 굽혀 깨진 조각들을 주우려는 그를 만류했다. 그와 주인 남자 사이에 몇 마디 말이 오갔다. 점점 높아지고 빨라지는 음악 소리 때문에 그들이 하는 말은 들리지 않는다. 그는 이제 절대로 내 쪽을 보지 않는다. 완강히 등을 돌린 자세로 빈 담뱃갑을 구겨버리고 열쇠고리를 집어넣고 계산을 치른 뒤 밖으로 나갔다.

넓은 유리창을 통해 어딘가 불안정한 걸음걸이로 횡단보도를 건너는 그의 모습이 보였다. 그는 담배 가게에서 담배를 사고 손수건을 꺼내 얼굴을 문질렀다.

나는 찻집을 나왔다. 분명히 설명할 수 없는 조바심으로 종종 걸음을 치며 그의 발자취를 충실히 따라 횡단보도를 건너 강둑 길로 올라섰다.

그는 강둑, 마른풀들이 깔린 편편한 땅에서 버드나무를 짚고 서 있었다. 왼손으로 가슴을 문지르고 애써 심호흡을 했다. 토하려는, 어쩌면 뭔가 자신 속에서 치밀어 오르는 억누를 수 없는 힘과 싸우는 듯도 했다. 낯빛이 무섭게 창백했다. 그가 나를 바라보았던가 알 수 없었다. 미간을 모아 찌푸린 눈길이 힐끗 나를 거쳐 벌써 이울기 시작하는 해를 바라보았다.

그는 신경질적이고 불안한 손놀림으로 넥타이를 풀었다. 목을 매려는가 보다고 나는 순간적으로 생각했지만 그는 넥타이를 주머니에 넣고 양복 상의를 벗어 개었다. 그러고는 개어놓은 윗도리를 베고 반듯하게 누웠다. 그는 이제 눈에 띄게 헐떡이고 있었다. 바지 주머니에서 손수건을 꺼내 얼굴을 덮으며 그는 으으윽, 억눌린 비명과 함께 몸을 뒤틀었다. 흰 와이셔츠와 엷은

색 바지는 이내 마른풀과 흙으로 더럽혀졌다. 전혀 예기치 않은 돌연한 사태에 나는 왜, 왜 그래요, 어디 아픈가요. 목 질린 소리를 내뱉으며 물러섰다. 강둑 아래 선착장에서 배를 기다리던 사람들과 노점을 펼쳐놓고 있던 사람들이 모여들었다. 그들은 경찰을 부르거나 병원으로 옮겨야 하지 않겠느냐는 다급한 내 말을 간단히 묵살했다. 간질이라고, 발작이 와서 넘어지면 뇌진탕을 일으킬까 봐 자신이 미리 알고 대비하는 것이라고 말했다. 이렇게 호젓한 자리를 잡아 옷을 벗어놓고 누운 것을 보니 병이 골수에 박혀 발작이 잦은 사람인 게라고, 곧 멀쩡해져서 일어날 테니 걱정할 게 없다고 덧붙였다.

그는 죽어가는 개구리처럼 끊임없이 사지를 비틀고 떨어대었다. 흰 손수건 밑의 얼굴 윤곽이 젖은 형태로 드러났다. 둘러선 사람들은 간질이 내림병이라거니 아니라거니, 맞선 보는 자리에서 발작을 일으킨 얘기, 결혼 첫날밤에 발작을 일으켜 색시가 놀라 달아났다는 등 보거나 들은 얘기들을 나누며 발밑에서 몸부림치는 그가 어떤 모습으로 일어날까를 기다렸다. 그것은 뭔가 허구적이고 비현실적인 느낌을 주는 광경이었다. 나 역시 유수한 기업체의 입사 시험에서 합격한 후 마지막 코스인 면접 시험장에서 발작을 일으킨 얘기를, 사랑하는 여자의 마음을 어렵게 사로잡은 순간 발작을 일으킨 사람들의 얘기를 알고 있다. 오 분? 십 분? 몸의 경련이 차츰 느려지고 어느 순간 그는 부르르 진저리를 치며 길게 휘파람 같은 한숨을 내쉬었다. 이제 다

됐어. 누군가의 말을 받듯 불룩하게 치솟은 바지 앞섶이 펑 젖어 들었다. 그것은 점차 짙은 빛깔의 얼룩으로 걷잡을 수 없이 번져갔다.

그가 일어났다. 돌연히 감지되는 침묵과 둘러선 사람들에게 눈길을 주지 않고 옷의 흙을 털고 머리를 매만졌다. 양복 상의를 집어 들고 발길을 돌리는 순간 잠깐 나와 눈이 마주쳤던가. 나는 그 고독하고 허전한 눈빛을 결코 잊지 못할 것이다.

저녁 식탁에서 남편은 오늘은 아주 더웠다고, 여름 양복을 손질해놓았느냐고 물었다. 나는 아무리 그래도 지금은 봄이고 봄 날씨는 예측할 수 없다고 대꾸했다. 남편은 여름의 휴가는 바캉스 시기를 피해 6월쯤 조용한 숲속의 콘도에서 보내고 싶다고 말했다. 아들이 대학에 들어가서 집을 떠나 대도시로 가게 되면 우리도 함께 외국 여행을 가자고 말하기도 했다. 식사를 마치고 신문을 보던 남편의 말 ― 더러운 물과 공기는 우리가 스스로에게 가하는 무서운 폭력이라는 ― 에 나는 동의한다. 신문에는 썩어가는 식수원과 지렁이가 나오는 수돗물에 항의하는 시민들의 사진이 실려 있다.

조용한 휴가와 깨끗한 물과 공기에 대해, 연금과 전원주택에 대해 나누는 대화에서 나는 우리가 늙어가고 있다는 것을 느낀다. 남편은 '베드로'라는 영세명을 받은, 십대 후반부터 냉담 중인 천주교인이지만 은퇴 후에는 종교 활동을 통해 이웃과 사회에 봉사하며 평화로운 노년을 보내고 싶다고 말한다. 그것은 꿈이라기보다 계획이라고 해야 옳을 것이다. 사람의 생애나 내일은 예측할 수 없는 것이긴 하지만 우리가 이제껏 살아온 것처럼 별달리 모험을 하려 하지 않는다면 남편과 나는 아마 그러한 노년을 누리게 될 것이다. 남편은 욕심 없이 깨끗하고 점잖게 늙고 싶어 하고 그러한 마음이 내게 신뢰를 준다. 나는 우연히 그가 종교 단체에서 벌이는 운동에 동참해서 사후의 장기 기증을 약속했다는 것을 알았다. 그것을 내게 말하지 않은 것은 나의 선택권에 대한 존중으로 여겨진다. 나의 정서로는 아직 나의 죽은 몸이 채 식기 전 벌거벗겨져 낯선 손에 의해 열린다는 것, 내용물을 뽑아낸 텅 빈 자루가 되어 땅에 묻힌다는 것을 받아들이기 어렵다. 만약 남편이 먼저 죽는다면 나는 아마 그의 박제를 매장하게 될 것이다.

남편과 아들은 지구 온난화 현상과 기상 이변에 대해서, 나라 밖 전쟁과 핵 보유 문제에 대해, 새로 발견된 명왕성보다 더 먼 별에 대해 이야기를 하고 나는 그들이 나누는, 나로서는 잘 알 수 없는 얘기를 듣는 일이 즐겁다. 그것은 우리가 다른, 새로운 세상에 살고 있음을 깨닫게 하고 약간의 두려움과 자부심을 동시에 느끼게 해준다.

인도 바람은 한물간 것 같은데 명상이 대유행이에요. 고도의 경지에 이르면 뭐든지 가능하대. 가만히 혼자 앉아서 섹스도 가능하고 오르가슴까지도 느낀대. 그거야 마스터베이션과 뭐가 달라요? 나는 신문에 끼여 온 명상 센터 광고지를 보며 남편에게 말했다. 생산적이진 않겠지. 남편이 대답했다. 우리의 생활에서 더 이상 생산적인 것이란 게 있을까. 우리 삶의 내용을 이루는 것들. 그와 나, 합법적인 관계에서 태어난 아들을 나날이 싱싱하게 자라는 나무처럼 바라보며 소망과 걱정을 나누고 자잘한 생활의 문제, 음식과 성을 나눈다. 물론 배반과 환멸과 분노의 몫도 있을 것이다. 그릇에 담긴 물의 평화와, 고약한 항변처럼 끓어오르는 장항아리의 곰팡이가 있고 무엇보다도 이 모든 것들을 싸안는 충실한 관습, 질서가 있다. 기나긴 습관의 미덕에 기대어 약간의 불면과 무력한 고통의 기억을 잠재운다. 언제부터인가 우리는 나란히 누워 잠들지만 각각 꾸었던 지난밤의 꿈에 대해 이야기하지 않는다. 당신은 나를 어떻게 견디나. 나는 때때로 마음속으로 그에게 물음을 던지지만 그것은 똑같이 나 자신에게도 유효한 물음일 것이다. 그러나 나는 한 번도 그러한 말을 한 적이 없다. 잠수에 자신이 없는 사람은 어떤 경우에나 수면 아래로 내려가면 안 될 것이다. 익사의 위험이 따르므로.

그러나 우리의 관계를 단순히 관습이라거나 시간의 길들임이라고 말하는 것은 정직하지 않다. 남의 환심을 사기 위해 짐짓 해보는, 자신에 대한 능멸처럼 비겁하고 위선적이다. 그렇게 말할 수만은 없는 무엇인가가 분명히 있다.

남편과 나는 같은 해에 태어났다. 각각 동서로 나뉘는 다른 고장에서 자랐지만 전쟁 중에 태어나서 폐허 속에서 성장한 공유의 경험이 있다. 점심이 없던 봄과 여름 긴긴 오후의 허기와 쓸쓸함을, 그 쓸쓸함을 달래주던, 무딘 손칼이나 생철 조각으로 무른 흙을 헤집어 캐 먹던 메 뿌리의 맛을 알고 있다. 춥고 긴 겨울밤 까닭 모를 슬픔으로 잠 못 이루고 뒤척이게 하던 야경꾼의 딱따기 소리와 석양 무렵 오후의 늦은 잠에서 깨어났을 때의 서러운 혼미, 상이군인의 쇠갈고리 손의 공포, 고달픈 부모의 매질과 욕설을 알고 있다. 구구단과 연대기, 우리의 맹세와 혁명 공약을 외우며 자란 작은 아이들.

열일곱 살인 아들을 보면 내가 아직 알지 못했던, 그맘 나이 때의 남편의 모습이 보이고 매번 인간의 유전자 속에 들어 있는 끔찍한 복제 욕망에 새삼스레 놀란다.

남편은 낮의 다릿목에서 있었던 교통 체증에 대해 말하며 좁은 길과 앞을 내다보지 못하는 도시 행정을 비난했다. 이어 이사 철이 지나기 전 작은 아파트를 팔아야 하지 않겠는가고 말했다. 나는 내일 부동산 업자에게 집을 내놓겠노라고 순순히 대답했다.

저녁 설거지를 마치고 나서야 나는 다릿목 시장에서 산 채소를 찻집에 그대로 두고 왔다는 것을 기억해냈다.

내가 살고 있는 고층 아파트 앞 아카시아 덤불과 잡목이 우거진 야산을 넘어가면 우리 가족이 편의상 '작은집'이라고 부르는 예성 아파트가 있다. 그리고 그 아파트로 가는 길에 연당집이 있다. 예성 아파트로 가려면 우리가 사는 아파트의 진입로에서 연결된 찻길로 나와 아파트 단지의 담을 끼고 빙 돌아야 하지만 나는 대개의 경우 길도 나 있지 않은 야산을 넘어 작은집으로 간다. 지름길인 탓도 있지만 용케도 둥치 굵은 나무들이 이루는 숲이 남아 있기 때문에 나는 개인 소유의 땅이므로 다른 사람들의 출입을 금한다는 푯말을 무시한 채 철망 울타리의 개구멍으로 기어 들어가곤 했다. 그곳에는 소나무와 참나무, 커다란 오동나무까지 있어 예성 아파트를 오갈 때마다 나는 그 작은 숲 가운데서 저절로 발길이 멈추어지곤 했다. 잎을 모두 떨구고 앙상한 나목일 때에도 밤이 깃들일 무렵 그 아래에 서면 왠지 현자가 된 듯한 느낌이 들어 오랫동안 숨을 가다듬으며 피어오르는 어둠을 응시하기도 했다.

산비탈의 경사가 끝나는 곳에서 연당집의 나무 울타리는 시작된다. 산자락이 싸안은 북쪽을 빼고는 모두 웬만한 집 서까래 굵기의 통나무를 어른 키 높이로 가지런히 잘라 굵은 철사로 촘촘히 엮어 울타리를 두른 것이다. 그러나 봄으로 접어들면서 그 울타리가 동쪽부터 헐려나가기 시작했다. 오래된 집을 헐고 향어와 송어회를 파는 음식점을 할 거라는 소문이 떠돌았다.

예성 아파트로 가기 위해 연당집 앞을 지나다가 나는 문득 눈을 치떴다. 대문 옆 울타리에 눈에 익은 내 스카프가 매어져 있었던 것이다. 벌써 여러 날 전 내가 바보의 다리 상처에 묶어주었던 것으로 나는 그동안 스카프 따위는 까맣게 잊고 있었다. 오래된 물건으로 색깔이 낡고 올이 해져, 버리려고 내놓았다가 그날 목에 두르고 나갔던 것이다. 엉뚱한 장소에 놓인, 붉은 무늬가 요란한 낡은 스카프는 이물스럽고 부끄러웠다. 내게 익숙하고 내 몸에 걸쳤던 것이기 때문일 것이다.

어제까지도 종일 울타리를 뽑고 있던 바보는 보이지 않았다. 나는 다른 사람들이 그러하듯 그를 바보라고 부른다. 그는 이미 이름이 불릴 나이를 지났을 것이다. 그를 바보라고 부를 때 (물론 마음속에서지만) 나는 하등 미안하거나 불편함을 느끼지 않는다. 모르는 사람의 이름이 다만 자음과 모음의 어울림이듯 단지 바보라는 두 글자 외에 어떤 느낌도 없다. 서른? 마흔? 나이를 가늠해보기도 하지만 종잡기 어려웠다.

며칠 전 나는 바보가 울타리를 뽑는 것을 보고 있었다. 바보는 작은 톱으로 울타리를 엮은 철사를 끊으려고 애쓰고 있었다. 톱이 아닌 펜치를 사용해야 한다고 말하는 것은 부질없는 짓이었다. 일을 시작하면 바보는 누구의 말도 듣지 않았다. 언제나처럼 바보의 주위에는 유치원에도 학교에도 가지 않는 동네 아이들이 모여 있었다. 아이들은 바보의 행동거지를 유심히 지켜보며 바보가 담배를 피운다, 바보가 오줌을 눈다, 바보가 웃는다, 라고 말했다. 끊이지 않는 쇠줄을 끊으려 온 힘을 다해 애쓰던 그가 다리를 싸쥐고 주저앉았다. 더러운 트레이닝 바지에 피가 배어 나왔다. 톱이 동강 나면서 무릎을 찔렀던 것이다. 바보가 쥐어짜듯 온 얼굴을 찡그리며 어헝어헝 울었다. 집 안에서는 아무런 기척이 없었다. 피는 점점 더 짙고 붉게 번지고 나는 바보에게 바지를 걷도록 한 뒤 스카프를 풀어 피 흐르는 상처에 동여매었다. 피 흐르는 푼수 치고는 상처가 그리 깊지 않았다. 바지 자락이 자꾸 흘러내려 나는 무릎 위로 버쩍 올려주었다. 근육질의 단단한 살 위로 내 손이 닿자 바보는 간지럼을 타듯 움찔움찔 몸을 비틀었다. 바보도 털이 난다, 우리 아빠처럼. 어린아이들이 바보의 다리를 가리키며 떠들어대고 울음을 그친 바보는 잔뜩 찡그린 얼굴에 자랑스러운 표정을 떠올렸다. 나는 그가 알아들으리라 믿지 않으면서도 꼭 소독을 하고 약을 발라야 한다고 일러주었다. 바보라서 아무것도 몰라요. 바보는 히죽 웃고 아이들이 대신 대답했다. 바보는 아마 내게 돌려주기 위해 스카프를 울타리에 묶어놓는 기교를 부렸는지도 몰랐다. 나는 엷은 수치심 비슷한 느낌에 스카프에서 눈을 돌리고 예성 아파트로 향했다.

아무런 기대도 생각도 없이 다만 내 소유의 아파트 번호가 적혀 있다는 이유로 열어보게 되는 우편함에서 언제나 기본 요금에 머무는 수도와 전기 요금 청구서를 뽑아들고 층계를 올라갈 때 반장일을 맡아보는 삼층 여자를 만났다. 오랜만이라고, 통 만날 수가 없다는 그녀의 말에서 나는 그녀가 몇 차례 나를 찾아왔었다는 것, 정식 입주민이 아닌 나를 못마땅해하고 있다는 것을 동시에 느꼈다. 아파트 공동의 궂은일과 심부름을 도맡아

해야 하는 반장의 처지에서 보자면 나처럼 빈집에 이름만 걸어두고 층계 청소부터 연판장 서명, 때로 떼 지어 시청에 달려가 민원을 호소하거나 궐기 대회에 나가는 일 따위에 일절 참여하지 않는 사람은 못마땅하기도 할 것이었다. 내가 집을 비워두고 있다는 것은 그녀가 잘못 알고 있는 일이다. 드나드는 시간이 일정치 않았던 것뿐이다. 반장은 내게 밀린 반 회비며 그 밖에도 몇 가지 자질구레한 명목의 돈을 요구하고 나는 곧 내겠노라고 약속했다. 집을 팔 작정이니 마땅한 매도인을 찾아달라고 부탁하면 반가워할 것이라는 생각이 스쳤으나 나는 간단한 인사로 그녀와 엇비껴 층계를 올라갔다.

맨 위층인 오층 끄트머리의 초록빛 철제 현관문을 열고 들어서며 나는, 아마 빈집의 잠긴 문을 열고 들어갈 때의 그 이상하게 호젓하면서도 충만한 느낌 때문에 별반 쓸 일도 없는 이 집을 처분하지 않는가 보다고 잠깐 생각했다. 남편은 한 가구가 집 두 채를 갖는 것에 따른 불리함을 말하며 팔도록 했지만 나는 전혀 믿는 바가 아니면서도, 이곳 사람들이 크게 기대를 걸고 있는 재개발에 대해, 그럴 경우 우리가 얻을 이익을 말하며 차일피일 미루고 있다. 솔직히 말하자면 나는 나 혼자만의 공간이 필요한 것이리라.

아주 오래전에 지은 열한 평짜리 서민 아파트였다. 방바닥에 불기는 느껴졌지만 사람이 살지 않는 집의 서늘한 기운, 삭막함이 엷게 깔린 먼지와 함께 고여 있었다.

이태 전 우리 가족은 이곳에서 석 달을 살았다. 새로 분양받은 아파트의 입주 전, 이사 철을 놓치지 않으려고 살던 집을 팔고 임시로 거처할 셋집을 찾다가 싼값에 이 집을 사고 들었다. 전셋돈이나 매입금에 차이가 없었던 것이다. 석 달을 살고 새 아파트로 입주를 하며 세를 놓았는데 지난겨울 그들이 이사를 나간 뒤로 다시 비어 있게 되었다.

집은 세 들었던 사람들이 나갈 때 그대로였다. 나는 한 차례 쓸고 닦은 것 외에 아무것도 달리 손대지 않았다. 경우가 바르고 분명한 젊은 부부는 자신들이 쓰던 물건은 허드레 걸레 조각 하나 남기지 않고 떠났기 때문에 일은 훨씬 쉬웠다. 단 하나, 부엌 찬장 서랍 안쪽에 넣어두었던 노트 외에는. 아마 잊고 간 것이리라. 얇은 노트의 위쪽에 송곳으로 구멍을 내고 고무줄을 꿰어 볼펜을 달아놓아 그것은 구멍가게의 외상 장부처럼 보이기도 했다. 가계부로 썼던가 보았다. 두부 한 모, 꽁치 세 마리, 시금치 한 단 등의 세목이 날짜와 함께 꼼꼼히 적혀 있었다. 미니카, 바나나 일 킬로그램, 콘돔 한 박스…… 그리고 띄엄띄엄 시구인지 유행가 가사인지 알 수 없는 글들이 적혀 있었다. 아이를 때리고 남편을 미워하는 마음에 대한 반성이 적힌 곳도 있었다. ……그 역시 착하고 가엾은 사람이다. 이해하려고 노력해야 한다. 가난이 우리를 메마르게 한다. 사랑의 말과 눈빛을 잊게 한다. 오늘은 특히나 내가 참을 수 없이 싫어지고 우울하다. 비가 오기 때문일까. 어디론가 훌쩍 떠나고 싶은 마음뿐…… 능숙하지 않은 글씨체로 담긴 젊은 부부의 생활을 보며 나는 미소 지었다. 선뜻 쓰레기통에 던져버릴 수가 없어 언제든 우연히 마주칠 일이 있으면 돌려주리라는 생각에 찬장 위칸에 넣어두었다.

지난겨울 내내 거의 매일 나는 연탄 보일러의 불이 꺼지면 온수 파이프가 얼어 터질 것이라는 구실로 이 집에 왔다. 빗자루와 쓰레받기 그리고 그들이 잊고 간 노트 외에 이 집에는 아무것도 없다. 아, 벽에는 장롱이 놓이고 액자가 걸렸던 자리의, 빛에 바랜 다른 벽지에 비해 조금 짙은 색깔로 남아 있는, 정사각형 혹은 직사각형의 흔적이 있다. 사라진 뒤에야 비로소 드러나는 존재의 흔적. 나는 이곳에서 낮잠을 자기도 하고 창밖을 내다보기도 하면서 아무런 하는 일이 없이 시간을 보낸다. 세탁소 배달차에서 흘러나오는 「소녀의 기도」나 트럭 행상인의 외침 그리고 어디선가 들리는, 내가 이제는 잊어버린, 어린아이의 울음소리에 귀를 기울이기도 한다. 서향의 창으로 해가 들 무렵이면 으레 우리 가족이 이곳에서 살았던 짧은 동안의 시간들이 곧스러질 금빛 햇살 속에 환각처럼 살아나 슬픔이 차오르곤 했다.

창을 열면 눈 아래에 연당집이 빤히 내려다보였다. 이 동네 사람들은 이백 년도 넘었으리라는 커다랗고 낡은 기와집을 진사집 혹은 바보네 집, 연당집이라고 부른다. 앞마당의, 여름이 되면 수련이 장관을 이룬다는 연못 때문에 그렇게 부르는 것이리라. 누대로 당상관을 지낸 이가 다섯 명이 넘고 아홉 명의 바보가 태어났다는 것, 교사와 공무원, 장사꾼으로 풀린 자손들은 각지로 흩어져 뿔뿔이 제 살림들을 살고 있고 노모만이 남아 있는 커다란 집에 장가 못 간 바보 아들이 허드렛일꾼으로 집안일을 하고 있다는 것 따위는 모두 아파트 초입의 구멍가게 주인에게서 들은 얘기였다. 이 동네에서 태어나 육십 년을 살아왔다는 그는 연당집에 대해 모르는 것이 없었다. 고층 아파트로 이어지는 야산이 연당집 소유라는 것과 원래 예성 아파트와 내가 살고 있는 고층 아파트 자리도 그 집 땅이었는데 떡 잘라 먹듯 야금야금 팔아먹었다는 것, 제삿날에나 모여드는 자손들의 재산 싸움이 볼만하다는 것, 귀신이 나올 것처럼 퇴락해가기만 할 뿐인 집을 헐고 '가든'을 할 거라는 것도 그에게서 들은 얘기였다. 세상이 달라졌는걸. 돈 버는 게 제일이지 까짓 족보 끼고 가문 내세우며 백 년을 살아보라지. 땡전 한 닢 생기나. 그가 연당집을 비껴 보며 덧붙인 말이었다.

연당집, 엄장하게 엎드린 기와지붕 틈새로 드문드문 돋아난 시든 풀들이 이따금 생각난 듯 바람에 흔들렸다. 후원에 헝클어진 개나리가 노랗게 피어나고 진달래는 불긋불긋 꽃봉오리를 내비치고 있었다. 봄볕이 지천으로 흐르고 있었다. 집을 멀찌감치 둘러친 해묵은 나무들도, 연당가의 살구나무, 배나무 들도 곧 잎 틀 듯 불그레 살진 눈을 부풀렸다.

이젠 채마밭으로 변해버렸지만 터를 넓게 잡아 후원과 앞뜰이 넉넉하고 연당과 누각과 정자를 갖춘 집은 화사한 봄볕 속에서 세월을 털어내며 재처럼 조용히 삭아가고 있었다. 어느 자손이라도 이 집을 감당할 수 없었으리라.

기척 없이 조용한 집 안에서 바보가 나왔다. 마당의 수돗가에서 세수를 하고 삽을 집어 들고는 휑하게 터진 동쪽 울타리 쪽으로 갔다. 울타리 뽑는 일을 하려는가 보았다. 톱으로 상처를 입은 바보는 아마 다시는 톱을 만지지 않을 것이다. 열린 대문 옆 울타리에는 아직도 내 낡은 스카프가 불그죽죽한 빛깔로 걸려 있었다. 바보는 힘이 세다. 쉴 새 없이 울타리 나무를 쑥쑥 뽑아 던지는 모습은 춤을 추는 것같이 보이기도 했다. 바보는 보이지 않는 끈에 매여 있는 것처럼 언제나 집 주위를 맴돌며 일을 한다. 그래서 창밖, 내가 바라보는 풍경 속에는, 바람 속에는 언제나 바보가 있다.

수증기가 가득한 사우나실에는 벽을 따라 좁다란 붙박이 의자가 붙어 있고 벌거벗은 여자들이 수건으로 입을 막고 고통스러운 얼굴로 말없이 앉아 있다. 아우슈비츠에서 사람들은 이렇게 죽어갔으리라. 그러나 땀구멍이 한껏 열리고 복숭앗빛으로 익은 몸들은 활짝 핀 꽃처럼 보인다. 사우나실 안에는 여기저기 쑥 타래가 걸려 있어 진짜 쑥탕을 하고 있다는 만족감을 준다. 찬 물수건으로 입을 막고 백까지 세어본다. 처음에는 스물을 넘어가기가 힘들었지만 이제 백을 세는 일도 어렵지 않다.

사우나실에서 나와 미지근한 물로 땀을 닦아낸다. 동네 목욕탕 치고는 시설이 좋고 물이 깨끗해서 사람이 항상 많았다. 젊은 처녀들로부터 둥글고 기름진 몸매의 중년 여자, 만삭의 임부, 다산의 주름이 겹겹이 늘어진 노파들이 열심히 때를 밀고 비누질을 하고 마사지를 한다. 남편이 지난해 가을 러시아 여행에서 민속인형을 사 왔다. 나무를 얇게 켜서 만든 것으로 볼이 붉은 처녀의 얼굴이 그려지고 민속 의상의 무늬와 채색을 입힌, 얼핏 오뚝이처럼 단순한 모양이었지만 그 안에는 똑같은 모양의 인형들이 크기의 차례대로 겹겹이 들어 있었다. 그것은 내게 인생의 중첩된 이미지로 받아들여졌다. 앙상한 뼈 위로 남루하고 커다란 덧옷을 걸친 듯 살가죽이 늘어진 한 늙은 여자 속에 얼마나 많은 여자들이 들어 있는 것일까. 보다 덜 늙은 여자, 늙어가는 여자, 젊은 여자, 파과기의 소녀, 이윽고 누군가, 무엇인가가 눈 틔워주기를 기다리는 씨앗으로, 열매의 비밀로 조그맣게 존재하는 어린 여자아이.

옆자리에서 배가 봉긋이 부른 젊은 여자가 아이를 씻기고 있었다. 제 엄마에게 몸을 맡기고 있는 네댓 살 된 여자아이는 플라스틱 인형의 몸을 씻기고 있었다. 여자에게 모성이란 생래적인 본능인가. 결혼을 하자 나는 재빨리 모성의 자리로 옮겨 앉았다. 마치 방과 방 사이의 마루를 의심 없이 건너듯. 오늘 아침 나는 서둘러 현관문을 나서는 아들을 보며 까닭 모르게 가슴이 서늘해졌다. 얼결에 이름을 불러 세웠지만 아들이 고개를 돌려 나를 바라보자 아무것도 아니라고 웃으며 손을 내저었다. 문득 그토록 강하게 가슴을 치고 지나간 것이 그 애에게서 뿜어져 나오는 순수한 성(性), 무 싹 같은 동정(童貞)이었다는 것을 깨달은 것은 문을 잠그고 돌아서서였다.

아이를 낳은 뒤로 나는 이전에 그토록 빈번하게 꾸던, 날거나 추락하는 꿈을 꾸지 않는다. 아주 조그맣고 조그마해져서 어디론가 숨어드는 꿈을 꾸지 않는다.

아이 엄마가 비누 거품으로 뒤덮인 아이의 몸에 맑은 물을 끼얹었다. 앗 뜨거, 쌍년. 물이 뜨거웠는지 아이가 공처럼 뛰어 오르며 비명을 내질렀다. 아이의 느닷없이 낭랑한 욕설은 방자하고 통쾌했다. 말없이 몸을 씻던 사람들이 쿡 웃으며 돌아보았다. 아이 엄마는 당혹스러운 표정으로 손을 멈칫하며 주위를 둘러보았다. 반사적으로 얼결에 욕설을 내뱉은 아이는 어쩔 줄 몰라 으앙 울음을 터뜨렸다. 엄마 미안해, 엄마인 줄 모르고 그랬어. 아이의 새된 울음소리가 휑뎅그레하게 높은 천장에 부딪혀 울렸다.

샤워 꼭지 밑에서 쏟아지는 더운 물줄기에 몸을 맡기고 섰다가 섬뜩 놀랐다. 거울 속에 내가 없다. 수증기 탓에 거울이 흐려졌기 때문이라고 알면서도 반드시 있으리라는 것의 사라짐은 두렵다.

나는 샤워기의 물을 잠그고도 한참을 그대로 거울을 보며 서 있었다. 차츰 수증기가 걷히고 맑아지는 거울면에 아주 먼 곳으로부터 다가오듯 천천히 얼굴 윤곽이 살아났다. 잘못 당겨진 천처럼 좌우 대칭이 깨진 얼굴. 그가 죽은 뒤 내게 미미하게 나타난 변화.

마른 빨래를 개키면서 건성 눈길을 주었던 신문의 부고란에서 그의 이름을 보았을 때, 괄호 속에 박힌 직장과 전화번호를 재차 확인한 후 내가 제일 먼저 한 일은 거울을 본 것이었다. 왜 그랬는지 어떤 심리가 나를 거울 앞으로 이끌었는지 나 자신도 알 수 없었다. 거의 무의식적으로 다가간 거울에 조각조각 균열된 얼굴이 비쳤다. 갑자기 눈에 띄는 주름살도, 처음의 놀람처럼 거울이 깨진 것도 아니었다. 오랜 세월 길들여진 관습과 관행이 한순간에 깨진 얼굴이었다. 아, 내 안의 비명이 새어 나오기도 전에 깨진 얼굴은 스러지고 익히 알고 있는 얼굴이 나타났다. 자신의 것이면서도 거울이나 사진이라는 방법을 통하지 않고는 알 수 없는. 거울 앞을 떠난 나는 빨래를 마저 개키고 낮에 절여둔 배추를 버무려 김치를 담갔다. 하던 일을 계속하는 것 말고 달리 내가 무엇을 할 수 있었을까. 아들의 도시락 반찬을 만들고 남편과 티브이를 보며 농담을 나누고 방충망의 허술한 틈새로 비비적대며 들어와 절박하고 불안한 날갯짓으로 등 주위를 맴도는 나방을 내보내었다.

그의 죽음은 내게 전혀 비개인적인 방법으로 그렇게 심상히 통보되었다.

존재하던 한 사람이, 그가, 이 세상에서 영영 사라졌다는 기미는 어디에도 없는, 여느 날과 다름없이 예사롭고 평온한 저녁 시간은 느릿느릿 흘러갔다.

그가 죽고 내 안의 무엇인가가 죽었다. 그것이 무엇인지 나는 알지 못한다. 아마 알고자 하는 소망조차 없는 건지도 모른다. 내게는 문득 걸음을 멈추고 상점의 진열창에, 슈퍼마켓의 거울에, 물 위에 비치는 내 얼굴을 물끄러미 바라보는 습관이 생겼다. 저녁쌀을 씻다가 문득 눈을 들어 어두워지는 숲이나 낙조를 바라보는 시선 속에, 물에 떨어진 한 방울 피의 사소한 풀림처럼 습관 속에 은은히 녹아 있는 그의 존재와 부재. 원근법이 모범적으로 구사된 그림의, 점점 멀어져가는 풍경의 끝, 시야 밖으로 사라진 까마득한 소실점으로 그는 존재한다. 지금의 나는 지나간 나날들이 그러했던 것처럼 가끔 행복하고 가끔 불행감을 느낀다. 나는 그렇게 늙어갈 것이다. 다른 사람들과 다르지 않은, 공평하게 공인된 늙음의 모습으로.

목욕을 마치고 집에 돌아와 거실 긴 의자에 누워 잠이 들었다. 꿈속에서 나는 조그만 계집애로 옛우물가에 서서 울고 있었다. 두레박을 빠뜨린 것이다. 까치발을 하고 가슴팍까지 닿는 우물턱에 매달려 내려다보지만 까마득히 깊은 우물 속에서는 아무것도 보이지 않았다. 빠뜨린 두레박도, 아무도 없는 밤이면 슬며시 떠오르기도 한다는 금빛 잉어도 보이지 않았다. 잠을 깨어서도 꿈속에서의 막막하기만 하던 기분은 사라지지 않았다. 이즈음 나는 가끔 옛우물의 꿈을 꾼다. 내용은 언제나 비슷했다. 두레박을 빠뜨려 울고 있거나 어릴 때 죽은 동무 정옥이와 함께 가없이 둥그렇고 적막하게 가라앉은 우물 속을 들여다보는 것, 우물 치는 광경 따위였다.

내게 오래된 옛우물과 그 속에 사는 금빛 잉어에 대해 말해준 사람은 증조할머니였을 것이다.

어릴 때 살던 동네 가운데에 큰 우물이 있었다. 물맛이 달아 단샘, 커다랗다고 해서 한우물이라고도 했지만 사람들은 예로부터의 습관대로 옛우물이라고 불렀다. 아주 옛날부터 있어온 우물이라는 뜻이었을 것이다. 우물은 물이 깊고 물맛이 좋았다. 증조할머니는 내게 말했다. 옛우물에는 금빛 잉어가 살고 있단다. 천 년이 지나면 이무기가 되고 또 천 년이 지나면 뇌성벽력 치는 밤 용이 되어 하늘에 올라가지. 아흔 살이 넘은 할머니에게서 검은 머리털이 돋아나고 텅 빈 입에 누에씨 같은 희고 깨끗한 이가 돋아나자 어머니는 그것을 불길한 재앙의 징조로 여겼다. 노망이 들었다고 말했다. 할머니에게 대꾸도 하지 않았고 바로 보지도 않았고 밥도 조금씩밖에 주지 않았다. 노망든 노인네들은 오래 산다는 속설을 두려워했다. 그러나 할머니는 고양이 혼이 씌어 밤마다 고양이 울음소리를 내며 쥐를 잡으러 다니는 광자네 할머니 같지는 않았다. 오돌이네 할아버지처럼 자기가 싼 똥을 주워 먹지도 않았다.

달빛 가득한 우물을 들여다보면 금빛 잉어가 슬멋슬멋 물속에서 움직이는 소리가 들리는 듯도 했다. 계집아이들은 학교에서 오전 수업을 마치고 돌아오면 해 지기 전까지 물을 길어놓아야 했다. 두레박을 빠뜨리면 매를 맞거나 벌로 밥을 굶었지

만 아이들은 늘 두레박을 빠뜨리고 저물 때까지 우물가에서 무
력하고 절망적이고 공포에 찬 울음을 울곤 했다. 방심은 언제나
용서받지 못할 악덕이었다. 계모가 낳은 아기를 업고 물을 길러
나오던 염쟁이의 딸 정옥이는 자주 두레박을 빠뜨렸다.

정옥이의 집에는 어엿이 동해 장의사라는 간판이 걸려 있었
지만 동네 사람들은 정옥이의 아버지를 염쟁이라고 불렀다. 밤
이면 가게에 쌓아놓은 관 속에 들어가 잔다는 말도 떠돌았다.
그럴지도 몰랐다. 사람들은 그다지 자주 죽지 않았기에 할 일
이 없는 염쟁이는 거의 늘 술에 취해 있었다. 계모는 시장에서
떡 장사를 했기 때문에 정옥이는 밥을 하고 빨래를 하느라 손
이 커다랗고 늘 물에 불어 있었다. 등에 언제나 아기가 달려 있
었지만 신명이 많고 흥이 많은 정옥이를 막을 것은 아무것도 없
었다. 무섭고 이상한 냄새가 나는 듯한 정옥이의 집까지 찾아가
불러낼 필요도 없었다. 집에서 아기를 보고 있으라고 아무리 야
단을 쳐도 계모가 나가면 대여섯 발짝 뒤에서 아기를 둘러업은
정옥이가 싱긋 웃으며 나타났기 때문이었다. 아기를 업은 채 줄
넘기를 하다가 아기가 혀를 깨물린 뒤로는 전봇대에 포대기를
매놓고 술래잡기, 줄넘기를 했다. 숨바꼭질을 하다가 아기를 잊
어버려 저물도록 보따리처럼 전봇대에 매달려 잠든 적도 있었
다. 두레박을 빠뜨리면 정옥이는 빈 초롱을 들고 집에서 쫓겨
났다. 종종 해 질 때까지 우물가에 서서 울었다. 물을 길러 나온
아주머니나 동네 큰 언니들은 정옥이의 덜렁대는 버릇을 한바

탕 나무란 뒤 '이것도 빠뜨리면 네가 우물 속에 들어가서 건져 와야 해' 경고하며 두레박을 빌려주었다.

물이 가득 찬 두레박을 힘겹게 끌어올리다 보면 어느 결에 우물 속에서 끌어당기는 아귀 센 힘이 따라올라왔다. 아얏 놀라라 하는 순간 줄이 긴장된 손아귀에서 미끄럽게 빠져나가거나 두레박에 단단히 묶었던 줄이 스르르 풀려 빈 줄만 허전하게 올라오기도 했다.

아이들은 우물 속에 금빛 잉어가 산다는 내 말을 아무도 믿지 않았고 거짓말쟁이, 허풍쟁이라고 했지만 정옥이는 내 말을 믿어주었다. 게다가 '소원을 들어주는 잉어'일 거라고 덧붙였다.

그해 여름, 장마가 지나고 우물을 쳤다. 물맛이 뒤집혔기 때문이었다. 가뭄이나 큰 홍수 따위 큰일이나 나라의 변고가 있을라치면 우물이 뒤집히고 장맛이 변한다고 어른들은 믿었다. 그해의 장마는 대단했다. 강물이 범람하여 논밭이 잠기고 집이 떠내려갔다. 아이들은 모두 강으로 달려갔다. 어른들은 긴 장대와 망태를 들고 집을 나섰다. 방학이 시작되기 전이었지만 우리는 학교에 가지 않았다. 수재민들의 숙소가 되었기 때문이었다. 강 건너 섬에는 포플러 가지들만이 비죽비죽 솟아 있고 그 위에 커다란 새들이 날아와 앉았다. 누런 물이 범람하는 강은 벌판 같았다. 어른들은 강이 범람하여 둑을 무너뜨릴까 봐 밤새 잠을 이루지 못하였다. 그러면서도 아침이면 장대를 들고 강으로 나갔다.

아이들은 강가에서 노래를 불렀다. 장마통에 똥 덩어리가 제이름 부르며 흘러가더라. 동동동동 똥똥똥똥. 마지막 후렴은 목소리를 모아 악을 쓰듯 질러대었다. 강에는 없는 것이 없었다. 호박과 장롱과 양은솥, 우리에 든 채인 닭과 토끼가 사나운 물살에 실려 떠내려왔다. 인자 아버지는 꽥꽥 비명을 지르며 떠내려오는 돼지를 잡으려다가 물살에 휩쓸려 죽을 뻔했다.

동네 어른들은 우물 속에 차오르던 황톳물이 가라앉기를 기다려 날을 잡아 떡과 돼지머리, 과일을 차려놓고 고사를 지냈다. 고사를 지낸 뒤 남자들이 물을 퍼냈다. 그러고는 제대 군인 순옥이 삼촌이 맨발로 옛날얘기에 나오는 사람처럼 튼튼히 엮은 삼태기를 타고 우물 밑으로 내려갔다. 아이들은 순옥이 삼촌이 까무룩히 아래로 내려가는 것을 불안하게 바라보았다. 한없이 깊고 어두운 동그라미 속으로 빨려 들어가는 것 같았다. 푸른 이끼 자라는 우물의 돌 틈에서 손톱만 한 개구리들이 팔짝팔짝 뛰어오르고 빈 우물이 우우웅 웅숭깊은 소리로 울었다. 바닥을 긁는 소리, 그리고 올리어어라는 순옥이 삼촌의 목소리가 땅밑으로부터 벽에 부딪혀 몇 바퀴 돌아 나오면 우물가의 남자들이 줄을 당겼다. 삼태기에는 바닥의 흙이며 녹슨 두레박과 두레박 건지는 갈쿠리, 삭아버린 고무신 한 짝, 썩은 나무토막, 사금파리 따위들이 한없이 실려 올라왔다. 위에서 내려다보면, 까마득히 깊은 우물 속에서 허리를 굽히고 그 안의 것들을 퍼 담는 순옥이 삼촌은 난쟁이처럼 납작해 보였다. 삼태기가 올라올 때마다 모두들 유심히 그것들을 살펴보았다. 아무도 내려가본 적이 없는 깊은 우물 속에 우리가 알지 못하는 무엇인가 굉장한 것들이 있으리라는 기대였을까. 삼태기에 고운 모래흙만 담겨 올라오자 일은 끝났다. 마지막으로 순옥이 삼촌이 한 오백 살이나 나이 먹은 얼굴로 삼태기를 타고 올라왔다. 햇빛에 눈이 부신지 한동안 낯선 눈길로 주위를 둘러보다가 으허허 영문 모를 웃음을 터뜨렸다.

순옥이 삼촌과 우물 치던 남자들은 술을 마시러 갔고 아이들은 우물 턱에 조롱조롱 매달려 아무것도 없이 텅 빈 우물 속을 말없이 들여다보았다.

우물 속에 금빛 잉어는 없었다. 그래도 나는 맑은 물이 그득 고이면 금빛 잉어가 살리라는 생각을 버릴 수 없었다. 정옥이는, 금빛 잉어는 사람들 눈에 띄면 안 되니까 샘이 솟는 깊은 구멍으로 잠시 숨어버렸을 거라고, 맑은 물이 고이면 다시 돌아올 거라고 말했다.

정옥이는 그해 늦가을 우물에 빠져 죽었다. 해가 퍼지기 전 물을 길러 간 사람이 우물가에서 빈 초롱과 우물 속에 떠 있는 정옥이를 발견했다. 동네 사람 누구나 해 진 뒤 물 긷는 것을 금기로 알았기에 정옥의 죽음은 밤중이리라 했다. 정옥의 계모는 밤중에 물을 길러 내보낸 적이 없다고 말했지만 정옥이는 밤중에 물을 길러 나간 것이 틀림없었다. 어른들은 그 어린것이 무엇엔가 홀린 것이 틀림없다고 수군거렸다. 일찍 죽은 제 어미가 불러간 것이리라고도, 우물 치는 중에 부정을 탔기 때문이라고도 말했다.

우물은 메워졌다. 하루 동안 굿을 하고 흙으로 메워 물귀신을 꽝꽝 묻어버렸다. 아이들은 대낮에도 우물가에 얼씬거리지 않았고 한밤중에 오줌을 쌌다. 죽은 정옥이가 우수수 바람 부는 밤, 창호지 문에 비치는 검고 비죽비죽한 나무 그림자로 찾아와 물에 불어 커다란 손을 내저으며 자꾸자꾸 불러대었기 때문이었다. 정옥이는 금빛 잉어를 보기 위해 한밤중 옛우물로 간 것이 아니었을까.

늙은이들은 옛우물의 차고 단 물맛을 그리워했지만 자라나는 아이들은 죽은 동무와 매몰된 우물의 두려움을 쉽게 잊었다. 집집이 펌프를 박아 물을 길러 다니지 않아도, 두레박을 빠뜨려 매를 맞을 일도 없어졌기 때문이었다.

남편이 낚시를 다니기 시작할 무렵 나는 잉어가 흐리고 더러운 물, 썩은 수초와 이끼 속에 산다는 것을 알았다. 잡아 온 물고기를 손질하는 것은 늘 내 몫이었다.

밀봉된 것을 뜯을 때의 모독감과 긴장으로 살아 있는 물고기의 배를 가를 때면, 피웅 하는 약한 소리가 났다. 우리와 마찬가지로 창조되고 봉인된 그리고 아무도 볼 수 없었던 내부가 드러났다. 밀폐된 공간의 어둠이 있고 최초의 빛의 순간이 있었다. 갑작스러운 외기에 놀란 붉고 푸른 내장들이 푸르르 경련하고, 찬피 동물의 어둡고 축축한 몸속에서, 의지하고 있는 세계의 무녀짐을 감지한 더 작은 생물체들이 고래 배 속에 들어간 요나처럼 고통의 몸부림으로 흩어졌다.

아파트로 이사 오기 전 주택에 살 때는 손질하고 난 나머지, 내장과 머리를 마당 화단에 묻었다. 좋은 비료가 되리라는 생각에서였다. 그러면 밤새 그것을 탐하는 쥐 떼가 끓었다. 화단 밑에 쥐구멍이 숱한 공동을 만들어 맥없이 발이 빠졌다. 쥐덫을 놓으면 덫에 걸린 살찐 쥐들이 밤 내내 쥐덫을 끌고 맴돌며 단말마의 비명을 질러대었다.

추억이란 물속에서 건져낸 돌과 같은 것인지도 모른다. 물속에서 갖가지 빛깔로 아름답던 것들도 물에서 건져내면 평범한 무늬와 결을 내보이며 삭막하게 말라가는 하나의 돌일 뿐. 우리가 종내 무덤 속의 흰 뼈로 남듯. 돌에게 찬란한 무늬를 입히는 것은 물과 시간의 흐름일 뿐이라는 것을 안다. 그러나 나는 이즈음에도 종종 옛우물과 금빛 잉어의 꿈을 꾼다.

봄 가뭄이 계속되고 있었다. 수은주가 섭씨 삼십 도를 웃도는 이상 기온이다. 연당집은 하룻밤 새 목련이 활짝 피고 동쪽부터 뽑기 시작한 울타리는 대문에 이르기까지 거의 다 사라져 집은 반벌거숭이 꼴이 되었다. 대문 옆 울타리에 매어져 있던 내 스카프는 연당가의 늙은 살구나무 가지에 높직이 걸려 있었다. 바보가 장난을 치나? 쓴웃음이 나왔다. 누구의 것인지는 이미 기억에서 지워졌지만 꼭 돌려주어야 한다는 일념만은 남아 있는 건지도 몰랐다.

바보는 가뭄 때문에 푸석푸석 메말라 보이는 채마밭에 물을
주고 있었다. 수도에 연결한 호스로 물을 뿌려대는 것이다. 그
러다가는 문득 울타리가 없어져 휑하니 내다보이는 길을 보며
불안하게 고개를 갸웃거렸다. 마당 한쪽에 차곡차곡 쌓여 있던
울타리 나무들은 트럭에 실려 나갔다. 평소 사람의 기척이 없이
조용하던 집이 갑작스레 활기를 띠고 있었다. 허드레 작업복을
입거나 예비군복, 청바지 차림의 남자들이 때 없이 드나들고 양
복을 갖춰 입은 중년 남자도 있었다. 옷차림이나, 무람없이 방
문을 들락거리는 것으로 보아 따로 나가 사는 맏아들쯤 되는 게
아닌가 싶었다. 마당에는 은색의 중형 승용차가 늘 머물렀다.
마당에 들여놓은 시멘트 포대와 모래 더미로 보아 횟집을 할 거
라는 소문은 사실인 모양이었다.

나는 예성 아파트에 머무는 대부분의 시간을, 창을 통해 연당
집을 내려다보는 것으로 보냈다. 어제는 구멍가게에 내려가 화
장지를 사며 지나가는 말처럼 넌지시 연당집이 정말 헐릴 것인
가를 묻기도 했다. 워낙 좋은 옛날 재목을 써서 지은 집이라 탐
내는 사람이 많다는 것, 어느 부자가 이 집 재목을 그대로 옮겨
써서 산속에 근사한 한식 별장을 짓기로 했기에 대들보와 서까
래 문짝까지 비싼 값으로 진작 팔아먹었다는 것이 그의 대답이
었다. 짓기가 어렵지 무너뜨리는 건 한순간이야. 그가 덧붙여
말했다.

나는 연당집에 대한 집요한 관심을 스스로도 이해할 수 없어 다만 달리 할 일이 없기 때문이라고, 창을 열면 바로 보이는 것이 그뿐이라고, 오래된 아름다운 집이 사라지는 것이 안타깝기 때문이라고 자신에게 말하기도 했다.

바보가 물 흐르는 호스를 내려놓고 쭈그리고 앉아 하염없이 흙을 들여다보고 있다. 호스에서 콸콸 쏟아져 나오는 물이 발을 적시고 도랑을 만들며 흐르는 것도 모른 채 땅에 박은 눈길을 돌리지 않았다. 간혹 손가락으로 무언가 파헤치는 시늉도 했다. 무엇을 열심히 찾고 있는 것도 같았다.

날은 점점 더워지고 봄빛을 이기지 못한 꽃들이 아우성치듯 피어올랐다. 나무들은 시시각각 잎을 피워 푸르러가고 바보는 더욱 분주해졌다. 본채 옆의 사랑채가 없어지고 다음 날에는 헛간처럼 보이던 작은 기와집이 밤새 헐려 깨진 기와 조각과 흙덩이로 내려앉았다. 연당집은 나날이 제 자리와 모양을 지워가고 있었다.

울타리가 있던 자리를 따라 서너 명의 인부들이 벽돌담을 쌓기 시작했다. 마당 안쪽에서는 시멘트 개는 작업이 한창이었다. 한낮, 해는 높직이 떠서 발밑에서 짧게 뭉개진 그들의 그림자 위로 시멘트 가루와 모래 먼지가 간단없이 부옇게 피어올랐다. 채마밭을 뒤엎어 평평히 고르느라 한 뼘만큼씩 파랗게 자라오르던 배추들은 흙과 뒤섞여 묻혀버렸다.

바보는 이제 집 뒤켠의 나무 베는 일을 하고 있다. 벌목꾼처럼 도끼를 휘둘러 해묵은 나무의 밑동을 찍고 쓰러뜨리며 힘이 좋은 바보는 종일 쉴 짬이 없었다. 누군가의 지시에 충실히 따르고 있는 것이리라. 그럼에도 불구하고 바보는 몹시 허둥대는 것 같았다. 소나무를 베다 말고 무엇을 잊은 듯 허둥지둥 뛰어가 산수유나무의 둥치를 끌어안고 뽑아내려 용을 쓰기도 하고 땀을 닦는 사이사이, 도끼를 놓고 허리를 두드리는 사이사이 문득 집 주위를 돌아보며 이상하다는 듯 고개를 흔들기도 했다. 그가 태어나 유일하게 깃들였던 한 세계, 그것의 변모, 사라짐에 불안해하는 것일까.

불안은 전염성이 있는 모양이다. 나는 파를 썰거나 두부모를 자르는 하찮은 칼질에서도 자주 손을 베고 유리컵을 깨뜨린다. 더위 탓이라고, 두통 탓이라고 변명하지만 봄이 되면 심해지는 두통은 새삼스러운 것이 아니다.

남편은 작은 아파트를 부동산 사무실에 내놓았는가고, 여름이 오기 전에 팔아야 한다고 다시 말하고 나는 애매하게 고개를 끄덕였지만 집을 팔기 위한 어떠한 시도도 하고 있지 않다.

나는 이즈음 더욱 자주 야산을 넘어 이 아파트에 온다. 식구들이 잠든 한밤중에 몰래 빠져나올 때도 있다. 이제 제법 잎이 무성해진 나무들 사이에 서면 이상하게 머리가 맑아졌다. 작은 아파트에서 보내는 시간이 많아지자 남편은 어딜 외출했었는가고, 연락할 일이 있었는데 하루 종일 통화를 할 수 없었다고 내가 집을 비운 것에 대해 종종 힐난했다. 남편으로서는 내가 그 빈집에서 아무런 하는 일 없이 하루를 보낸다는 것에 생각이 미칠 수 없을 것이다.

오토바이가 한 대 털털대며 마당으로 들어선다. 옆구리에 함석 가방을 끼고 있는 것으로 보아 중국집에서 음식 배달을 온 모양이었다. 일을 하던 사람들이 일손을 털고 일어나 수돗가로 몰려갔다. 그들 중의 하나가 아직도 둥치 굵은 나무를 끌어안고 힘을 쓰는 바보를 소리쳐 불렀다. 연당집 앞길로 노란색 포크레인이 들어서고 요란한 캐터필러 소리는 부르는 목소리를 삼켜 버렸다.

방 안 가득 붉은 기운이 어려 있다. 잠이 들었었나? 후닥닥 일어났다. 열린 채로인 창밖 하늘이 불을 지른 듯 붉었다. 베개도 없이 방바닥에 그대로 누워 잠이 들었던 모양이었다. 나는 일어나 앉아 우두커니 노을빛이 짙은 하늘을 올려다보았다.

해가 질 때, 그리고 떠오를 때 우리는 그들을 기억하리라. 일차 대전에서 죽은 무명 용사들의 묘비문. 사람들은 그렇게 살아 있음을 변명한다.

왜 장엄한 황혼을 볼 때면 열패감을 느끼게 되는 것일까.

해가 지고 노을이 물들 무렵이면 몹시 울던 어린 날의 기억이 있다. 계집애가 사위스럽게 청승을 떤다고 매를 맞으면서도 까닭 없이 서러워 목 놓아 울게 하던 것은 어찌해볼 수 없는 운명,

어쩌면 비겁하고 허약할 수밖에 없는 인간으로서의 열패감, 두려움 때문이 아니었을까.

그 여름, 나를 찾아온 그의 전화를 받았을 때 나는 아이에게 젖을 먹이고 있었다. 허둥대는 어미의 기색을 본능적으로 느낀 아이는 필사적으로 젖꼭지를 물고 놓지 않았다. 진저리를 치며 물어뜯었다. 이가 돋기 시작한 아이의 무는 힘은 무서웠다. 아앗, 나도 모르게 비명을 지르며 아이의 뺨을 후려쳤다. 불에 덴 듯 울어대는 아이를 떼어놓자 젖꼭지가 잘려나간 듯한 아픔과 함께 피가 흘러내렸다. 아이의 입에도 피가 묻어 있었다. 브래지어 속에 거즈를 넣어 흐르는 피를 막으며 나는 절박한 불안에 우는 아이를 이웃집에 맡기고 그에게 달려 나갔다. 그와 함께 강을 건너 깊은 계곡을 타고 오래된 절을 찾아갔다.

여름 한낮, 천년의 세월로 퇴락한 절 마당에는 영산홍꽃들이 만개해 있었다. 영산홍 붉은빛은 지옥까지 가닿는다고, 꽃빛에 눈부셔하며 그가 말했다. 지옥까지 가겠노라고, 빛과 소리와 어둠의 끝까지 가보겠노라고 나는 마음속으로 대답했을 것이다.

절에서 배터까지 내려오는 계곡은 행락객들로 끓었다. 강가에는 음료수와 술을 파는 장사치들의 차일이 늘비했다.

저녁이 이울었지만 햇살이 뜨거웠다. 그와 나는 그중의 한 곳으로 들어갔다. 바닥에 비닐을 깔고 서너 개의 상을 놓은 그곳에는 두 가족이 어울려 나온 듯 비슷한 연배의 여자 두 명과 남자 두 명, 아이들이 자리를 벌이고 있었다. 어린아이들이 잠들

어 있고 접은 군용 담요 위에 화투짝들이 흐트러져 있는 것으로
보아 그들은 복잡한 계곡으로 들어가느니 아예 이곳에 자리 잡
고 놀기로 작정했던 듯싶었다. 소주와 도토리묵을 가져온 주인
여자가 그에게 생색내는 어투로 오소리 간을 먹겠느냐고, 아저
씨들에게 아주 좋은 거라고 말했다. 이거 아주 귀한 겁니다. 옆
자리의 남자가 붉고 흐늘거리는 것을 한 점 집어 올리며 거들었
으나 그는 난처한 표정으로 웃으며 고개를 저었다. 주인 여자와
그들은 살아 있는 오소리를 통째로 넣어 담그는 술의 신묘한 효
험에 대해 이야기를 나누었다.

  저녁 해는 느릿느릿 이울었다. 해가 지고 강물 위 하늘에 짙
은 노을이 드리울 때까지 그는 말없이 강물을 보며 소주 한 병
을 천천히 비웠다. 가까이에서 본 강물은 더러웠다. 얕게 밀리
며 끊임없이 더러운 쓰레기들을 우리들의 발밑에 밀어 올렸다.

  마지막 배가 몇 시에 뜨느냐고 묻는 내게 주인 여자는 요즘
같은 철에는 늦게까지 있다고, 위쪽으로 가면 방갈로도, 깨끗한
민박집도 있으니 걱정할 게 없다고 대답했다. 옆자리에 앉았던
사람들은 생포한 오소리를 사겠노라고 잠든 두 아이만을 남겨
둔 채 함께 차일 밖으로 나갔다. 의좋은 내외분이시네요. 주인
여자가 발라맞추듯 말했지만 나는 그녀가 마음과는 다른 말을
하고 있다는 것을 알았다. 술기로 눈빛이 붉어진 그와 그 앞에
무릎을 싸안고 말없이 동그마니 앉아 있는 나는 그녀의 눈에 수
상쩍은, 그렇고 그런 남녀였다. 어디로든 사람 없는 곳에 가서

뒤엉키고 싶다는 갈망을 숨기는 일에 서툰. 진정 부부인 양 천연덕스러웠던 우리의 표정은 그녀의 말에서 일기 시작한, 서로의 마음속으로 느끼고 있는 거북스러움 때문이 아니었던가. 그거북스러움은 단지 질서와 제도에서 비껴선 데 대한 것이었을까. 그것만은 아니었을 것이다. 그 거북스러움을 천연덕스러운 표정으로 은폐할 수 있는 모든 관계들에 대한 역겨움이 아니었을까.

나는 더러운 간이 화장실에서 오줌을 누고 브래지어 속을 열어보았다. 피와 젖이 엉겨 달라붙은 거즈를 들치자 날카롭게 박힌 두 개의 잇자국이 선명했다. 나는 돌연 메스꺼움을 느끼며 헛구역질하는 시늉을 하였다.

잠에서 깬 아이들이 서럽디서러운 소리로 울기 시작했다. 살아 있는 오소리를 사러 간 아이들의 부모는 아직 돌아오지 않았다. 먼저 울음을 그친, 누나인 듯한 계집애가 작은 아이를 달랬다. 신발을 신기고는 오소리의 피와 술 자국으로 더러운 차일을 벗어나 손을 잡고 강을 따라 걸어갔다. 아이들은 곧 보이지 않게 되었다. 짙은 노을을 치받으며 피어오르는 땅거미가 조그맣게 멀어져가는 아이들의 모습을 지웠다.

강물이 그렇게 더럽지만 않았다면, 그렇게 짙은 황혼이 아니었다면, 황혼과 어둠 속으로 조그맣게 지워져간 그 두 아이가 아니었다면 우리는 그토록 극력 감추고 있던 욕망의 본질을, 허위를 단번에 꿰뚫어보는 일은 없었으리라. 지옥까지 가겠노라는 행복감의 또 다른 얼굴을 보는 일은 없었을지도 모른다.

그와 나는 똑같은 생각을 동시에 하였음에 틀림없었다. 나는 나의 집과 아이를 생각하고 한 번도 본 적이 없는 그의 가족과, 그를 맞아줄 저녁 식탁과 불빛을 생각했다. 그 역시 그러했을 것이다. 그가 시계를 보았다. 나는 마지막 배 시간이 많이 남아 있었음에도, 그와 함께 있는 시간을 조금이라도 늘려보려는, 그는 모를 필사적인 소망과 노력에도 불구하고 우리를 태우고 각자 떠나온 곳으로 안전하게 데려갈 배가 다가오는 것에 안도감을 느끼며 일어났다.

창 아래 연당집이 사라졌다. 내가 꿈 없는 깊은 잠에 들었던 사이, 정오의 태양이 이우는 사이, 이백 년의 세월은 재처럼 내려앉았다. 장엄한 노을은 보랏빛으로 시들어 어둠이 차오르고 있었지만 집이 있던 자리, 폭삭 내려앉은 자리만은 이상하게 흰히 떠 보였다. 밤에도 공사를 계속할 모양이었다. 마당을 가로지른 줄에 몇 개의 알 전구가 때 이른 불을 밝히고 있었다. 바보는 무너진 집의 잔해를 헤집어보다가 그 주위를 황망하게 돌아다녔다. 무엇인가 찾으려는 몸짓으로. 안타까운 목안엣소리를 지르며 아직 남아 있는 나무둥치를 끌어안고 흔들기도 했다. 왜, 왜, 왜? 뭐였지? 뭐였지? 바보의 움직임은 커다란 의문 부호 같았다. 그러나 바보는 자신이 찾는 것이 무엇인지 알 수 없을 것이다. 익숙한 것의 사라짐, 그 낯섦을 이해하지 못할 것이다.

나는 조금 울었던가. 아마 그랬을 것이다.

아파트의 문을 잠그고 계단을 내려오며 곧 집을 내놓으리라고 생각하기도 했을 것이다.

나는 연당집 울타리가 있던 길로 접어들다 발길을 돌려 아파트 입구의 공중전화 박스로 들어갔다. 동전을 넣고 번호판을 하나씩 힘주어 꾹꾹 눌렀다. 벨이 두 번 울리기도 전에 생소한 여자의 목소리가 들렸다. 잘못 걸렸나? 나는 할 말을 몰라 가만히 수화기를 내려놓았다. 동전을 넣고 다시 번호판을 꼼꼼히 눌렀다. 역시 벨이 두 번 울리기 전에 조금 전의 목소리가 받았다. 잘못 걸렸나 보다고, 미안하다고 더듬더듬 말하는 내게 그 여자는 새로 바뀐 전화번호라고 상냥하게 대답했다.

나는 천천히 발길을 돌렸다. 그가 오랫동안 소유했던 그 일련의 숫자들이 이제는 다른 사람에 의해 쓰인다는 것이 기이했다. 그 일련의 숫자들은 그를 기억할까. 그의 음성과 말버릇, 말 속에 담거나 숨겼던 무한히 복잡한 감정들을 기억할까. 어느 날 그들은 까마득한 지난날로부터 들려오는 귀 익은 소리에 문득 놀라고 그게 누구였지? 기억을 더듬어보지 않을까. 내가 갈게. 여긴 비가 오는데 거긴 어때? 그냥 전화했어요. 이젠 됐어요. 끊을게요······

어둠이 깃들이는 숲에 발걸음을 멈추고 서 있으면 현자(賢者)가 된 느낌이 든다. 나무의 몸체에 가만히 귀를 대어보기도 한다. 그러나 나는 나무의 말을 알아듣기에는 너무 나이를 먹었다. 나무의 몸에서 귀를 떼고 팔을 벌려 안아보았다. 따뜻한 기운이 느껴지는 것 같았다. 신발을 벗고 나무 위로 기어올랐다. 거친 줄기의 속 깊이 흐르는 수액이 향기롭게 맡아졌다. 나무는 곧게 자라 자칫 주르르 미끄러지거나 떨어질 듯 긴장이 되었다. 나는 다리를 꼬아 힘껏 굵은 줄기를 휘감았다. 돌발적이고 불합리한 욕구로 몸이 뜨거워졌다. 나는 나무를 껴안고 감아 안은 다리에 힘을 주며 온 힘을 다해 비틀었다. 아, 억눌린 비명이 터져 나오고 나는 산산이 해체되어 흰빛의 다발로 흩어지는 듯한 짧은 희열을 느끼며 축 늘어졌다. 나는 조금 울었던가?

오동의 보랏빛 꽃이 어둠 속에서 나울나울 피고 있었다. 별과 꽃이 난만한 밤에 그는 죽었다. 내가 존재하지 않을 어느 시간대에도 이 나무에는 꽃이 피고 잎이 피고 새가 깃들이겠다.

나는 나의 생보다 오랠 산과 나무, 별들을 바라보았다. 비로소 먼 옛날 증조할머니가 내게 해준 말을 정확히 기억해내었다. 옛날 어느 각시가 옛우물에 금비녀를 빠뜨렸는데 각시는 상심해서 죽고 금비녀는 금빛 잉어로 변해……

[1994]

파로호(破虜湖)

단애의 끝에 호수가 있다. 산을 깎아낸 길 아래, 가파른 벼
랑 끝의 호수는 그릇에 담긴 물처럼 고요하다. 만산홍엽(滿山紅
葉). 지는 잎들이 깊고 푸른 물 위에 색종이처럼 후르르후르르
떨어져 내린다. 오르막길에서 차는 변속 기어를 넣고, 귀에 먹
먹한 귀울음이 오며 호수가 또 한 차례 까무룩히 내려앉는다.
버스가 급커브를 트는 바람에 가슴팍까지 고개를 묻고 잠들었
던 옆자리의 김 선생이 눈을 떴다. 크게 기지개를 켜고 발밑에
떨어진 등산모를 주워 머리에 얹었다. 습관적인 손짓으로 티셔
츠 왼쪽 가슴을 쓸어보고, 점퍼 주머니를 훑다가 낙심한 낯으로
은단갑을 꺼내 은단 몇 알을 입에 털어 넣었다. 혜순과 눈이 마
주치자 변명하듯 씩 웃었다. 그는 금연 중이었다. 이른 아침 버
스 터미널에서 인사를 나눈 이래 그는 줄곧 껌을 씹고 뭔가 찾

아 쥐려는 욕구로 쉴 새 없이 손을 비비고 손마디를 꺾던 터였
다. 혜순은 그러한 그에게 언젠가 신문에서 읽은 금연자를 위한
충고—흡연의 욕구를 느낄 때마다 냉수를 한 컵씩 마셔서 골
수에 밴 니코틴을 희석시키라는—를 친절히 일러주고 싶었다.
물로 씻기고 맑아지는 것이 니코틴뿐이랴. 물의 순정성, 정화
작용을 혜순은 알고 있다.

　잠이 오지 않는 밤이면 혜순은 물을 마시곤 했었다. 석회질이
많은 물을 병에 받아놓고 앙금을 가라앉혀 습관적으로 마셔댔
다. 물이 목까지 차올라 구역질이 날 지경이면 소금을 집어 먹
었다. 그 찝찔한 맛에 안도감이 왔다. 불안이 사라졌다. 유리병
속의 물을 다 비우고 나면 몸속에서 투명한 물소리가 나는 듯
했다. 물을 많이 마신 다음 날 아침이면 얼굴이 부석부석 부어
올라 낯설어 보였다. 끊임없이 비워내고 씻어내지 않으면 안 될
듯한 절박감은 무엇이었을까. 끊임없이 물 마시고 소금 집어 먹
는 행위로 무엇으로부터 사면받기를 바랐던 것일까.

　양구행 시외버스는 이른 시각 탓인지 고작 네댓 명의 승객을
태우고 드물게 취락지를 낀 산간 도로를 달렸다.

　"군용 도로라 그래요. 비상시에는 조명탄 구실을 하지요."

　일정한 간격으로 길가에 세워진, 검은 콜타르를 입힌 원두막
모양의 구조물을 유심히 바라보는 혜순에게 김 선생이 말짱 잠
깬 어조로 설명했다. 전쟁이 터졌을 때, 혹은 적기의 소재를 파
악하기 위해 구조물 자체가 연료가 되어 타며 빛을 내거나 봉화

구실을 하는 것이리라, 혜순은 속으로 김 선생의 말을 헤아렸다.

"지루하지 않으십니까? 생각보다 먼 길이지요?"

"괜찮아요. 길도 좋고…… 뜻밖에 단풍 구경을 하게 되네요."

혜순이 웃으며 고개를 저었다. 그녀는 지금 파로호를 찾아가는 길이었다. 평화의 댐 기초 공사를 위해 물을 뺀 퇴수지(退水地)에서 선사 시대 문화층이 발견되었다는 지방 신문의 기사와 함께 게재된 흑백 사진—바닥을 드러낸 거대한 호수의 황량한 모습, 그 호수 뒤켠의 멀고 흐린 산의 능선—에 몹시 마음이 끌렸다. 그녀를 사로잡은 것은 이를테면 '텅 빈 충만함'이라고나 해야 할 막연하고 추상적인 느낌이었다. 아주 오래전 남편 병언과 함께 가본 적이 있었던 장소라는 것이 더욱 그러한 느낌을 부채질한 것인지도 몰랐다. '고대사 규명의 귀중한 자료'라든가 '한강 문화 뿌리의 재조명' '국내 최대의 구석기 유적' 등등 학계와 저널리즘의 관심사와는 무관한 개인적인 갈증이었다.

김 선생은 표구점과 수석의 수집 판매를 겸한 가게의 주인으로 병언의 오랜 친구이기도 했다. 아는 사람들은 그를 향토학자라 대접해 부르기도 했다. 지난주 미국에 있는 아이들이 그려 보낸 그림—'보고 싶은 엄마 얼굴'이라는 제목과, 겨울이 되기 전에 돌아오세요. 막상 그리려니 엄마 얼굴이 떠오르지 않아 사진을 보고 그렸어요,라는 추신을 붙인—을 표구하기 위해 혜순이 김 선생의 가게로 들렀을 때 일간 파로호에 돌을 찾으러 갈 생각이라는 말을 듣고는 동행을 부탁했던 것이다.

줄곧 산을 끼고 달려온 끝에 들어선 작은 시가지에서 버스는 잠시 멈춰 서고 두 명의 승객을 태웠다.

"야, 약방에 가서 잘 듣는 진통제 한 알 사오고 커피 한 잔 뽑아다 줘, 이빨이 쑤셔서 죽겠다."

운전사가 창밖으로 목을 빼어 간이 매표소의 처녀에게 소리쳤다. 열린 시야로 들어오는 것은 길가에 면해 늘어선 기와집들과 화강암의 삼층탑, 그 너머 툭 트인 너른 벌이었다.

"이게 아마 고려 중기 때 것일 겝니다. 지방 문화재 몇 호던가?"

김 선생이 눈앞에 바짝 다가든 탑을 가리키며 말했다. 혜순이아, 그런가요? 꽤 큰 가람이 있었던 게지요,라고 대답했으나 탑이라면 다보탑은 여성미의 극치요, 석가탑은 남성미의 표현이라는 국민학교 교과서식의 지식밖에 갖추지 못한 그녀의 눈에 그것은 별다른 특징 없는 하나의 탑일 뿐이었다.

"지난 주말엔 운주사에 갔었지요. 와불(臥佛)이 볼만하더군요. 눈이라는 게 마음과 다르지 않은 건지 주먹 같은 돌멩이도 부처라니 부처로 보이고 서너 개씩 쌓아놓고 탑이라니 또 탑으로 보입디다. 우리나라 사람들의 근원 정서랄까 심성이랄까 하는 것이 굳이 말하자면 돌을 쌓는 그런 습관화된 행위로 드러나는 게 아닙니까. 길을 지나다 돌을 주우면 반드시 다른 돌 위에 그것을 얹으며 소원을 빌지요. 나그네의 마음에 잠시 깃들인 소망도 탑이 되고 부처가 되는 겁니다. 오는 길엔 몇 군데 마애불도 둘러보았지요. 남쪽으로 가면 볼만한 마애불이 꽤 있습니다. 옛사람들은 거대한 암벽에 이미 부처가 들어 있다고 생각했기 때문에 마애불을 새기는 것은 불필요하게 부처를 가린 부분들을 제거하는 것이었지요. 따라서 그 일을 하게 되는 것은 뛰어난 재능과 기술을 가진 석공보다 돌에 깃들인 부처를 볼 수 있는 돈독한 불심을 가진 자, 청정한 마음의 소유자라야 했지요."

김 선생의 말에서 혜순은 독학자의 다변과 과시욕을 느끼며 실은 그의 다변이 자신과 동행하는 거북스러움, 불편함을 지우고자 하는 노력이 아닌가 하는 생각이 퍼뜩 스쳐갔다. 아니 오히려 금연 중에 찾아오는 금단 현상이 아니었을까. 주머니를 더듬고, 입술을 문지르는 분주한 손놀림, 줄곧 떠들어대지 않으면 안 되는 조바심과 안타까움.

끊임없이 말하고자 하는 욕구와 이윽고 찾아오는 텅 빈 공백 상태. 사용되지 못한 말들과, 그것이 지칭하는, 지시하고 가리키는 사물들은 텅 빈 뇌 속에서 화석처럼 굳어갔고 혜순은 자신의 사유와 세계라는 것이 얼마나 말의 질서 위에 세워져 있었던가를 참혹하게 깨닫곤 했었다. 입은 언제나 말하고자 하는 욕구로 벌어져 있고 귀는 미풍에도 쫑긋거리고 눈은 항상 의심쩍게 번쩍였다. 뇌의 회백질 속에서 굳어가는 것은 말이 아니라 말로써 표상되는 그 모든 것, 꿈 혹은 열망이라 해야 하지 않았을까.

약을 사러 간 매표소 처녀는 돌아오지 않고 운전사는 시동을 끄지 않은 채 통증을 참느라 지그시 이를 물고 잔뜩 찌푸린 얼굴로 연신 길 쪽을 바라보았다. 십 분 이상 버스가 움직이지 않는데도 승객들 중 불평하는 사람은 없었다. 혜순이 자리에서 일어났다. 운전사가 금방 떠날 텐데 어딜 가느냐고 볼멘소리를 내뱉었다.

"금방 올라올게요. 잠깐 바람 쐬려구요."

혜순의 대꾸에 그는 필시 화장실을 찾는 게라고 짐작했는지 더 이상 말하지 않았다.

늦가을 볕은 닫힌 차창을 통해 보는 것만큼 따사롭지 않았다. 햇살은 얇고 투명한 유리 조각같이 미세한 빛의 떨림으로 눈꺼풀에 얹혔다. 밝은 햇살 속에 서릿발이 든 듯 차갑고 투명한 느낌이 드는 것은 줄곧 굽이굽이 산길을 거치는 동안 골진 곳마다 뭉클뭉클 피어올라 산과 길과 나무를, 모든 형체 있는 것들을 아뜩아뜩 눈앞에서 지워버리던 안개의 기억 때문일 것이다.

김 선생의 말대로 고려 중기의 것이라거나 지방문화재임을 알리는 표지판도 없이 덩그러니 선 탑의 뒤 빈터에는 쇠전이 서는지 군데군데 말뚝이 박혀 있었다. 탑의 좌우로 길을 따라 이름만 연쇄점이니 슈퍼니 붙였을 뿐 지붕의 무게(오히려 세월의 무게라고 해야 옳지 않을까)를 이기지 못해 기우뚱하게 일그러진 낡은 한옥의 앞면과 옆면의 벽을 털어내고 여닫이문을 달아 개조한 점방들은 옛날 혜순이 피난 시절을 보냈던 저잣거리와 다를 바 없이 낙후된 모습이었다. 잡화점과 한약방, 여인숙, 중국집 그리고 우중충한 화강암의 탑은 그 옛 풍경, 비와 바람과 햇빛, 또한 젖은 재처럼 고요한 시간의 마모 속으로 수굿이 어울러들며 서 있었다.

이런 아침, 태어나면서부터 변함없이 되풀이되었고 새롭게 시작되었던 아침, 졸린 눈을 비비며 아침 속으로 걸어 나가면 소음과 빛으로 가득 찬 세상이 있었다. 자신의 아이들이 그러하듯 아, 소리 지르고 싶어, 소리 지르고 싶어, 힘찬 피돌기를 뚫고 터져 나올 의미 없는 부르짖음과 탄성이 준비되어 있던 때, 집 밖으로 나서는 것은 확실히 약속되어진 길, 미래의 세상으로 나아가는 길이었다. 지금 그녀는 지난날 그토록 기다렸던 숱한 내일에 도달해 있다. 다만 새로이 맞는 아침을, 문밖의 세상을 더 이상 미래라고 서슴없이 말할 수 없을 뿐이다. 꿈을 꾸지 않기 위해—거짓 위안과 자기 연민에서 도피하고자—이를 악물고 잠든 다음 날에는 몹시 관자놀이가 아팠다.

혜순이 사 년여에 걸친 미국 생활에서 돌아온 지난 늦봄, 처음 한 일은 지하철 역구내에 마련된 즉석 사진 촬영소에 들어가 사진을 찍은 것이었다. 시간을 다투어 사진을 필요로 하는 일은 없었다. 평소 혜순은 즉석 사진을 찍는 사람들에 대해 묘한 선입관을 갖고 있었다. 실직, 빈곤, 다급한 생활의 요구, 부랑의 분위기 따위가 즉석 촬영소의 커튼을 들치고 나오는 사람의 어색해하는 표정에 어려 있는 듯 보였다. 그것은 공중전화에 매달려 쉼 없이 동전을 넣어가며 다이얼을 바꾸어 돌리는 사람을 볼 때의 느낌과 비슷한 것이었다. 어디든 발붙이려 애쓰는, 소식을 기다리고 사람을 기다리고 일자리를 기다리는 불운한 사람들. 그들은 가판대에서 신문을 사서 구인 광고를 꼼꼼히 읽은 뒤 즉석 사진을 찍어 언제든 안주머니에 준비되어 있는 이력서에 붙인 뒤 초조히 우체부를 기다릴 것이다. 그리고 값싸고 품위 없는 공문서용의 노란 봉투 속에 넣어져 배달되는 정중한 거절의 문면.

혜순은 흘긋거리며 지나치는 사람들의 눈길을 의식하며(그것은 약간의 쑥스러움과 부끄러움을 수반한다는 점에서 길가 공중변소에 들어가는 기분과 흡사했다) 촬영소로 들어갔다. 상반신만 가리게 되어 있는 비닐 커튼을 꼭 닫아 치고 검은 거울면을 마주한 뒤 안내문의 지시에 따라 의자를 회전시켜 똑바로 앉아 머리 끝이 거울 위쪽의 붉은 선에 닿도록 정확히 맞추었다. 동전 2천5백 원을 넣어 표정을 잡은 다음 시선을 거울 속 자신의 입술에 두고 버튼을 눌렀다. 플래시가 사 초 간격으로 두 번 터지므로 두 가지 표정을 만들 수 있다는 친절한 조언에 따라 사 초 안에 재빨리 표정을 바꾸었다. 아무도 보는 사람이 없다는 사실이 두번째 표정을 악마처럼 지어보고 싶다는 충동을 불러일으켰다. 안내문의 지시에 따라 자세를 취하는 일, 곧 인화되어 나타나리라는 기대를 깔고 검은 거울면을 향해 미소 짓는 일은 어색했으나 혜순은 지시대로 버튼을 누르고 처음에는 부드러운 미소를 지었고, 두번째에는 악마처럼 이를 드러내고 눈을 부릅떴다. 역시 지시대로 차분히 삼 분 오십 초를 기다려 빠져나온 사진을 말렸다. 사진 속의 얼굴은 붓고 윤곽이 흐리게 퍼져 보였다. 표정을 선택할 수 있다는 조언에 충실히 따르고 있었으나 표정을 지으려고 애쓰는, 그리고 표정의 선택에 대한 순간적인 망설임이 사진에 나타나 있었다.

돌아왔다는 자기 증명, 확인이 그토록 필요했던 것일까. 쓸데없는 사진을 지갑에 넣고 혜순은 버스를 바꿔 타고 전철을 갈아타며 하염없이 돌아다녔다. 마치 경작할 자기의 땅을 둘러보는 농부처럼. 그처럼 신실하고 성실하게. 충실한 시민으로 가판대에서 신문을 사고 요행을 바라고 올림픽 복권을 샀다. 그것은 더 이상 자신이 떠돌이가 아니라는 것을 스스로에게 끊임없이 주지시키는 행위였으리라. 그러면서도 시차 극복이 안 된 듯한 어정쩡한 상태에 매달려 있었다. 계속되었다기보다 매달려 있었다는 것이 옳은 말이었다. 낙하가 두려운 다이빙 선수처럼 스스로에게 가한 유예.

약봉지를 든 매표소 처녀가 숨이 턱에 차서 뛰어오는 모습이 보였다.

"야 임마, 기다리다 날 저물겠다. 약을 만들어갖고 오냐."

운전사가 고함을 쳤다.

"아저씨두 참, 오늘 일요일이잖아요. 문 연 데를 찾아 아랫동네까지 갔었다구요."

처녀가 볼 부은 목소리로 대꾸하며 종이컵과 약봉지를 내밀었다.

"월명리 버스는 떠났어요, 십 분 전에."

낭패한 낯으로 다음 차시간을 묻는 그들에게 매표소 직원은 턱짓으로 밖에 내걸린 배차시간표를 가리켰다. 월명리행 버스는 오전 오후 두 차례 있을 뿐으로 다음 차 시간은 오후 세 시였다. 산간 오지 마을 사람들이 읍내에 나와 볼일을 보고 돌아갈 수 있는 시간을 빠듯이 잡아 배려한 최소한의 편의였다.

짧은 가을 해에 오후 세 시 차를 기다리며 시간을 보낼 수는 없는 일이었다. 게다가 돌아오는 시간도 생각해야 했다. 호수가 생겨 원래의 도로가 물속에 잠겨버린 후 유적지가 있는 상무룡리까지는 육로가 없었다. 주민들이 주로 호수의 물길을 따라 배를 이용했기 때문이었다. 물이 빠져 배를 쓸 수 없게 된 지금, 월명리 버스를 탄다 해도 큰길에서 내려 호수 바닥 길을 근 두어 시간 걸어야 하리라고 김 선생이 말했다. 근처 음식점에서 설렁탕으로 때 이른 점심을 마치고 그들은 택시를 탔다. 그 구석에 들어갔다 오면 세차를 해야 하고 운 나쁘면 진흙 구덩이에 빠져 옴짝달싹 못 한다고 내켜하지 않는 늙수그레한 운전사에게 왕복 대절 요금 외에 세차비를 얹어 주기로 합의를 보았다.

읍을 벗어나자 인가는 뜸해지고 대신 군부대의 시멘트 담과 철책 넘어 퀀셋이 자주 눈에 띄었다. 간혹 '작전 수행'이니 '운전 교습'이니 하는 깃발을 단 군용 차량이 헤드라이트를 밝히고 줄지어 지나가고 완전무장한 군인들이 행군해갔다. 그때마다 택시는 길옆에 비켜서서 그들이 다 지나갈 때를 기다려야 했다.

"이쪽으로는 통 발전이 안 되는군요. 뵈는 거라곤 군인들뿐이고……"

"수복 지구인 데다 접적 지역이라 심리적 불안도 있고…… 통일이 되면 달라지겠지요. …… 옛날엔 진상미가 나던 평야였답니다. 지금은 태반이 수몰되어버렸지만."

김 선생이 탄식하듯 중얼거렸다.

차는 국도를 버리고 왼쪽 샛길로 접어들었다. 길게 자란 마른 풀 더미 사이에 숨은 듯 국도에서는 보이지 않던 좁다란 비포장길이었다. 길 아래로 물 빠진 수몰지의 꼬리 부분이 가무룩이 드러나기 시작했다.

"저걸 보세요."

김 선생의 손끝을 따라 혜순이 시선을 옮겼다. 멀리 골짜기의 바닥, 아직 물이 얕게 흐르고 있는 호수의 하구에 줄지어 트럭들이 움직이고 있었다.

"트럭 말씀이세요?"

"아니 그건 평화의 댐 축조에 쓸 골재를 파 가는 거고…… 저 돌들 보세요."

김 선생의 손끝이 가리키는 곳에는 거대한 돌덩이들이 반쯤 물에 잠긴 채 드문드문 늘어서 있었다. 신화 속의 이무기처럼, 혹은 고생대의 생물이 두꺼운 지층을 뚫고 홀연히 몸을 일으키는 것 같기도 했다.

"이번에 드러난 지석묘군이군요."

혜순이 낮게 감탄사를 내뱉었다. 인간에겐 누구나 영원을 사모하는 마음이 있고 그것이 바로 종교성이라던가.

"아마 이만한 벌이면, 그리고 지석묘군의 규모로 보아 인구 일이 천 정도의 성읍 국가가 있었다고 봐야 하겠지요."

"우리 어릴 땐 저런 돌들이 수태 있었습지요. 어른들이 저녁 잡숫고 난 뒤 바람 쐬러 나와 앉곤 했더랬는데 사시사철 애들 놀이터였지요. 지금 와서는 그게 옛날 사람들 무덤이니 제단이니 하고 대단한 유물이라고 떠들지만 그때야 뭐 그저 엄청 큰 돌덩이였지요. 노인네들은 그 돌이 마고할미의 장사 아들이 힘자랑 하느라 들어다 놓은 것이라고 말씀하시곤 했지만요. 다 사변 전의 얘기지요. 그것도 도로 공사 때 묻혀버리고 말았다던가…… 그런데 무슨 일로 상무룡리의 골짜기를 들어가십니까? 조사 나가시는 건가요? 물이 없으니 낚시질도 아닐 게고, 외지인이 굳이 들어가 볼 만한 것이 있겠습니까?"

운전사가 백미러로 뒷자리의 김 선생과 혜순을 바라보며 물었다.

"돌을 찾아다닙니다."

"돌? 돌이라니요. 돌 연구가세요?"

김 선생이 대꾸 없이 허허 웃었다.

차는 비탈길을 조심스레 내려가기 시작했다. 그때까지 드문드문 보이던 울긋불긋한 슬레이트 지붕들이 문득 사라지고 시

루떡 켜처럼 밑동을 드러낸 산들이 드넓은 개활지 위에 띄엄띄엄 솟아 있을 뿐이었다. 산은 단풍으로 무너지듯 붉은데 산중턱마다 만수위(滿水位)의 흔적이 상처처럼 산을 헐어내고 있었다. 비탈길을 다 내려가자 호수를 에워싼 산을 따라 신작로가 나타났다. 수몰되기 전 양구와 화천을 잇던 도로로 왜정 때 목탄버스와 승합마차가 다니던 길이라고 운전사가 설명을 했다. 그 신작로의 양켠에는 허리가 잘린 나무들이 일정한 간격으로 회백색 뼈처럼 돋아 있었다.

"물 채우기 전에 잘라버린 미루나무 가로수예요. 저기 불룩하게 돋운 곳은 곡창 함춘벌의 논둑이지요. ……발전소도 좋지만 그 좋은 땅들을 다 물속에 처넣어버렸어요. ……저기 주춧돌이 보이죠? 소학교 자리이고 저쪽으로는 지서가 있었지요."

이 고장 출신으로 젊어 십 년을 빼고는 양구를 떠난 적이 없다는 운전사는 수몰되기 전 어릴 적의 기억을 더듬으며 눈에 띄는 작은 흔적마다 설명을 늘어놓았다. 정작 그가 태어난 마을은 물속에 잠겨 지명조차 사라졌다고 했다. 벌과 마을과 길. 물밑으로 사십여 년의 시간 속에 침전된 것들. 사라진 마을. 사라진 삶들. 김 선생에게는 모처럼 드러난 옛 강줄기에서 새로운 돌을 찾으리라는 목적이 있다. 그녀 자신에게는 무엇을 보려, 찾으려는 요구가 있었던 것일까. 그 어떤 간절함이, 갈증이 물 마른 호수로 이끌었던 것일까.

차가 지나가는 옛 신작로 양켠으로 키를 넘는 마른 옥수숫대가 숲을 이루었다. 바람에 마른 잎들이 스산히 흔들리며 우수수 빗소리를 내었다.

몇 차례인가 골짜기와 등성이를 넘어 퇴수지 안쪽 깊숙이 들어가자 마을이 나타났다. 불시에 맞닥뜨린 낯익은 풍경에 혜순이 아, 낮게 탄성을 내며 눈을 가늘게 떴다.

"여기가 상무룡리입니다. 파로호의 끝이지요."

운전사의 말이 아니더라도 더 이상 갈 수 없는 산 밑 동네였다. 다섯 시에 다시 모시러 오겠노라는 말을 남기고 운전사가 차를 돌려 나간 뒤 그들은 마을의 고샅길로 들어섰다. 마을 사람들을 만나 발굴단이 일하고 있는 장소를 확인하기 위해서였다. 마을 초입에서, 낯선 손에 대한 경계심으로 몇 차례 컹컹 짖으며 내닫던 누런 개 두 마리가 꼬리를 사리고 싱겁게 물러섰다.

산 높직이 올라앉은 흰색 단층 건물. 창문에 큼직이 써 붙인 '나라 사랑'의 표어. 그리고 게양대의 태극기와 새마을기. 흰색 분교 건물을 중심으로 기억 속의 장소와 시간이 윤곽을 드러내었다. 혜순은 주위를 둘러보며 기억 속의 밑그림과 현재의 풍경을 일치시키려 애썼다. 그것은 마치 조각나고 흩어진 파편들을 모아 복원시키려는 노력과 같았다. 기억과 실체 사이의 거리, 그것은 세월이라는 것일까, 변화라는 것일까. 물가의 집과 자드락길 들은 여전했으나 어딘가 낯설고 기이해 보이는 것은 그것들을 담아 그림자로 내비치던 물이 사라졌기 때문일 것이다. 병언이 앉아 낚시질을 하던 좌대 역시 산 중턱에 높직이 올라와 있고 고무신짝 같은 쪽배가 그 곁에 엎어져 있는데 그들이 묵었던 집은 초입에서부터 두번째 집이었는지 세번째 집이었는지 기억이 확실하지 않았다.

근 칠 년 전의 가을 혜순은, 근무하던 학교에 병가를 내고 병언과 이곳으로 와서 일주일을 묵은 적이 있었다. 배를 타고 물길을 거슬러왔던 것이다. 분교를 정점으로 하여 산자락을 따라 이십여 호의 집들이 자리 잡고 자연부락을 이룬 곳이었다. 이곳 사람들은 수몰선 위 산비탈에 밭을 일구고 호수에서 고기를 낚거나 내수호를 찾아오는 외지 낚시꾼들에게 식사와 숙소를 제공하는 것으로 살아갔다. 하루걸러 댐으로부터 발동선이 올라와 호수에서 잡은 얼음치, 열목어, 쏘가리 따위를 사 갔다. 그들이 묵었던 집, 밤마다 고통스럽게 해소기침을 해대던 노인은 세상을 떠났을까. 새벽녘 귓가에서 찰박대는 물소리에 눈을 떠보면 병언이 곁에 없었다. 들창문을 열고 내다보면 두꺼운 방한복을 입고 좌대에 앉아 낚싯대를 드리운 병언의 웅크린 모습이 카바이드 불빛에 비쳐 보이곤 했다. 해 뜨기 직전의 추위를 이기노라 찬합 뚜껑에 소주를 따라 마시는 달그락 소리가 들리기도 했다. 혜순이 그대로 들창을 연 채 새벽이 오는 것을 바라보노라면 수면이 희미하게 차츰 부풀어 오르며 그 고요함 속에 물발이 서듯 수초가 일어서고 산빛이 차츰 엷어졌다.

물가의 새벽은 믿을 수 없이 고요했다. 물에서 피어오르는 안개가 자욱이 골짜기를 메우고, 물에 뜬 산은 그대로 물 따라 흐르는 듯 보였다. 밤새 물에서 기어 나와 사르락대며 돌아다니던 조개들은 미처 물속에 숨기 전 자욱이 내려앉은 흰 새 떼에게 살을 앗기고 빈 껍질만 남았다.

안개가 채 걷히지 않은 이른 아침 아이들은 가랑잎 같은 배를 저어 학교로 갔다. 두어 차례 그들은 호수를 건너 맞은편 산으로 간 적이 있었다. 쪽배를 풀어 물 가운데로 들면 물밑으로 길길이 자라 뿌리 없이 떠서 흐느적거리는 수초와 잠수함처럼 몸을 숨겨 느릿느릿 헤엄치는 싯누런 잉어들을 볼 수 있었다. 잔물결에도 배는 위태롭게 흔들리고 혜순은 노를 젓는 그에게도 이런 불안이 있을까 탐색하듯 병언을 건너다보았다. 혜순은 그때 임신 중이어서 신경이 날카롭고 사나웠다. 이미 세번째 아이여서 새로운 경험은 아니었지만 새끼를 가진 암컷의 본능―자신 밖의 모든 것에 대한 적대감과 경계심, 동시에 터무니없는 깊은 연민과 부드러움―에 의해 모호하고 복잡한 고립감과 고독감에 빠져 있었다. 그러나 이 모든 불안과 위구심에도 불구하고 배 속의 아이란 그를 포태한 어미에게 어떤 의미든 주술일 수밖에 없는 모양이었다. 가랑잎 같은 배로 깊은 물을 건너는 불안에서 아이는 안전한 닻이 되어주었다.

그곳에서의 마지막 날 새벽, 혜순이 잠기가 가시지 않은 눈을 비비며 병언이 있는 곳으로 내려갔을 때 그는 조금 몸을 움직여 자리를 내주며 충혈된 눈으로 물가의 한 지점을 가리켰다. 열댓 걸음 정도 떨어진 곳에서, 그들이 묵고 있는 집의 딸―학령기가 넘었음에도 학교에 가지 못하는 벙어리 소녀—이 연신 허리를 굽혔다 폈다 하며 물 밖으로 나온 조개를 주워 던져 넣고 있었다. 새에게 쪼아 먹힐까 걱정이 되어 하는 짓으로 아침마다 혜순 역시 보던 광경이었다. 제 또래의 아이들이 학교에 간 뒤 종일 혼자 집 주위를 맴돌며 노는 아이는 그 소리 없음으로 인해 그림자처럼 부피도 무게도 느껴지지 않아 물가에 있으면 물에서 태어난 듯, 나무 밑에 있으면 나무에서 태어난 듯 생각되었다.

옛 노래를 생각했어. 병언이 소녀에게서 눈을 떼지 않으며 말했다. 가을 강 적막하여 어룡(魚龍)도 잠드는데, 가을바람 맞으며 누각에 선 사람이여. 어릴 때 할아버지가 늘 부르시던 창(唱)의 한 구절인데 문득 떠올라 귓전에서 사라지질 않는군. 병언은 서툴게 창 가락을 흉내 내며 뽑아보다가 멋쩍게 얼굴을 쓸었다. 어룡이라는 건 추분이 되면 물속에 들어가 깊은 잠에 드는 용을 칭하는 것이라고 덧붙여 말했다.

그 고요한 새벽, 잠든 용의 숨결처럼 부드럽게 부풀어 오르는 호수와 말없는 소녀가 가닿은 아득함이 그에게 불현듯 어릴 적 들었던 옛 노래를 상기시킨 것일까. 보이지 않는 곳에 무언가 있으리라는 환상과 기대로 자신의 앞에 놓인 막막함과 좌절감을 이겨보려 한 것일까. 그로서는 필사적으로 찾아낸 방법이었으리라.

병언이 재직하던 고등학교 사회과 교사직에서 일방적인 발길질로 영문도 모르고 쫓겨난 이후—아무도 왜 병언과 다른 두 명의 젊은 교사가 해직당해야 하는지 이유를 말해주지 않았다—병언의 고통은 꽤 오랫동안 사람을 기피하는 증상으로 나타났다. 마주 앉아 친근히 이야기를 나누던 상대방이 갑자기 낯색과 어조를 바꾸어 느닷없이 따귀를 치거나 얼굴에 가래침을 뱉을지도 모른다든가 하는 종류의 공포와 피해 의식 때문이었다. 대체로 언동이 눈에 띄지 않고 착실한 교사인 그에게 학교 당국이 편의상 우회적으로 붙인 죄명, 즉 무능 교사의 굴욕감과 수치심에서 병언이 벗어나게 된 것은 다른 두 교사의 전력 덕분이었다. 그들은 수업 시간 중의 과격한 체제 비난 발언으로 자술서를 쓴 적이 있었던 것이다. 병언의 경우는 재단 측과 학교와의 파벌 싸움이나, 상부의 지시에 따라 머릿수를 채우기 위한 만만한 희생양일 가능성도 있다고 혜순은 속으로 생각했으나 병언은 자주, 나는 운이 좋은 편이었어,라고 스스로를 위안하곤 했다. 한밤중 부부가 영장도 없이 잡혀가 빈집에 혼자 남겨진 아이가 잠에서 깨어 온밤 내 울며 집 안팎을 기어 다니다가 상처투성이로 기진했다던가, 수업 중 끌려간 후 소식이 없는 남편을 찾아 아침마다 교문 앞에 나타나는 동료 교사의 부인 등을 말하며 그런 끔찍한 불운을 아슬아슬하게 비껴간 것에 다행스러워하기까지 했다.

집들은 빗장이 질리거나 대문을 돌로 지질러놓은 채 비어 있었다. 좌대에서 놀고 있던 아이들이, 어른들은 모두 밭에 나갔다고 소리쳐 일러주었다.

"일단 이쪽으로 내려가보십시다."

김 선생이 앞장서 걸었다. 위에서 내려다볼 때와는 달리 발바닥에 와닿는 땅에서는 만만찮은 도전감과 저항감이 느껴졌다. 퇴적토는 입자가 곱고 단단하여 발을 뗄 적마다 발자국이 새 발자국처럼 얕고 희미하게 찍혔다. 텅 빈 땅에 누가 굳이 잡초의 씨를 뿌릴 리 없건만 쑥부쟁이, 망초, 갈대 들이 자라 씨를 맺으며 시들고 있었다. 바람에 불려온 씨가 싹튼 것이리라. 냉이와 질경이는 땅속에서 뿌리를 얽어 흙을 굳히고 개미와 땅강아지 들이 조개껍질과 텅 빈 고둥의 몸속으로 분주히 기어 다녔다.

"우리는 지금 물속을 가는 거지요."

거리가 가늠이 안 되는 곳까지 남편의 친구라는 어정쩡한 관계인 김 선생과 함께 가야 한다는 일이, 또한 퇴수지로 들어서면서부터 감지된 그의 침묵이 버겁게 느껴져 혜순이 짐짓 하아하아 숨 가쁜 표정을 지으며 말했다.

"네댓 길은 넘을 테니 물속이라도 한참 물속이지요."

빈 들을 싸안고 개울이 이어지고 있었다. 호수에 물이 가득 담겨 있을 때도 제 길을 흐트림이나 뒤섞임 없이 고집스레 흐르던 물길이었다. 바람을 피한 양지 쪽에 엎드려 밭을 갈던 사람들이 문득 허리를 펴고 그들을 물끄러미 바라보았다. 버린 듯 무심히 펼쳐진 김장걸이 배추밭도 드문드문 눈에 띄었다. 김 선생이 부부인 듯한 그들에게 다가가 길을 물었다.

"그저 물 따라 쭈욱 가세유. 가다 보면 나무로 엮은 다리가 나옵니다. 그 다리 건너 등성이를 올라가면 그 사람들 일하는 데가 보여요. 옛날 사람들이 살던 데라나, ……온통 언덕배기를 헤집어 쓸데없는 돌들을 캐느라고 가으내 고생들 합디다. 테레비에서두 찍어 가구 신문에도 크게 났더구만 우리야 뭐 압니까? 그저 돌멩이들이지요. 여기서 오 리 남짓 될 겁니다. 이승만 박사 별장 바로 아래일 거요."

키가 작고 머리가 벗어진 중년 사내는 마침 쉴 참이었던 듯 담배를 한 대 피워 물며 친절히 설명해주었다.

가을 해는 짧고 더욱이 산골은 밤이 빠르다. 햇살은 밝은데 벌써 산그늘이 불안하게 어리고, 바람결이 세어지고 있었다. 빈들에, 북쪽에서 띄운 삐라가 들풀만큼이나 흔하게 울긋불긋 깔려 있었다. 김 선생이 허리를 굽혀 두어 장 집어 읽는 시늉을 하다가 구겨 던졌다.

"피차 꽃씨를 이렇게 띄워 보내도 시원찮을 텐데. 집의 아이들은 또 뭐라고 하면서 평화의 댐 성금을 가져갔는지 아십니까? 평화를 위한 한 삽의 시멘트, 한 장의 벽돌값이라나요. 양쪽 다 미친 짓들이고 유례없는 낭비, 소모예요. 참 병언이는 이번 겨울에 돌아오겠지요? 대학 쪽에 자리를 얻게 됩니까? 정치학을 전공한다더니……"

김 선생의 잇단 물음에 혜순의 얼굴이 굳어졌다. 주위 사람들은 미처 논문을 끝내지 못한 병언보다 혜순이 한 발 앞질러

귀국하여 자리를 잡은 거라고 알고 있었다. 논문을 마치는 대로 병언이 돌아올 것을 의심치 않았다. 그러나 그는 돌아가지 않겠노라고 못 박아 말하지 않았던가. 다만 돌아가기를 원하는 혜순에게 정액수표를 끊듯 육 개월 시한을 잘라 약속했을 뿐이었다. 육 개월 정도면 혜순이 앓고 있는(그는 부적응증이라고 말했지만) 향수병의 정체와 그 허상을 알리라 했다. 어느새 그는 그들 가족이 처음 미국에 갔을 때 만난 친구가 들려주던 말을 그대로 토해내게 되었다. 어투와 제스처까지 똑같았다. 유학생으로 왔다가 조그만 햄버거 가게 주인이 된 병언의 친구는 말했다. 왕년에 공부 안 해본 사람 있냐. 쌔고 쌘 게 정치학 박사인데 누가 알아줘? 머리 터지게 공부해서 학위증을 받는다 해서 뭐 달라지는 게 있냐. 하지만 거액의 복권이 당첨되면 단박 신분이 달라지지. 여긴 그런 사회야. 돈이 있으면 개도 멍첨지라는 말이 한국에만 있는 게 아냐.

그렇게 닮아버리는 데 사 년은 충분히 긴 세월이었다.

"전공은 컴퓨터 사이언스로 바꿨어요. 그쪽이 직업을 얻는 데 낫다고들 하더군요."

혜순은 대답하기 애매한 앞의 질문은 묵살해버렸다.

병언은 혜순이 돌아가겠노라는 결심을 굽히지 않자, 그때까지의 그가 늘상 혜순에게 지어왔던 표정—당신은 왜 그렇게 적응력이 없는가. 이곳 생활에 대한 거부감은 당신의 허위의식에서 비롯된 것일 수도 있다라는 비난—을 지우고 정색을 했다. 그리고 한국에 돌아간 후의 일에 대해 어떤 계획을 갖고 있는가를 물었다. 표면적으로는 살아가는 일에 대한 염려였으나 기실 그것은 가정을 떠나면서까지, 그리고 어렵게 이룬 생활과 맞바꿀 만한 것이 무엇인가, 어떤 새로움이 가능하겠는가라는 힐난이었다. 자신과 아이들은 결코 돌아갈 의사가 없다는 말이기도 했다. 가능하다면 소설을 쓰고 싶어요. 혜순의 대답이 뜻밖이었던 듯 그는 소설? 되묻고는 묘한 웃음을 지어 보였다. 그래요, 어렵겠지만 소설을 쓰려고 해요. 혜순은 그의 웃음에 반발하듯 고집스럽게 되풀이했다. 자기 자신에게조차 막연하고 확신이 없었던 생각이 그리도 쉽게 서슴없이 나와버린 데 대해 스스로 놀라고 있었다.

미국에서 사는 동안 오직 그녀는 낯선 땅에서 아이들을 기르고 살아야 한다는 짐승 같은 본능과 불안에 시달려왔고 그 이전 십 년 동안은 중학교 국어 교사로서 단정하고 아름다운, 규범적인 시와 산문을 문학이라 가르치고 집과 일터를 바쁘게 오가며 여념 없이 살았다. 그 어간에 낀 병언의 실직. 어디 소설이라는 허구가 끼어들 틈이 있었던가. 그리고 세상을 향해 내보일 특별한 무엇이 자신에게 있었던가. 글을 쓴다는 것은 특별한 재능이고 평범한 삶과는 다른 성질의 요구였다. 아주 오래전 교과서식의 문장과 틀로 꾸민 단편소설로 현상 문예에 응모했다가 낙선했던 일, 그 후 몇 차례인가 시도해보다가 걷어치운 소설 쓰기는 혜순 자신 극력 들추고 싶지 않은 상처라면 상처였다. 열망이 깊은 만큼 상처도 깊었다고 말할 수도 있으리라. 세상이, 삶이 몇 개의 아름답고 단아한 문장으로 설명될 수 없다는, 또한 자신에게는 그것을 깨뜨릴 파괴적 에너지가 없다는 자각이(오히려 두려움이 아니었을까) 어렴풋이 들어서면서부터 쓰는 일에 자신을 잃었다. 열망도, 욕망도, 문학을 인생이 향유할 수 있는 아름다움 중의 한 몫으로 즐기리라는 자족감 속에 자연스레 사그라들었다고 믿었다. 그러나 마치 벙어리의 소리치려는 충동처럼, 혀가 굳어가는 안타까움과 같은 뒤늦은 열망의 정체는 무엇일까. 무엇이 남편과 아이들을 향해 소설을 쓰고 싶어 혼자서라도 돌아가겠노라고 당당히 말하게 한 걸까. 잃어가는 말에 대한 복수일까, 사랑일까, 사람들은 누구나 자기의 인생을 특별하다고 생각하고 허접쓰레기 같은 넋두리들을 끊임없이 늘어놓으며 나아가 글로 쓰겠노라고 생각하지. 그래, 뭘 쓰려고 하지? 미국에서의 가난과 외로움과 인종 차별의 설움? 소외감? 자신의 내면을 드러내고 표현하고자 하는 자의 정직성을 믿지 않는 병언은 소설을 쓰겠노라는 혜순의 말에 냉소했다.

병언이 미국행을 결심했을 때 혜순의 속에는 세상을 보고자 하는, 새로운 삶에 대한 욕구가 있지 않았던가. 자신을 떠나게 한 거지에의 환상, 가난에의 환상, 고독에의 환상 그리고 그 간교한 절망에의 환상. 막다른 길에 부딪혔을 때 자기를 걸어보는 방법 중 가장 비겁한 자기기만의 하나. 언제나 사람들은 이곳이 아닌 저곳, 보이는 곳보다 보이지 않는 곳에 무언가 있으리라는

기대를 갖는다. 그래서 가보지 않은 미지의 땅을 미래의 땅이라
고 부르고 보이지 않는 물속에 용이 잠들어 있다고 생각할 수
있는 것은 아닌지.

혜순이 미국으로 건너갔을 때, 살게 된 동네 이름보다 먼저
익힌 것이 '지옥에나 떨어져라'라는 욕설이었다. 일본인 야마구
치 씨의 생선 가게에서 일을 마치고 돌아온 병언이 샤워를 하고
속옷까지 말끔히 갈아입고도 미심쩍어 향수를 뿌리고 야간 강
의에 나가면 새벽 두 시경에 돌아왔다. 도서관에서 공부를 하는
것이다. 아이들이 잠들고 난 뒤면 혜순은 텔레비전 앞에 앉아
습관적으로 물을 마시며 병언을 기다렸다. 자정이 되면 티브이
에서는 엽기적이고 선정적인 영화를 반영했다. '어둠의 이야기'
라는 제목처럼, 이제부터 네 속의 가장 어둡고 깊이 자리 잡은
온갖 숨은 욕망, 무의식의 뚜껑을 열어 보이겠다는 듯 엽기적인
살인과 섹스, 근친상간, 악령들이 필연성도 논리성도 결여되어
이어지는 질 낮고 천박한 영화들로 끝에는 으레 정신분석의나
수상쩍은 심령학자가, 임상 실험 뒤의 보고처럼 인간 무의식의
두터운 켜 아래 도사린 혼란함, 혹은 암호, 가없는 어두움의 불
가사의를 이야기하곤 했다. 영화를 보고 있노라면 전화벨이 울
리고 낮고 축축한 목소리가 들려왔다. 혼자 있느냐. 누구세요?
누굴 찾으세요? 서툴고 딱딱하게 튀어나오는 발음으로 외국 여
자임을 알아챈 상대방은 더욱 끈끈하고 집요한 목소리로 말했
다. 외롭지 않은가, 오늘밤 남자가 필요치 않은가, 나는 사랑할

준비가 되어 있다. 지옥에나 떨어져라, 개새끼. 덧붙이는 '개새끼'는 한국말이었다. 어느 나라 말로도 '개새끼'라는 한국어 욕보다 생생히 능멸과 멸시를 나타낼 수는 없으리라. 전화기 저쪽에서 포르노 영화를 보며 자신의 발기한, 혹은 살아날 줄 모르는 성기를 쥐고 헐떡거리는 독신자나 색광을 떠올리기는 쉬운 일이었다. 영화가 끝나고 불현듯 끈끈해진 손을 욕실에 가서 씻고, 방문을 열고 우두커니 서서 아이들이 자는 모습을 보노라면 이 세상에서 그네들 가족만이 홀로 고립된 섬처럼 동그마니 떠 있는 듯 느껴졌다. 아파트를 에워싼, 금렵기의 어두운 숲에서는 짝을 찾는 짐승들의 욕정을 호소하는 길고 구슬픈 울음소리가 간헐적으로 들려왔다. 인적 끊긴 길 위로 이따금 지나가는 자동차의, 부챗살처럼 퍼지며 멀어가는 불빛에 어두운 숲을 빠져나오는 더러운 잿빛 고양이의 모습이 드러나 보이기도 하였다. 불빛의 기억, 불빛이 야기시킨 순치된 본능, 흐린 기억의 한 가닥을 더듬어 옛 주인을 찾아오는 도둑고양이였다.

그들 앞에 서너 명의 남자들이 웅기중기 서서 수굿이 땅을 내려다보고 있었다. 검정 두루마기에 중절모자를 쓴 노인을 중심으로 가족인 듯 보이는 점퍼 차림의 중년 사내와 청년 둘이 내려다보는 곳은 드문드문 제법 크고 넓적한 돌들이 흩어져 있을 뿐 혜순이 이제껏 지나쳐온 곳들과 다를 바 없었다. 무심히 지나치던 혜순과 김 선생이 발길을 멈춘 것은 잔뜩 잠긴 듯 가라앉은 노인의 목소리 때문이었다.

"봐라. 여기가 안방이고, 여기가 부엌이다. 저기 광이 있었고 텃밭이 있었지."

노인이 가리키는 손짓에 따라 ㄱ자 집의 평면도가 희미하게 드러났다. 텃밭 자리라고 가리킨 곳에는 물이끼가 파랗게 깔려 있었다.

"……앞마당에 서면 곧바로 사명산 봉우리가 한달음에 오를 듯 가깝게 보였지. 뒷마당에 우물이 있었는데…… 파보면 지금도 물이 솟을 게다."

초로의 사내와 그의 아들인 듯한 청년은 다만 신기하다는 표정으로 고개를 주억거렸다.

"이게 수종(樹種)이 뭡니까?"

땅에서 돋은 팔, 혹은 거꾸로 박힌 다리처럼 가지를 벌린 채 중동이 잘린 회백색 나무를 가리키며 김 선생이 물었다.

"이건 감나무요, 이건 대추나무고…… 나무는 천 년이 되어도 물속에서는 썩지 않아요."

"여기서 사셨습니까?"

"살다마다요. 바로 이게 내 집 자리요. 태어나고 자라 장가들고 아이들을 낳았지요. 그게 사십삼, 사 년 전인가…… 강제 이주령이 내려 떠났었다오. 화천댐 물을 빼서 고향 마을이 드러났다기에 자식들을 데리고 하룻길을 왔지."

"감회가 남다르시겠습니다."

"보자아, 그때가 소화(昭和) 몇 년이던가. 내 나이 서른셋에 조상님 뫼를 이장하고 가재도구를 챙겨 나올 때는 이럴 날이 있을 줄 몰랐지. 그저 무상하구먼."

노인은 어허허, 어허허, 탄식인지 감탄인지 분간 못 할 소리를 내며 비문을 읽어가듯 느릿느릿 말을 이어갔다.

"……저 아래가 주막거리라는 데요. 꽤 큰 동네였지. 이걸 보시오. 이게 목화 아니오?"

노인은 두루마기 주머니에서 비죽 내민 풀포기를 꺼내어 들어 올렸다. 삼십 센티미터 가량의 마른풀포기로, 흙 묻은 뿌리 부분이 비닐로 단단히 감싸여 있었다.

"여긴 토질이 좋아 왜놈들이 목화를 심게 했었지. 그래서 가을이면 온통 솜밭이었거든. 그런데 오다 보니 이게 있잖소. 사십 년 물속 땅에 묻혔다가 싹이 나다니 난 도통 그 조홧속을 알 수가 없어."

혜순은 노인의 손에 들린 풀포기를 유심히 바라보았다. 자줏빛으로 시든 가느다란 줄기와 역시 시들어 본래의 모양을 알기 어려운 몇 잎의 이파리로 대뜸 목화를 알아본 노인의 눈이 신기했다. 그의 말대로라면 사십 년을 땅속에 숨어 있다가 물 빠질 때를 기다려 싹을 틔운 조홧속을 혜순으로서도 알 수 없는 노릇이었다.

노인은 다시금 그것을 소중히 두루마기 주머니에 찔러 넣고 쭈그리고 앉아 검버섯이 가득 핀 손으로 흙바닥을 우벼 파고 흙을 떠 올렸다. 마치 어린애들의 무심한 흙장난과도 같은 손짓이었다.

"할아버지, 기념으로 이걸 가져가야겠지요? 집의 정원에 놓아두면 좋겠어요."

청년이 힘겹게 주춧돌을 들어 올리며 말하자 노인은 고개를 젓고 손을 흔들었다.

"그나마 이 자리에 놔둬야 물속에서라도 천년만년 집터가 남아 있지 않겠느냐."

바람이 빈 벌을 가득 메우며 불고 있었다. 상처 입은 거대한 짐승의 노호처럼 사납게 웅웅대는 바람 소리에 뒤돌아보면 바람은 보이지 않고 모질게 몸 비비며 흔들리는 마른풀들이 씨앗 주머니를 터뜨려 풀씨를 날려 보내고 있었다.

어느새 발길은 호수 깊숙이 들어와 있었다. 물길 따라 벌은 길고 아득히 펼쳐졌다. 김 선생은 가끔 발길을 멈추고 허리를 굽혀 발밑 돌을 뒤집어보곤 했다. 바람 소리에 섞여 아득히 쿵쿵 폭파음의 반향이 들려왔다. 그때마다 소리의 정체와 방향을 가늠하며 발을 멈추고 두리번대는 혜순에게 김 선생이 씁쓸한 낯으로 말했다.

"다이너마이트 소리랍니다. 이쪽에선 금강산 댐 건설하는 소리라고 하고 그쪽에선 또 평화의 댐 만드는 소리라고 말하지요."

텅 비고 거대한 회백색 골짜기와 물 마른 호수 바닥을 원혼처럼 할퀴며 떠도는 바람, 그리고 밑동을 헐어낸 채 황량하게 서 있는 산들은 낯설고 기이한 풍경이었다. 그러나 낯선 집의 문을 밀고 들어섰을 때의 그 낯설지 않음에 오히려 놀라듯, 물이 차 있을 때에는 물밑이 이러하리라곤 결코 상상할 수 없었음에도 불구하고 이 이상한 친숙감은 무엇일까. 호수 안쪽 깊숙이 들어 갈수록 혜순은 카메라 렌즈를 조작할 때처럼 뭔가 불투명하고 불분명한 것들이 분명해지는 느낌이었다. 이러한 황폐함과 황 량함을 글로 쓸 수 있으리라. 그러나 또한 글을 쓸 수 없었던 것 은 얼마나 오래전부터의 일인가. 간경변 환자가 간이 굳어감을 느끼듯 혜순은 굳어가는 말들을 느낄 수 있었다. 세쪽이처럼 시 조새처럼 화석이 되어버린, 그리고 태어나지 못하고 어둠 속으 로 사라져버린 말들.

지난 한 달 동안 혜순은 이천 매가 넘는 남의 소설을 토씨 하 나 빼지 않고 원고지에 옮겼다. 화가들은 수련 기간 동안 남의 훌륭한 작품을 모사하는 과정을 거치기도 한다고 스스로 변명 했지만, 미친 짓이었다. 더욱 수상쩍었던 것은 그 짓을 해놓은 다음의, 다만 이제는 꼼꼼히 검토하는 일만 남은 듯한 자신도 이해 못 할 뿌듯함과 성취감이었다. 그런 뒤 혜순은 어느 시대 에나 있어왔던, 산더미 같은 원고를 쓰고 나서 팔이 마비되었다 는 허장성세를 일삼는 절필 작가의 이 어둠의 시대에 글을 쓰는 것이 무슨 의미가 있겠는가,라는 부르짖음을 일생 되풀이하며 황음과 췌사로 타락해버린 작가들을 떠올리고 공포에 사로잡 혔다. 무엇이 자신을 그토록 황폐하게 했던 것일까. 소설을 쓰 는 일이 도망치는 말에 대한 가장 확실한 복수의 방법일까.

주말이면 혜순의 아파트로 한국 사람들이 모여들었다. 병언이 일하는 생선 가게도 문을 닫고 혜순 역시 마리온의 집에 일하러 가지 않는 때이기도 했다. 그네의 집은, 초대를 받았든 안받았든 자유로이 드나들 수 있는 예외적인 장소였다. 대개 시험을 끝낸 뒤거나 주말 저녁을 달리 보낼 계획이 없는 젊은이들로, 자주 오던 사람들이 어느 때부터인가 오지 않게 되고 새로운 사람들이 슬며시 자리를 채워 혜순으로서는 매번 이름도 성도 모를 얼굴들이 많았다. 어느 때 누가 들이닥쳐도, 방금 설거지를 끝낸 후라도 혜순은 새로 밥을 지어야 했다. 병언이 누구에게나 밥과 김치, 된장찌개가 먹고 싶으면 찾아오라고 말했기 때문이었다. "공부해봤자 별 보장이 있는 것도 아니고 그저 여기저기 구경 다니시고 즐겁게 지내세요. 외국 생활이라는 게 별겁니까?" 낮에 일하고 밤에 대학원 과정을 밟느라 힘들어하는 병언에게 그들은 버릇없이 말했다. 다 늙고 굳어진 머리로 하면 얼마나 하겠느냐는 비웃음이 섞인 말이었다. 그러나 그들은 병언을 '선생님'이라 호칭하는 유일한 부류였다. 병언은 그곳에서 그저 문Moon이었다. 혜순은 주말마다 잡채와 불고기, 된장찌개를 만들었다. 된장 냄새와 김치 냄새에 신경이 쓰였으나 되풀이하는 사이 무감각해졌다. "생활비가 모자라요. 우리 식구 일주일 식비보다 토요일 저녁 한 끼가 몇 배 더 들어요." 혜순이 불평을 늘어놓으면 병언이 말을 막았다. "다 남의 귀한 자식들이오. 고국 떠나 고생하는 처지인데 가끔 가정적인 분위기를 누리게 하는 것도 좋은 일이오." 혜순은 차마 그에게 "값싼 위안에 자신을 팔지 말아요. 그 사람들이 주말이면 한국 식당에 가서 포식을 한다고 합디다"라는 말을 할 수 없었다. "이젠 초밥까지 하더라구." 뒤에서 돌아 들어온 말을 들었을 때 혜순은 분노나 수치심보다 고통에 가까운 감정을 느꼈다. "아주 맛이 좋습니다. 일본 식당에 가면 백 불어치도 넘을 텐데. 걔네들 다운 건 말도 못해요. 쥐똥만 한 것 여섯 개 놓고 일인분이라니." 솜씨가 좋다는 부추김에 병언은 꾹꾹 주먹밥을 만들어 생선회를 덮으며 다음번에는 싱싱한 도미나 바닷가재를 구하겠노라고 말했다. 어설프게 앞치마를 두르고 진지하게 요리에 열중한 병언에게 그들은 "선생님은 생각보다 빨리 미국화가 되시는군요"라고 말하고 혜순은 그러한 병언을 딱하고 짜증스럽게 바라보았다.

병언은 생선 가게에서 일하고 있었다. 일터에서는 고무장화를 신고 비닐 앞치마를 둘렀다. 비늘을 긁고 껍질을 벗기고 뼈를 바르는 것이 그의 일이었다. 가게에서 상품이 되지 않는 생선 대가리와 내장, 뼈는 훌륭한 매운탕거리가 되었다.

그들은 술버릇도 얌전했다. 초대받은 자의 예의를 알았다. 배가 부르면 일어났다. 늦으면 자고 가면 되지. 한국에서처럼 밤새 이야기하고 놀자고 병언이 거듭 말해도 그들은 폐가 된다거나 논문을 쓰는 중이라는 이유를 들어 자리에서 일어났다. 돈을 치르지 않는 것만이 식당 손님과 달랐다. 대취하고, 감상적으로 비감해지면 무슨 얘기든 끝없이 늘어놓으려는 건 병언뿐이었다. 병언과 그들이 즐기는 것은 예외 없이 한국의 시국 얘기였다. 버젓이 '진실에의 증언' 따위 표제를 단 거짓말투성이의 자서전, 회고록, 그리고 정계와 재계 실력자들의 음모와 모략, 부도덕성을 그린 선정적인 글들이 '실상과 허상' '내막' '고발한다' 등등의 제목으로 지하총서 격이 되어 나돌았다. 게다가 책임지지 않으려는 익명과 가명의 표기는 읽는 사람들에게 그네들이 얼마나 현상적인 것에 속고 있는가를 알려주는 동시에 책의 저자로부터도 기만당하고 우롱당하고 있다는 이중의 불쾌감과 분노를 느끼게 했다.

병언은 해직 교사라는 전력으로 인해 그들 사이에 반체제 인사쯤으로 규정되었다. 혜순이 보기에 병언은 소심한 불평분자였을 뿐이었다. 그로서는 이해할 수 없는 해직과 두 해에 걸친 실직 상태, 일생을 두고 벗어날 길 없는 피해 의식이 미국행을 결심한 구체적인 동기가 되었으리라. 달리 어쩔 수 없는 상황에서 그는 그가 젊은 시절에 막연히 품고 있던 유학에의 꿈을 떠올렸다. 미국의 각 대학에 미친 듯 편지를 쓰기 시작했고 결국 뉴욕주의 한 대학에서 대학원의 입학허가서를 받게 되었다. 출국이 어려울 거라는 걱정과는 달리 쉽게 여권이 나오고 비자 인터뷰를 마친 날, 귀찮은 놈들은 다 쫓아내자는 속셈이지 뭐, 병언이 망명객처럼 비장히 말했다. 한국 사정이 어떠한가라고 유학생들이 물으면 병언은 "엉망진창, 완전히 경찰국가요. 우린 그런 체제 아래 살고 있는 거요. 수업 중의 선생이 끌려가 돌아오지 않고…… 거대한 암병동이오." 병언은 자신을 잡아가는 사람이 없다는 사실을 확인하려는 듯 몇 번이고 되풀이 말했다. "투옥되셨나요? 고문도 당하셨어요?" 그들의 잇달은 물음에 병언은 치가 떨린다는 표정으로 말없이 고개를 절레절레 흔들었다. 선량하고 착실한 교사가 뜻과는 달리 투사로, 반체제 인사로 발전하게끔 연출되는 상황이 혜순에게는 고통이었다.

혜순은 그네의 집에 비교적 자주 드나드는 유학생 박진규를 따라 병언과 함께 인권협회에 간 적이 있었다. 미국의 자유라는 것이 소련 영화를 볼 수 있다거나 「엠마뉴엘 부인」을 커트 없이 본다거나 발가벗고 일광욕을 할 수 있다는 것만을 뜻하는 건 아닐 것이었다. 미국을 미국 영화에서 보여주는 것 정도밖에 볼 수 없다면 억울한 일일 터였다.

인권협회는 급진적 사상을 가진 퀘이커 교도들의 모임으로, 그날 한국 문제에 관한 발표회가 있었다. 한국에서 찍어온 비디오 테이프 시청과 보고회가 그날의 프로그램이었다. 화면은 몹시 흔들리고 사람들과 차량의 윤곽이 간신히 구별될 정도였지만 혜순은 단박 남도의 한 도시를 알아보았다. 한 번도 가본 적이 없는 곳임에도 불구하고, 첫머리에 비춰주는 산의 모습과 하늘빛이 자연스럽게 눈에 익었다. 「우리의 소원은 자유」를 부르는 목쉰 합창과 짧은 외침들, 잇단 총소리가 어지러운 화면을 뒤덮었다. 횃불 대행진과 불타는 건물, 얼굴을 난자당한 시체,

부릅뜬 채 굳어진 눈망울, 그리고 마지막 날 도청 건물에서 총을 들고 서 있던 어린 소년의 한없이 고독한 모습. 그들은 모두 시체로 발견되었다고 해설자는 말했다. 축제의 현수막 아래 굴비 두름처럼 엮인 사람들이 트럭에 실렸다. 손을 뒤로 묶여 땅에 엎드린 청년이 문득 고개 들어 하늘을 보았다. 더부룩한 머리, 맑은 눈, 표정에는 분노도, 외침도, 탄약 냄새도 없었다. 다만 투명하고 슬픈 빛이 가득했다. 잠깐 하늘을 올려다보던 청년은 눈을 감고 땅에 얼굴을 묻어버렸다. 흰 천으로 싼 관들과 끝없는 통곡, 몹쓸 전염병이 지나간 뒤처럼 소독약을 뿌리고 고무호스로 물 뿌려 핏자국을 닦는 모습들. 협회 위원들은 흐리고 흔들리는 화면 상태 때문에, 특히 참혹한 장면은 테이프를 되돌려 몇 번이고 다시 보곤 했으나 혜순에게 그것은 보는 대로 대번에 뚜렷이 각인되었다. 그 하늘, 그 땅, 그 얼굴들이 결코 낯선 것이 아니었기 때문이었다.

몇 해를 두고 끈질기게 떠돌던 소문의 실체였다. 아우슈비츠 이후에도 시가 존재하는가를 광주 이후에도 시가 존재하는가라고 바꿔 말하는 비탄과 분노의 뿌리였다. 비디오 상영이 끝나고, 부상자와 사망자의 수는 얼마인가, 다른 인접 도시의 호응 및 지원은 없었는가라는 질문이 나왔다. 프로그램 제작에 참여한 김영주가, 일반 국민들은 진상을 잘 몰랐었다, 극심한 보도 통제와 교통·통신의 두절로 알 수 없었다, 불안해하면서 생업에 종사했다, 라고 대답했다. 한국은 작은 나라다, 서울과 광주 사이가 뉴욕과 로스앤젤레스만큼 떨어져 있는 것도 아닌데 이해가 가지 않는다고 금발의 젊은 백인 여자는 고개를 갸우뚱했다. 이어 한국의 사회와 인권 현황이라는 제하의 비디오 상영과 발표가 있었다. 발표자는 여성으로 열여섯 살에 이민을 와서 십 년이 되었다는, 퇴역 장성의 딸이라고 했다. 화면에는 쓰레기 더미를 뒤지며 살아가는 난지도 사람들, 도동의 장님촌, 신림동의 달동네와 588창녀촌, 무허가 건물의 철거 장면, 기지촌 풍경 등이 차례로 비쳐졌다. 해마다 한국에는 혼혈아가 사만 명씩 출생하고 있다고 그녀는 사뭇 격앙된 어조로 장면 설명을 했다. "계산 잘해보시오. 수치가 안 맞잖소? 주한 미군이 사만 명인데 모두 해마다 한 명씩 낳는단 말이오?" 어두운 회의실 한구석에서 누군가 한국말로 반박했다. 어쨌든 조사 결과 그렇다고 그녀는 어세를 늦추지 않고 대답했다. "지아이들 복무 규정에 애를 낳아야 한다는 조항은 없소." 역시 먼젓번의 굵고 낮은 목소리였다. 그리고 이어 그는 그곳에 있는 한국인이라면 누구나 다 알아들을 수 있도록 목소리를 높여 "미친년, 사회주의자"라고 내뱉고는 회의실을 나가버렸다. 차단막을 쳐서 실내는 어둡고 혜순은 앞좌석에 앉았던 터라 그가 누구인지 알 수 없었다. 이런 일을 하는 것이 무슨 도움이 되는가고 혜순이 박진규에게 묻자 그는, 신변의 위험도 미래에의 불안도 있지만 나라를 위한 일이라고 확신에 찬 어조로 대답했다.

모임이 있던 날 밤, 김영주와 박진규는 계속 그런 짓을 하면 한국 땅에 못 돌아갈 줄 알아라, 당신 아버지의 사업인들 제대로 될 줄 아는가라는 협박 전화를 받았다고 했다. 유학생 사회에도 프락치가 있다, 사찰원이 들어와 있다는 소문이 파다했다.

혜순은 어느 주말 저녁의 일을 생생히 기억하고 있었다. 객지 생활의 폐쇄성과 이미 양해 사항으로 묵계된 철저한 개인주의로 일견 적당히 부드럽게 이어지던 그들 세계 속의 깊은 골—질시와 반목과 계층 간의 깊은 증오의 뿌리—을 엿보게 한 사건이었다. 물론 그들의 사이에서 서로의 사적인 문제에 대해 보여주는 것만 본다는 식의 불문율이 지켜진다는 것은 사실이었으나 이른바 로열 패밀리들이 이루는 상류 사회가 있다는 것, 전직 고관의 자식이 해외 도피 재산의 충실한 관리인으로서 초호화 아파트에 살며 십만 불짜리 차를 몰고 다니고 정부까지 두었다는 것, 그의 철없는 정부가 "그이가 불쌍해요. 캐딜락을 두고도 남의 눈이 무서워 헌털뱅이 시보레를 끌고 다녀요" 하며 징징대었다는 소문은 어디에나 퍼져 있었다. 그날 소동을 일으킨 것은 전직 장관의 아들인 이인걸과 영사관의 관리로 커뮤니케이션 학과에 등록해놓고 있다는, 다소 섬약해 보이는 인상의 염준기였다. 혜순으로서는 초면의 손님이었다. 한차례 상이 비워지고, 혜순이 부엌에서 빈 접시들을 채우고 있을 때 거실 쪽에서 느닷없는 고함 소리와 그릇 깨지는 소리가 들려왔다. 싸움판이 벌어지고 있었던 것이다. "이 친일파 새끼. 네놈이 국가와 민족에 대해 무슨 말을 할 수 있다는 거지? 니 할애비와 애비

를 생각해봐라. 니 할애비는 귀족원 회원이었고 왜놈 밑에서 작
위를 받았다지? 니 애비는 정권 바뀔 때마다 변신술이 놀랍지.
늙은 너구리. 부끄럽지도 않은가? 내 아버지는 십오 년째 학교
수위 노릇을 하고 있다. 느이 놈들은 어떻게 살았니? 개애새끼
들." 얼굴에서 하얗게 핏기가 걷히고 눈만이 붉게 충혈된 염준
기가 이인걸을 향해 악을 쓰고 있었다. 술상이 엎어지고 접시가
날았다. 아래층에서 빗자루로 천장을 치받는 소리가 쿵쿵 들려
왔다. 조용히 해달라는 거센 항의였다. "염 형, 이거 왜 이래. 술
이 과했군." 염준기를 가로막고 허리를 끌어안으며 말리는 사
람들은 일견 재미있는 싸움이라는 듯 사태의 추이를 지켜보는
기색이 역력했다. 독립지사의 후예와 변절자, 친일 매국노의 후
손과의 대좌가 영화나 소설 속이 아닌 눈앞에서 벌어지고 있
는 것이다. "니 할애비가 훈장을 주렁주렁 달고 친일 매국할 동
안 우리 할아버지는 독립운동을 했단 말이다. 부모 잘 만난 덕
분에 온실 속의 화초처럼 세상 모르고 자란 이 새끼들, 부르주
아 새끼들, 돈푼이나 있다는 놈들, 영사관 관리를 동서기 취급
밖에 안 해." 염준기는 토하고 엎어지고 끌려 나가면서도 고래
고래 악을 썼다. "이 친일 매국놈의 새끼 나와. 주둥아리들만 까
져서 정치가 어떠니 사회가 어떠니 민중이 어떠니…… 그렇게
가슴 쓰리고 아프면 왜 여길 왔지? 얼뜨기 양놈이 다 되어 그걸
미국적 자유니 양심이나 민주주의니 하고 떠들어? 나라 밖에서
제 나라 욕을 해대고 양놈들에게 살살 고자질해대고…… 그렇

게 우국지정에 가슴 아프면 들어가서 부딪쳐봐. 유치한 망명객, 우국지사 흉내 내지 말고. 나는 늬네들이 얼마나 계산에 빠르고 자기 보호에 민감한 줄 안다구, 이 약아빠진 도련님들. 네가 어째서 내 동족이야?" 그가 자동차에 구겨 박히듯 실리면서 울부짖던 '네가 어째서 내 동족이야?'라던 소리가 혜순에게는 창날처럼 차갑고 섬뜩하게 와닿았다.

그것은 추하고 난처한 광경이었다. 아니 그렇게 말하는 것만으로는 충분치 않았다. 손댈 수 없이 깊게 썩어가는 부끄러운 병소였다.

이인걸은 옷에 끼얹어진 음식 찌꺼기들을 꼼꼼히 닦아내며 애써 별거 아니라는 태도를 보였으나 표정은 불쾌감과 수치심으로 굳어 있었다. 주위에 남은 사람들은 그에게 미친개에게 물린 셈 치라고, 염준기가 어디선가 뺨 맞은 일이 있는 게라고 말하는 것으로 함께 뒤집어쓴 구정물을 털어내었다. "어디서 온 놈인가?" "몰라. 기숙사에 있던데. 참 정치학 세미나에서도 두어 번 보았고……" "콤플렉스 많은 인간은 당할 도리가 없어." "혹시 프락치 아냐? 신분 은폐에 서툰." "웃기는 놈이군. 형편없이 감상적이야. 젊은 나이에 한국식 관료주의에 흠뻑 물들었어."

그들이 돌아간 뒤 혜순은 난장판이 된 자리를 수습하지 못해 멍청히 서 있었다. 흰 벽에 패대기쳐진 된장찌개며 김칫국물, 카펫 위로 쏟아진 음식과 사기 그릇 파편들. 엎질러진 술병. 혜순은 발작적으로 히스테리를 터뜨렸다. "이젠 제발 사람들

을 부르지 말아요. 무슨 위안을 바라는 거지요? 나는 일 불 쓰
는 것도 어려워 수십 번씩 생각해요. 나는 시간제 파출부 노릇
을 하고 당신은 생선 가게 점원이에요. 이렇게 사는 게 힘들고,
의미를 모르겠어. 우리가 왜 왔지요? 그 사람들은 젊어요. 우
린 곧 마흔 살이 돼요. 실패하면 만회할 시간이 없어. 늘 불안하
고 신경은 초긴장 상태야. 우린 점점 거지가 되어가요. 단지 돈
이 없다는 얘기가 아니라 마음이 초라하고 남루해져 긍지와 자
존심을 잃고 황폐해져가는 걸 느끼게 돼. 당신은 정말 초밥이
나 만들면서 살 거야? 썩은 글들에서 주워 읽는 것을 근거로 시
국 토론이나 하면서? 그것을 나라 사랑의 지적 행위라고 여기
면서? 진정한 비판은 애정을 가진 자만의 권리가 아닐까? ……
나는 마리온의 집에 일하러 갈 때 손가방도 하나 안 들고 가. 한
국에서 파출부들이 주인에게 정직하게 보이고 싶어서 하는 태
도야. 당신은 돌아가지 않겠다고 말하지만 나는 정말 돌아가고
싶어요. 다시 소설을 써보겠어. 콘래드가 스무 살이 넘어 영어
를 배워 걸작을 썼다거나 작가에겐 체험이 중요하다고 내게 말
하지 말아요. 성악가는 어디서든 노래 부르고 화가는 제 나라를
떠나 비로소 눈이 열린다고 말하지 말아. 새는 어디서나 노래
하고 꽃은 땅을 가리지 않고 피어난다고 말하지 말아. 내가 아
는 한 화가는 미국에 온 지 이십 년이 넘었어도 사람을 그릴 수
없다고 탄식했어. 그의 그림에는 매양 눈 오는 풍경이나 드물
게 꽃과 새 따위가 나타나. 흔히 이발소 그림이라고 하는, 진부

하고 특징 없는 그림들이지만 나는 그게 정직하게 느껴졌어. 반면에 하회탈을 화폭 가득 그려놓고 '한국인의 초상' '한국인의 미소' 등의 제목을 단 그림들의 전시장에 갔을 때는 그것을 그린 사람의 거덜 난 상상력과 일시적 명성에 조급해 있는 마음을 읽고 딱하고 짜증스러웠어. 글을 쓰는 것도 마찬가지라고 생각해. 그리고 애들은……" 아이들은 그 소란통에 잠들 리 없건만 방에 틀어박혀 숨소리도 내지 않았다. 불안에 민감한 아이들은 아버지의 느닷없는 화냄과 거친 언동, 엄마의 잦은 짜증에 침묵으로, 관여치 않음으로써 대응하는 법을 익히고 있었다. 그것은 소리도 자취도 없이 사라지고 싶다는 아이들식의 표현이고 항거였다. 일찍 철들려고 애쓰는 아이들의 모습은 애처로웠다. 부모에게 있어서 자식은 거짓 희망일 수 있다 해도 아이들 자체가 거짓은 아닌 것이다. 부모들이, 그들이 보지 못할 미래의 시간으로 보내는 살아 있는 메시지가 바로 아이들이라고 했던가. 그러면서도 혜순은 아이들의 성장과 성장에 따르는 변모를 마치 내부에 장치된 폭약처럼 불안하게 지켜보았다. 그녀의 불안은 아이들에게 빈번히 휘두르는 폭력으로 나타났다. 하찮은 일로 아이들을 때리고 한번은 저녁 식사 시간이 지나도록 밖에서 놀았다는 이유로 발가벗겨 문밖으로 내몬 적도 있었다. 아이들 앞에서 자주 큰 소리로 울거나 그릇을 깨뜨렸다. 병이 들어가고 있다,라고 혜순은 자신에 대해 자주 중얼거렸다. 그러나 무서웠던 것은 병듦보다도 병들어가는 자신을 바라보는 잔인한

쾌감이었다. 자기 자신을 복수의 대상으로 삼고 있는 자기 안의 낯설음이었다.

숲에서 사는 도둑고양이는 한밤이나 새벽녘이면, 층계를 사이에 두고 마주 보게 되어 있는 아래위층 네 가구의 공동 출입문 앞에 앉아 구슬프게 울었다. 혜순의 아래층에 사는 톰슨 부인은 고양이를 위해 출입문 앞에 먹이를 놓아주곤 했다. "당신네 집에 먼저 살았던 크리스 씨의 고양이예요. 은퇴해서 혼자 살고 있다가 양로원에 들어갔지요. 크리스 씨가 있을 때부터 고양이는 집을 나가 잘 들어오지 않았어요. 짝이 생긴 거지요. 수고양이는 짝이 생기면 주인을 떠난답니다. 그래서 흔히 중성화 수술을 시키는데 크리스 씨는 그걸 해주지 않았나 봐요. 몹시 춥거나 배가 고프면 옛집을 찾아오지요." 먹이를 놓아줄 때마다 되풀이 들려주는 톰슨 부인의 이야기였다.

때로 초저녁에도 고양이는 아파트 단지로 들어와 어슬렁거리곤 했다. 저녁을 마친 후 산책을 구실로 동네 주위를 돌며 서성이는 혜순과 맞닥뜨리면 잠시 멈칫거리다가 더러운 걸레 뭉치처럼 달아나곤 했다. 혜순은 그 고양이의 더러움을, 문밖에서 들려오는 처량한 울음소리와 비루한 몸짓 따위를 점차 참을 수 없었다. 발화점을 향해 모이는 불꽃처럼 그녀 속의 모든 적의와 잔인함과 분노가 잿빛 고양이를 향해 모아지는 것을 스스로도 이해할 수 없었다.

혜순은 햄 한 조각과 생선 토막으로 고양이를 유인했다. 고양이는 늙고, 병든 것 같았다. 살이 찌고 둔해졌다. 날씬하고 길 었을 허리는 둥근 공처럼 변형되었다. 고양이는 생선 토막을 남 김없이 먹어치우고 뼈를 핥으며 제법 친근감을 표시하는 몸짓 을 보였다. 사나흘 동안 혜순이 계속 생선 토막을 주며 먹는 것 을 지켜보자 고양이는 마음 놓고 가까이 와서 몸을 기대고 깔 깔한 혀로 손등을 핥으며 기분 좋게 가르릉 소리를 내는 옛 버 릇이 되살아났다. 혜순은 그것의 목덜미를 잡아 아이들의 피크 닉 주머니 안에 집어넣고 아가리를 단단히 조여 묶었다. 그러고 는 그때까지 가본 적이 없는 숲속 깊숙이 들어갔다. 자루 속에 서 고양이는 가끔씩 몸부림을 치느라 꿈틀대고 믿어지지 않을 만큼 날카롭게 울어대곤 했다. 늙은 고양이는 이제서야 심상찮 은 위기를 감지한 모양이었다. 혜순은 들꽃을 꺾고 산열매를 주 우러 가는, 즐거운 피크닉을 떠나는 소녀들처럼 천연덕스럽게 주머니를 둘러메고 길이 끊어진, 인적이 안 닿는 숲까지 걸어갔 다. 혜순은 어린 시절, 고양이는 아무리 멀리 갖다 버려도 반드 시 돌아와 해코지를 하기 때문에 눈가리개를 하거나 자루에 넣 어 매달아버린다는 말을 들은 적이 있었다.

들판에는 민들레가 융단처럼 깔려 미친 듯 노랗게 피어나는 봄날인데 해가 들지 않는 숲은 그제야 녹는 눈으로 질척거렸 다. 숲은 어둡고 축축했다. 겨우내 내린 눈의 무게를 이기지 못 해 쓰러져버린 나무들과 뿌리를 깊이 내리기 전 성급히 자란 줄 기와 절제 없이 뻗은 가지의 무게로 뿌리째 뽑혀버린 나무들이

가로놓여 있었다. 혜순은 길이 끝난 곳에서도 한참을 더 들어가 사람의 발길이 미친 흔적이 없음을 확인하고는 부러질 염려가 없이 굵고 단단한 나뭇가지에 자루를 매달았다. 행여 줄이 풀려 떨어지지 않도록 단단히 동여매었다. 그러고는 쓰러진 나무 줄기에 걸터앉아 축축이 땀 밴 이마와 손을 닦으며 무심히 곁의 휘어진 나무뿌리에 눈을 주었다. 그러나 나무뿌리라고 생각한 것은 뿔이 길게 뻗친 채 달려 있는 사슴의 뼈였다. 뿔과 머리에 는 아직 엷게 비로드 같은 털이 깔려 있는데 휑하니 뚫린 눈구 멍은 벌레의 집이 되어 개미들이 부지런히 기어들고 있었다. 아마 고속도로에서 차에 치여 상처를 입고 이곳까지 들어와 죽었는지 몰랐다. 어쩌면 늙어 자연사한 것일 수도 있다. 이 정도 육탈이 될 정도면 꽤 오랜 시간이 지난 것이리라 생각되었다. 혜순이 그것의 텅 빈 구멍에서 표정을 읽으려 애쓰는 부질없는 노력을 하는 동안 자루 속의 고양이는 간헐적으로 몸부림치고 날카로운 소리로 울어대다가 문득 잠잠해지고 다시 가지가 끊어질 듯 격렬하게 몸부림쳤다. 혜순은 넘어진 나무줄기에 걸터앉아 오래 소리 내어 울었다.

다음 날 혜순은 다시 그 숲으로 갔다. 질척이는 숲에 지난해의 낙엽이 깔려 전날 자신의 발자국을 찾아볼 수 없었으나 헤맴이 없이 곧바로 그 장소에 갈 수 있었다. 고양이를 메고 가는 동안 내심 몹시 긴장했었다는 표시리라.

주머니는 여전히 그 자리에 매달려 있었고 밑바닥에 더러운 얼룩이 비쳤다. 미미한 움직임은 그녀의 착시 현상일지도 몰랐다. 가냘픈 울음소리가 들리는 듯해서 귀를 기울이면 아무런 소리도 들리지 않았다. 숲은 점점 고요해지고 그 고요한 중에 가득한 웅웅거림, 무너져 내리는 소리가 바람 소리처럼 들려왔다.

일을 하러 가지 않는 날이면 혜순은 숲으로 갔다. 주머니 속의 것은 점점 작아지고 청회색 피크닉 주머니는 빛이 바래 남루하게 늘어졌다. 더 이상 붉을 수도 푸를 수도 없이, 통통하다거나 길다거나 형체를 말할 수 없이 해체되어 자루 속에서 악취가 풍기며 썩어가는 것은 고양이가 아니었다. 바로 자신의 내면에서 붕괴되고 부패해가는 그 무엇이었다.

강의 두 지류가 합쳐지는 곳의 남향받이 언덕에 울긋불긋한 방한복을 입고 엎드렸거나 더러 서 있는 사람들의 모습이 먼빛으로 보였다. 나무로 엮은 다리를 건너 올라간 볕바른 둔덕은 도깨비바늘풀이 지천으로 돋아 있었다. 길이 따로 없어 창날같이 자라난 마른풀들을 헤치고 지나는 사이 운동화의 바지, 소맷부리까지 까맣게 도깨비바늘이 달라붙었다.

얼핏 보기에 유난히 돌이 많은 벌거숭이 강 언덕일 뿐인 그곳은 작업을 하고 있는 사람들만 아니라면 선사 시대 유적지임을 알리는 어떤 특징도 드러내 보이지 않았다. 군데군데 두어 평 넓이로 금을 친 안쪽에서 학생들로 보이는 젊은이들이 지표를 떠내듯 조심스레 삽질을 하거나 꼬챙이와 호미로 흙을 긁어내고 있었다.

"텔레비전 방송국에서 나온 모양인데요."

강 언덕에 올라선 김 선생이 이쪽에 등을 대고 선 남자와 어깨 위에 커다란 카메라를 올리고 뒷걸음질 치는 남자들을 가리키며 말했다. 그들은 똑같이 방송국 마크가 찍힌 노란 점퍼를 입고 있었다. 단장으로 보이는, 머리가 희끗희끗하고 무릎까지 올라오는 긴 장화를 신은 중년 남자는 마주 선 노란 점퍼의 남자에게 바닥에 늘어놓은 돌들을 하나씩 들어 보이며 설명을 하는 중이었다.

"⋯⋯손바닥에 닿는 부분은 자연면으로 둥글고, 어느 것이나 한 손에 쥐면 엄지와 검지가 자연스레 편안히 닿도록 되어 있지요. 이건 아마 질긴 고기를 자르는 데 쓰였을 겁니다. 날면이 톱니처럼 쪼여 있지 않습니까? 이곳은 타제 석기를 쓰던 인류가 살았던 곳으로⋯⋯"

카메라는 그와, 대담하는 기자의 뒷머리와 텅 빈 호수와 산들, 널려진 돌들을 훑고 다시 제자리로 돌아왔다. 혜순은 카메라의 가시반경을 피해 슬몃 몇 걸음을 물러서며 얼굴을 돌렸다.

"⋯⋯특히 백두산이 원산지인 흑요석은 선사인들이 소중히 여겼던 것으로, 이동할 때는 반드시 지니고 다녔기 때문에 이것의 발견 경로에 따라 선사인들이 함경도 웅기에서 동해안을 따라 내려와 북한강 상류인 양구로, 다시 한강을 따라 금강 상류, 공주 석장리로 이동했다는 추론이 가능하게 되었지요⋯⋯"

대담이 오래 계속된 탓인지 카메라를 의식한 탓인지 말의 억양이 간혹 부자연스럽게 흔들렸다.

"이렇게 유물·유적들을 찾아 발굴하는 일을 하시다 보면 현세적 삶의 감각이 달라질 법도 하다는 생각이 드는데 단장님께서는 어떠십니까?"

기자의 물음에 그는 말없이 빙긋 웃었다. 그러고는 몇 걸음 떨어진 곳에서 땅을 파고 있는 학생의 손놀림을 제지하고는 흙 밖으로 반쯤 드러난 손바닥만 한 돌을 가리켰다.

"집어보세요."

기자가 의도를 몰라 어정쩡한 표정을 지으며 그것을 집어 올렸다.

"오만 년 전, 아니 십만 년 전일 수도 있어요. 어느 구석기인이 연모로 썼던 것을 이제 십만 년 만에 송 선생이 집어 올린 것입니다. 어때요, 체온이 느껴지지 않습니까?"

기자는 붉은 흙이 생생하게 묻어 있는 돌을 물끄러미 들여다보았다. 단장은 이만 끝내자는 표시로 안경을 벗고 피로해진 눈두덩을 비볐다. 카메라 렌즈는 강 언덕의 돌무더기들을 비껴 혜순이 줄곧 걸어왔던 빈 들, 흐린 산의 윤곽을 지우는, 바람으로 가득 찬 풍경 위에 잠시 머물렀다. 허리를 굽혀 돌들을 유심히 들여다보며 위쪽으로 올라가는 김 선생을 작업하던 젊은이가 뒤따라와 불러 세웠다.

"어디서 오신 분들입니까?"

"돌 구경 다니는 사람이지요."

김 선생이 등산모를 고쳐 쓰며 멋쩍은 웃음을 지었다. 함께 길을 나서서 벌써 몇 차례나 똑같은 물음을 들었다는 생각에 혜순도 비식 웃음이 나왔다.

"여긴 도(道)의 지원을 받아 작업하는 유물 발굴 현장이에요. 원칙적으로 관계자들 외에는 출입이 통제되는 곳입니다."

김 선생이 등에 메고 있는 튼튼한 마대천의 큼직한 배낭에 수상쩍은 눈길을 보내며 젊은이의 어조가 단호해졌다. 아래쪽에서는 단장이 팔짱을 끼고 꼿꼿이 서서 이편을 바라보고 있었다. 젊은이가 온 것은 단장의 지시에 의해서였으리라.

"아, 그래요? 몰랐소이다. 나는 지금 저 물가로 내려가는 길이오."

"허, 돌 도둑으로 몰릴 수도 있다는 건 꿈에도 생각 못 했지요." 김 선생이 헛웃음을 날리며 앞서 언덕을 내려갔다. 그들이 올라온 쪽과는 반대편으로 또 하나의 물길이 흐르고 물가에서 여학생 둘이 바께쓰에 담아 온 돌들을 씻고 있었다. 돌에 묻은 흙을 씻어내고 마른 수건으로 닦은 뒤 유골을 수습하듯 일일이 백지로 쌌다.

"일이 재미있나요?"

"재미라기보다 글쎄 뭐랄까…… 거대한 타임캡슐에 갇힌 느낌이랄까요. 온통 오만 년, 십만 년 전의 유물들이니까요. 게다가 여긴 언제나 이렇게 바람 소리뿐이니."

곁에 쪼그리고 앉아 묻은 혜순의 말에 한 달 가까운 작업으로 검붉게 얼굴이 그을린 여학생들이 맑게 웃었다.

"그게 예사 바람이 아니지. 떠도는 망령들의 부르짖음일 게
요. 멀리 구석기인들이 아니더라도 육이오 때 중공군 수만 명이
수장당한 곳이라오."

김 선생의 말에 여학생들은 짐짓 겁먹은 표정을 짓다가 킬킬
웃었다. 혜순은 문득 지나오던 길에 만났던 농부의 말을 떠올
리며 이 박사의 별장이 어디쯤일까, 유적지 위쪽을 둘러보았다.
그는 분명 별장 아래 유적지가 있다고 말했었다. 예전 병언과
함께 왔을 때 혜순은 묵고 있던 집 주인으로부터 파로호라는 이
름의 유래—육이오 때 사단 병력의 중공군을 수장시키고 승리
감에 취한 당시 이승만 대통령이 오랑캐를 깨뜨렸다는 뜻으로
지었다는—를 듣고 한번 가보리라 작정했었다. 험한 산등성이
를 넘어야 한다는 말에 병언이 만류했다. 임신 중인 혜순의 몸
을 걱정해서였다. 그러나 파로호에서 돌아온 직후 혜순은 사 개
월 된 아이를 지웠다. 아이를 새로운 희망으로 삼기에는 현실의
날들이 너무도 어둡고 불확실했던 것이다.

애초 유물이나 수석에 관심이 있어 이곳을 찾은 것은 아니었
다. 그녀를 이곳으로 이끈 것은 흐린 흑백 사진에 나타난 황량하
고 텅 빈 호수의 모습이었다. 기실 그녀 속에는 물이 사라진 곳
에서 무언가 볼 수 있으리라는 기대가 있었던 것이 아니었던가.

"김 선생님, 여기엔 돌이 있을 것 같지 않네요. 맨 흙뿐이잖
습니까? 저는 이 박사 별장에나 올라갈게요. 어디로 가면 되지

요?"

"거 가봐야 비감만 생길 뿐이지요. 다 무너져 지붕도 없어지고 벽만 몇 개 서 있어요. 저기 솔밭길로 가면 바로 나옵니다. 경호실 터, 무도장 터에도 팻말만 있지 기둥뿌리, 돌 조각 하나 남아 있지 않다니까요."

물가에 앉아 망연히 물살을 헤집으며 김 선생이 유적지 위쪽 솔밭을 가리켰다. 그의 손길을 따라 살펴보았으나 산속으로 길을 낸 흔적은 보이지 않고, 제법 솔숲이 어둡게 빽빽하여 그 안에 건물이 있으리란 짐작이 들지 않았다. 그곳으로 가기 위해서는 발굴 작업을 하는 강 언덕으로 다시 올라가야 했다. 혜순은 내려온 길을 되짚어 언덕으로 올라갔다.

"……내년부터 담수가 시작됩니다. 영원히 물속에 잠기는 거죠. 무슨 대책이 있어야……"

방송국 기자는 아직 언덕에 머물러 있었다. 단장의 우렁우렁한 목소리가 바람에 토막토막 끊기며 스쳐 지나갔다. 해가 기우는 탓인지 바람이 한결 사나워졌다.

"단장님, 이거, 이거 보세요."

아래쪽 구덩이에서 감색 방한복의 여학생이 상기된 낯으로 외마디 소리를 지르며 단장에게 뛰어왔다.

"이거 이상해요."

그녀에게서 건네받은, 손바닥만 한 흰빛 타원형의 차돌을 살피던 단장의 얼굴에 흥분하는 기색이 떠올랐다.

"굉장한걸. 사람 얼굴이야. 대단한 물건이라구."

"뭘 찾았다구? 심봤어?"

작업하던 학생들이 단장 주위로 우르르 모여들었다. 혜순은 솔밭으로 향하던 발길을 돌려 자신도 모르게 한 걸음씩 그들에게 다가갔다. 그것은 분명 사람의, 그것도 여자의 얼굴이었다. 단장이 손바닥으로 문질러 흙을 닦아내고 구멍을 메운 흙을 파내자 그것은 생생한 표정으로 되살아났다. 단순히 갸름한 흰 돌에 세 개의 구멍을 내었을 뿐인데 그 구멍들이 어우러져 만드는 표정은 놀랄 만치 깊고 풍부했다. 학생들은 저마다 그 돌을 들여다보며 웃고 있다, 울고 있다, 슬퍼하고 있다 등등 느낌을 말했지만 혜순으로서는 그 얼굴에 대해 표현할 수 있는 말을 찾아낼 수 없었다. 옛 여인의 얼굴에서 깊은 슬픔, 지극한 그리움과 간절함을 보았다고 한다면 그것은 그렇게 보고자 하는 그녀의 마음일 것이다.

어느 날 한 젊은 남자가 공동 작업장에서, 사냥에 쓰일 도구를 만들기 위해 마땅한 돌을 고르다가 예쁜 흰 차돌을 발견하고 그것에 홀로 마음에 두고 있던 처녀의 얼굴을 새겨본다. 그는 그것을 간직했을까. 그녀에게 주었을까. 아니면 무심히 만들었듯 무심히 버렸을까.

"제가 좀 볼 수 있을까요?"

혜순이 학생들을 비집고 단장을 향해 염치없이 손을 내밀었다. 단장이 혜순의 태도에 잠시 놀랍고 의아한 듯 눈을 치떴으나 말없이 돌을 건네주었다. 혜순은 돌을 손바닥 위에 얹고, 해독할 수 없는 암호를 바라보듯 그 표정을 읽으려 애썼다. 수만 년의 세월 뒤 흙을 털고 일어난 여인의 눈으로 물이 사라진 호수, 영원한 화두인 양 웅웅대며 떠도는 바람을 보려 애를 썼다.

[1989]

그림자 밟기

석간신문을 구독하지 않는 탓에 경옥은 초저녁 텔레비전 뉴스 보도를 통해서야 비로소 새벽부터 저녁에 이르기까지 한반도 전역에 걸쳐 지진이 있었음을 알았다. 지진은 하루 동안 거의 예닐곱 차례 간헐적으로 발생했으나 진도 1의 미진(微震)으로, 육감으로는 거의 느끼지 못할 정도였으며 이젠 완전히 물러가 더 이상의 움직임은 없을 것이라고 뉴스 진행자는 말했다.

그렇다면 새벽 잠자리에서 꿈결처럼 느꼈던 미미한 흔들림이 지진이었던 것일까. 척추뼈를 통해 전해지던 생소한 파장이 지진이라니. 지진을 경험해보지 못한 경옥에게, 땅이 흔들린다는 것은 한갓 관념 혹은 추상적 의미로서 존재했을 따름이었다. 아이들이 집에 없었던 조용한 낮 동안에도 몇 차례인가 어지럼증을 느꼈더랬다는, 부엌 선반 위에 얹힌 잘 닦인 스테인리스

냄비가 한순간 쨍 울릴 듯 심상치 않게 반짝거렸었다는 기억이
되살아났다. 경옥은 그것을 빈혈 탓이라고 생각하고 이어 식도
를 타고 올라오는 날것의 역한 비린내를 참느라 심호흡을 했었
다. 두 차례의 출산 후 젖을 뗄 무렵까지 빈혈에 따른 심한 귀울
음 증세와 메스꺼움, 어지럼증으로 고생을 했던 경옥으로서는
그 흔들림을 자기 밖의 외부 작용에서 비롯된 것이라고 생각할
수 없었다.

"지진이 일어났대요?"

"그런데 왜 집이 안 무너지지요?"

저녁밥을 먹던 아이들은 깜짝 놀란 표정으로 되물었다. 지진
이라면 순식간에 발밑에서 갈라지는 땅과 영화 「킹콩」에서 보
았듯이 마천루가 성냥갑처럼 무너져 내리는 광경을 곧장 떠올
리게 마련인 아이들은 솜털 끝에 스치는 미미한 움직임이, 바위
틈에서 새어 나오는 가냘픈 물줄기가 또 하나의 시작임을, 재앙
의 전조 혹은 경고임을 알지 못한다.

경옥은 아이들에게 이야기할 필요성을 느꼈기 때문에—어
쨌든 지진이란 위협적이고 비일상적인 사건이므로—지진과
화산 폭발로 인해 전설만을 남기고 지상에서 사라져버린 도시
와 땅 들에 대해 이야기하고 지구는 내부에 들끓는 불꽃, 거대
한 에너지를 갖고 있기 때문에 흔히 '살아 있는 지구'로 일컫는
다고 말했다. 그러나 기실 그것은 무엇보다도 자신의 내부에서
들끓는, 말하고자 하는 무절제한 욕구, 평온한 날의 지진이라는

120

예(例)를 빌려 현상계 이면의 것을, 보이지 않는 것의 존재함을 증명하고자 하는 시인 기질—자신은 이미 포기했다고 생각하는—의 발로가 아니었을까.

그것은 지옥의 악마인가? 작은 아이가 되묻자 큰 아이는 악마가 아니라 마그마야,라고 조금 젠체하는 태도로 정정했다. ……먼 옛날, 원래 하나였던 땅덩어리가 지진 운동으로 인해 과자처럼 쪼개졌단다. 옛날 사람들은 세상을 지배하는 신들의 분노, 그들끼리의 다툼이 화산 폭발이나 지진을 일으킨다고 생각했었지. 그리고 지구는 거대한 황금쟁반의 모습으로 코끼리 등에 얹혀 있어 코끼리가 움직이면 지진이 일어난다고 생각한 사람들도 있었단다. 우주를 둘러싼 건 거대한 뱀이고 그 안에 거북이가, 그 위에 다시 코끼리가 서 있다고 생각한 거야…… 그러나 갈릴레이 이래 지구는 태양계에 딸린 길둥근 모양의 혹성이라는 지식을 갖고 있는 아이들은 한없이 길고 한없이 편편하며 한없이 거대한 동물의 모습과 속성에 신의 이름을 주어 불가해한 우주의 구조와 원리를 설명하려 한 고대인의 사유 방식을 이해할 수 없는 것이다. 흔들리는 땅에의 두려움, 예측할 수 없는 대지의 진노를 불안정하고 날카로운 선으로 나타낼 수밖에 없었던 아즈텍족의 지도를 알 수 없는 것이다.

"숙제를 해야지."

저녁상을 치우고 설거지를 마친 뒤 경옥은 아이들에게 말했다. 아이들은 불평 없이, 치워진 식탁 위에 과제물을 펼쳐놓았다.

해가 진 지 오래인데도 밖은 아직 밝았다. 음식 냄새와 열기로 가득 찬 공기를 빼기 위해 경옥은 베란다 창을 활짝 열고 밖을 내다보았다. 계절로는 아직 봄이라지만 어느새 대기에는 여름의 열기가 숨어 있었다.

"저녁 식사 하셨어요?"

창으로 뽑아낸 호스로 물을 뿜어 차를 닦고 있던 1층 새댁이 올려다보며 인사를 했다. 물이 튀지 않을 만큼 멀찍이 떨어져서 자전거의 안장 나사를 조이고 있던 러닝셔츠 차림의 중년 남자가 흘긋 돌아보았다. 자전거 임자인 아들은 눕혀놓은 자전거의 바퀴를 손으로 돌리며 열심히 들여다보고 있었다.

"날이 제법 덥군요."

경옥은 새댁을 내려다보며 큰 소리로 말했다.

경옥은 몇 차례인가 그녀가 운전하는 흰 승용차를 얻어 탄 적이 있었다. 갓 면허를 땄다는 그녀는 신호등 불빛이 바뀔 때마다 '빨간불은 정지, 노란불은 주의 진행, 파란불은 진행'이라고 달달 외우고 바짝 긴장한 기색이어서 경옥은 말 못 할 불안감에 사로잡히기도 했었다.

아파트 도로에 젊은 부부가 유모차를 끌고 지나가는 광경이나 쨍쨍한 목소리로 노래 부르며 고무줄놀이 하는 아이들, 모두 평범한 늦봄 저녁의 풍경이었다. 뒷산 숲으로부터 아카시아 향기가 훈훈히 풍겨오고 산중턱에 자리 잡은 전투경찰 부대로부터 으앗으앗 구령을 사이사이에 넣은 군가의 합창이 들려오는 것도 여느 날과 다른 것이 없었다. 어느 곳에도 지진이 있었던 흔적은 보이지 않았다.

아파트 단지의 울타리 너머, 골짜기를 메워 정지 작업을 마친 택지 귀퉁이에 명주 이불 편 듯 꼭 그만한 넓이의 밭이랑마다 파랗게 상추와 배추가 자라오르고 있었다. 이웃 동(棟)의 노파가 가꾸는 밭이었다.

정지 작업을 마친 땅에 불법 사용을 금한다는 내용과 함께 지적도와 새 소유주인 건설회사의 푯말이 붙은 것은 지난겨울의 일이었다. 그러나 아무도, 아무것도 심으려 하지 않는 땅에 엎드려 노파는 봄 내내 호미질을 하고 고랑을 만들어 씨앗을 뿌렸다. 사람들은 신기하기도 하고 딱하기도 하다는 눈으로 노파가 일군 밭을 바라보았다. 뿌린 씨의 첫 열매, 첫 잎을 따기도 전에 불도저가 뭉개버린다 하더라도 경작권을 주장할 근거가 없는 것이기 때문이다. 하지만 어쨌거나 씨앗은 싹터 밤마다 파랗게 자라올랐다.

노파는 물뿌리개로 물을 주고 있는 모양이었다. 곧 공사가 시작되리라는 것은 누구나 알고 있었다. 모르고 있는 것은 노파뿐이다. 그러나 모르는 게 아닐지도 모른다. 며칠 전 경옥은 우정 울타리를 넘어가, 쩅쩅한 햇빛 아래 엎드려 배추를 솎아주는 노파에게 소리친 적이 있었다. 할머니, 소용없는 일이에요. 곧 아파트를 짓는대요. 그러나 노파는 경옥을 향해 한 번 고개를 들어 보이고는 내처 일을 계속하던 것이었다.

사람이 늙으면 먼 미래를 생각할 수 없기에 아침 눈뜨면서 맞게 되는 하루하루를 남아 있는 생 전체로 생각하게 되는 것일까. 그러한 감각으로 살게 되는 것일까. 끝없이 이어지는 '내일'들을 바라보는 아이들은 예사롭게 삼십 년 후, 오십 년 후라고 말하지만 경옥은 그때의 세상과 자신의 모습을 상정(想定)할 수 없다. 그것은 자신이 존재하지 않는 시간대였다. 아이들이 지난해 핼리 혜성이 온다고, 망원경을 사 달라고 조르며 '이번에 못 보면 칠십육 년 후에나 본단 말예요'라고 말했을 때 문득 아이들과 그녀 사이에 놓인 아득한 거리감 따위를 느꼈던 건 핼리 혜성을 보는 일이 자신의 일생에서 없을 일이기 때문이었다. 아마 노파만큼 늙으면 자신도 고작 스물네 시간의 하루 안에 여생의 계획을 모두 담아야 하리라.

"엄마, 빛이 오른쪽에서 비치면 그림자도 오른쪽에 나타나는 건가요?"

작은아이의 부름에 경옥은 집 안으로 들어왔다. 아이는 빛과 그림자의 단원을 펴놓고 아리송한 표정을 지었다. 빛은 곧게 나아가는 성질이 있으므로 물체의 그림자가 생긴다. 그림자는 빛의 반대 방향에 생긴다. 빛이 비치는 방향이 달라지면 물체의 그림자 모양도 달라진다고 경옥이 설명했지만 아이는, 빛이 오른쪽에서 비치면 그림자도 오른쪽일 텐데요, 종내 똑같은 소리를 반복하며 고개를 갸우뚱했다.

"빛의 반대쪽에 그림자가 생긴다는 걸 왜 모르니? 학교에서 실험했을 텐데, 선생님의 설명을 안 듣고 딴짓했지?"

경옥은 성급하고 거칠게 나무라고 머리를 쥐어박힌 아이는 쿨쩍거렸다. 경옥은 울고 있는 아이를 우울하고 참담한 눈길로 내려다보았다. 경옥 자신 역시 아이들이 물어오는, 바닷물빛과 하늘빛이 왜 파랗게 보이는가, 왜 세상에는 행복한 사람보다 불행한 사람이 더 많은가, 왜 힘센 동물은 자기보다 힘이 약한 생물을 잡아먹고 살게 되어 있는 걸까 따위 지극히 당연하게 여기는 현상과 사물에 대한 이치의 설명에도 늘 쩔쩔매지 않았던가. 어떤 사실, 혹은 현상에 대해 깊이 생각하고 의문을 품는 일은 점점 어려워졌다. 마찬가지로 새로운 것을 배우기는 어렵고 길들여진 의식에서 벗어나는 것은 더욱 힘들었다. 과거의 함몰, 소멸처럼 기억력이 흐려졌고 안방에서 건넌방으로 갔을 때 왜 그곳으로 왔는가를 상기하기 위해 그러한 요구를 불러일으킨 장소로 다시 가야 하는 일 따위는 우울한 경험이었다. 경옥은 명재에게, 아이들이 자라나는 것이 두렵게 생각될 때가 있다, 종종 패배감을 느낄 때가 있다,라고 자신도 잘 이해할 수 없는 감정을 호소한 적이 있었다. 그때 명재는 아이들에 대한 부모의 절대적 영향력을 믿지 말아라, 아이들은 부모를 극복하면서 크는 것이다,라고 대답했던 것 같았다. 그것은 고등학교 교사로서의 그가 자신이 가르치고 있는 학생들에 대해 느끼는 것과 동질의 것이었을까. 이어 그는 아이들이 냉담한가, 불손한가, 비난하는가를 물었다. 그러나 경옥은 오히려 아이들의 순종이, 부모의 노여움과 횡포에 순종으로 길들여지는 것이 자신에 대한 폭력으로 느껴진다는 말을 하기가 어려웠다.

물체와 빛의 상관관계를 이해하지 못하는 아이에게 설명하기 위해 경옥은 전등불을 끄고 촛불을 켰다. 그사이 밖은 한결 어두워져 작은 촛불 하나로 거실이 밝아졌다. 흰 벽은 훌륭한 막이 되었다. 덧문을 닫으며 내다본 울타리 바깥쪽에서는 보다 어두운 형체로 꾸물꾸물 움직이는 노파의 모습이 보였다.

"그림자놀이를 하자꾸나."

아버지가 없는 저녁, 큰 소리로 웃고 뛰고 떠들어도 괜찮은, 일주일 중의 하루는 특별한 날이 되어도 좋을 것이다. 촛불이 주는 부드러운 빛, 미미한 일렁임 속에서 경옥은 문득 벽이 기우뚱 물러나는 듯한 흔들림을 또다시 느꼈다. 그러나 더 이상의 지진은 없을 거라지 않던가. 평소 눈에 익지 않은 촛불 빛 때문이라고 자신의 신경과민을 나무랐다.

흰 벽 위에 아이들이 양감도 질감도 없는 그림자의 모습으로 드러났다. 실체는 사라지고 그림자만 가득 일렁였다.

"엄마는 요술쟁이 마법사야."

아이들은 경옥을 흉내 내어 몇 배나 커진 손으로 뿔 달린 염소, 뱀, 토끼를 만들어 보이며 높은 소리로 외치고 깔깔거렸다.

"엄마가 어릴 땐 밤마다 그림자놀이를 했는걸."

마을의 아이들에게 그림자 밟기 놀이가 금지된 이후, 그리고 겨울로 접어들어 더 이상 바깥에서 사방치기나 여우놀이를 할 수 없게 되었을 때 경옥의 일곱 형제들은 밤마다 그을음 오르는 남폿불을 벽에 걸어두고 그림자놀이를 했다. 단속에 걸리면 물건 다 뺏기고 징역 가게 되는 거야,라는 말을 내뱉으며 담뱃짐을 지고 장사 나간 어머니를 기다리면서. 저잣거리로부터 비틀대며 돌아올 아버지의 발소리에 불안하게 귀 기울이면서.

언니는 그림자놀이를 할 수 있는 많은 이야기를 알고 있었다. 그녀의 혀와 손가락들은 불과 칼과 뱀이 되어 나울대며 끊임없이 이야기를 이어갔다. 어느 이야기에서나 피 묻은 빗자루, 예쁜 여자로 둔갑한 천년 묵은 여우, 늪 속의 이무기는 살아 나왔다. 단지 옛날이야기일 뿐이고 불빛에 비친 손그림자일 뿐이라는 것을 알면서도 왜 그렇게 무서웠을까. 무섬증이 들수록 얘기는 더욱 잔혹해지고 언니의 손짓과 목소리는 격렬해졌다. 드디어 땅울음처럼 아득히 울리는 아버지의 발소리, 그보다 앞서 포탄에 날려버린 팔 대신 달고 돌아온 쇠갈퀴손이 사정없이 바람을 찢어대는 소리가 가까워오고 일곱 아이의 머릿속에 똑같이 어머니는 드디어 징역을 갔구나,라는 절망감과 두려움이 확신으로 굳어질 즈음, 언니는 '마지막 고개에서 어머니는 그만 호랑이에게 잡혀 먹혔단다'라거나 '동아줄을 타고 올라간 남매는 해가 되고 달이 되었단다'라고 슬프게 말하며 팔을 내려버리는 것이었다. 무서움을 참고 마당에 나와 오줌을 눌라치면 그림자는 달빛이 휘영청 밝고 하얗게 서릿발 내리는 마당까지 따라와 머리채를 꺼들거나 발밑에 바짝 쭈그려 앉아 쐐쐐 오줌 누는 흥

내를 내곤 했다.

쪽박을 깨뜨려 시어미에게 맞아 죽은 며느리의 환생이라는 쪽박새가 '헌 쪽박 줄게 새 쪽박 바꿔주 헌 쪽박 줄게 새 쪽박 바꿔주' 처량맞게 울어대는 석양 무렵이면 동냥자루를 들고 마을에 나타나던 늙은 당달봉사의 그림자는 또 얼마나 길고 무서웠던가.

놀이를 시작하자마자 경옥은 낭패감을 느꼈다. 지켜보는 아이들 앞에서 온전히 구연(口演)할 수 있는 이야기를 한 가지도 갖고 있지 못함을 알았기 때문이다. 뿔 달린 도깨비, 우렁 각시, 천년 묵은 두꺼비들은 어린 날의 무섬증과 함께 단순하고 평면적인, 극채색의 민화로 기억될 뿐이었다.

"엄마 빨리 하세요. 그림자 연극 놀이 해준다고 하셨잖아요."

경옥은 기억을 더듬어 천천히 팔을 뻗으며 이야기를 시작했다. ……옛날 옛적 과거 보러 가던 젊은이가 있었습니다. 산길에서 날은 저물고 배는 고프고 쉬어갈 집도 한 채 보이지 않았지요. 그런데 문득 멀리 열두 고개 너머 첩첩산중에 불빛이 하나 보였습니다…… 경옥은 귓전에 울리는 자신의 목소리를 들으며 지금쯤 마지막 차를 타기 위해 서두르고 있을 명재를 생각했다. 어린 날의 참혹한 그림자놀이는 기다림의 공포, 현실을 환상으로 이기고자 함이었던가.

아이들에게는 경옥이 어릴 적 그림자놀이에서 느꼈던 것과 같은 무서움이 없다. 열 시가 되자 이를 닦고 잠자리에 든 아이들은 형광등 불빛에 그림자가 생길 리 없건만 몇 차례나 팔을 뻗어 고양이와 개와 토끼 모양을 만들다가 잠이 들었다. 아이들 이 거짓말처럼 쉬이 잠들자 경옥은 갑작스레 찾아든, 적절하지 못하게 찍힌 휴지부와도 같은 시간 앞에서 잠시 우두망찰해졌 다. 갈증을 느끼지 않으면서도 부엌으로 나가 냉수를 한 컵 마 시고 아이들 방으로 다시 들어가 머리맡에 단정히 놓인 일기장 을 훔쳐보았다. 크고 비뚤비뚤한 글씨로 적어놓은, 아이들 세계 의 작은 갈등과 불평에서 그들이 아직 알지 못하는, 그러나 그 들 속에 이미 단단히 깃들이기 시작한 고통의 그루터기를 보게 되는 것은 쓸쓸하고 가슴 아픈 일이었다.

명재가 오기까지에는 두 시간이 남아 있었다. 일주일에 한 번, 매주 금요일 오후, 그는 대학원 강의를 듣기 위해 서울로 갔 다가 마지막 버스를 타고 피로와 허기로 녹초가 되어 돌아오는 것이다.

경옥은 텔레비전의 스위치를 넣고 그 앞에 동그마니 앉았다. 잠시 후 화면이 밝아지고 차도르를 두른 여인들, 다갈색 피부의 눈이 큰 어린아이들이 깃발을 흔드는 모습이 지나갔다. 이란·이라크 분쟁…… 호르무즈 해협…… 해설자의 목소리와 뒤섞 이며 포탄에 맞아 불타며 침몰하는 유조선이 비치자 경옥은 채 널을 돌렸다. 바뀐 화면을 가득 채우며 무언가 어지럽게 움직 이고 있었다. 하늘에서 새까만 낙진 같은 것이 떨어지고 나무며 풀이 바람도 없이 움실움실 끓고 있었다. 아프리카 내륙지역을 뒤덮은 메뚜기 떼의 내습이었다. 팔뚝에 돋는 소름기를 쓸며 좀 더 자세히 보기 위해 텔레비전 앞으로 다가가는데 전화벨이 울렸다. 경옥은 수화기를 들기에 앞서 벽시계를 올려다보았다. 열 시 사십 분, 늦은 시각이었다. 받지 말까, 생각하다가 벨이 네댓 차례 울린 후에야 경옥은 수화기를 집어 올렸다. 뜻밖에도 명재의 목소리가 전화선을 타고 들려왔다.

"거기 어디죠?"

경옥이 놀란 목소리로 물었다.

"시내에 있어."

"벌써 왔어요?"

"아니, 오늘 서울 못 갔어. 그럴 일이 있었지. 지금 뭘 해? 애들 자나?"

"텔레비전 보고 있었어요."

경옥은 텔레비전의 볼륨을 완전히 낮추었다. 살아 있는 것의 흔적이라곤 아무것도 찾아볼 수 없고, 회색의 덤불들만 가끔씩 눈에 띄는 사막을 뼈만 남은 아프리카 남자가 걸어가고 있다. 여기저기 뒹구는, 완전히 육탈되고 풍화된 뼈들이 화면을 더욱 몽환적으로 보이게 하고 있다.

"잠깐 나올 수 있겠어? 당신을 보고 싶어 하는 사람이 있어."

"안 돼요. 애들이 깨면 어떻게 해. 술 너무 마시지 말고 어서 들어와요."

명재의 목소리에서 느껴지는 건 취기가 아니라 호기였다. 목소리가 크고 평소 그답지 않은 호기를 부리는 것으로, 그가 다른 사람을 의식하고 있다고 느꼈다. 그만 일어나고 싶은 자리인데 그럴 수 없는 형편이라거나 혹은 모자라는 술값 따위로 난처한 입장인지도 몰랐다. 밖에서 그가 더욱이 술자리 같은 데 경옥을 불러내는 일은 거의 없었다.

"애들이 깨면 어때. 이제 다 큰 애들인걸. 여기 양구집이라구. 중앙시장 골목에 있어. 아마 택시 운전기사가 잘 데려다줄 거야. 찾다가 모르겠으면 전화해."

별반 내키지 않으면서도 경옥은 블라우스를 바꿔 입고 지갑을 챙겨 들었다. 아이들은 깊이 잠들어 깰 염려가 없을 듯했다. 조심스레 바깥에서 문을 잠그고 잠시 귀를 기울였으나 깨어나는 기척이 없었다.

좀 헤맬지도 모르겠다고 생각했는데 양구집은 뜻밖에도 쉽게 찾을 수 있었다. 명재의 말이 맞았다. 아파트 단지 입구에서 택시를 잡아탄 경옥이 중앙시장 골목 양구집을 혹시 아느냐고 묻자 택시 기사는 단번에 소머리국밥집 말씀이시죠,라고 대답했던 것이다.

개성집, 화천집, 해주집, 전주집…… 이틀에 한 번 꼴로 시장에 나오는 경옥으로서도 처음 와보는 낯선 골목이었다. 옥호를 하나씩 읽어가다 맨 끝머리 양구집을 확인하고 외짝 여닫이문을 열었다. 드럼통 탁자 세 개뿐인 좁은 실내가 한눈에 들어오고 이켠에 등을 대고 앉아 있는 명재의 모습이 보였다. 명재가 앉아 있는 자리 외의 탁자 둘은 비어 있었다. 방금 손님이 나간 듯 탁자를 치우고 있던 중년의 주모가 어서 오세요, 라고 말하고 그 소리에 명재가 뒤를 돌아보았다.

"어, 일찍 왔군."

익숙지 않은 장소에서 멈칫대는 경옥에게 명재는 전화에서의 채근과는 달리 심상하게 말했다. 명재와 마주 앉아 있던 남자가 함빡 웃음 띤 얼굴로 엉거주춤 일어서고 경옥은 아, 낮은 탄성으로 놀라움을 나타냈다. 십 년 전엔가 마지막으로 보았던 민수였다.

"정말 오랜만이군요. 세월이 그렇게 지났는데 늙지도 않고 더 고와지시고."

이런 유의 인사치레가 듣는 쪽을 부끄럽게 하지 않는 것은 그의 능력이리라. 주모가 새로 갖다놓은 잔에 소주를 따르는 민수를 경옥은 찬찬히 바라보았다. 머리가 희끗희끗할 뿐 광대뼈가 높이 솟고 활처럼 굽은 눈썹 때문에 편안치 않으면서도 깊은 인상을 주었던 얼굴 모습은 거의 변하지 않았다.

탁자에는 돼지갈비를 넣은 감잣국과 까맣게 타 붙은 곱창 몇 점, 그리고 빈 소주병이 둘 놓여 있었다. 그들은 이제 세 병째의 소주를 반쯤 비우고 있는 중이었다.

"어쩐 일로 이렇게…… 출장이신가요?"

조금 들뜬 음성으로 한껏 반가움을 나타내면서도 경옥은 뭔가 탐색하는 기분이 되는 것을 자신도 어쩔 수 없었다. 그들이 만나게 되지 않게 된 이후 경옥은 민수가 종교 단체에 속한 농민회 일을 하고 있다는 말을 들었었다. 글쎄 한 달에 쌀 두 가마를 급료로 받는데, 쌀 두 가마를…… 명재는 이 말을 두 번이나 되풀이했다.

"출장이라니요. 매인 데가 없는걸요. 굳이 말하자면 땅에 매였다고 할까…… 농사꾼이 되었습니다. 서울에 왔던 길에…… 이곳이 멀지 않으니까 명재 얼굴이나 보고 가려던 것이지요. 어제 나주에서 밤차 타고 왔어요."

그의 옆 빈자리에는 그의 말을 증명하듯 어깨에 멜 수 있게 되어 있는 조그만 여행 가방이 놓여 있었다. 농사꾼이 모내기철에? 경옥은 속으로 고개를 저었다. 그가 자신의 말대로 한갓 농사꾼으로 살리는 없으리라는 강한 부정이 작용한 탓이다. 따지고 보면 이제껏 경옥으로서는 민수를 만난 것이 세 번에 지나지 않았다. 그럼에도 그를 속속들이 아는 듯 여겨지는 것은 명재를 통해 그에 관한 이야기를 많이 들었던 때문이었다. 고등학교 시절 동기생들 사이에서 무솔리니라는 별명을 얻고 있었다는 민수에게 평범한 학생이었던 명재가 강하게 사로잡히고 끌려 들어갔다는 것은, 한때 그의 생각, 그의 신념, 그의 행동, 어투까지 흉내 내려 했었다는 것은 아직도 명재의 앨범에 남아 있는, 챙을 바짝 좁혀 쓰고 왼손을 교복의 오른쪽 가슴팍에 찔러 넣은 포즈로 나란히 찍은 사진으로 보아도 짐작할 수 있었다. 그리고 명재의 서가에는 지금도 민수의 서명이 든, 손때가 잔뜩 오른

『백범일지』와『뜻으로 본 한국사』가 있는 것이다.

"집도 모르고 해서 학교로 찾아갔었지요. 수업이 끝날 때까지 두 시간을 기다리고 직원회의 한 시간을 더 기다려 만났지요."

그리고 민수는 명재를 향해, 야 학교는 여덟 시간 근무 조건을 안 지키냐, 라고 물었다.

"말도 마라, 사도선행(師道先行), 사제동행(師弟同行)이라더라. 지금 걷는 일부터 화장실 청소 감독까지, 말도 마라."

명재가 취기로 붉어진 얼굴에 자조의 웃음을 띠었다. 세 시간씩 기다려 만나야 할 용건은 무엇이었을까. 명재가 사범대학으로 민수가 문과대학 정치과로 진학하게 된 이후 그들의 사이는 소원해졌으나 경옥이 결혼한 해, 명재가 부임한 학교에서 젊은 교사들과 함께 벌인 사건—정부의 홍보 정책에 협력을 바란다는 시달에 대해 교권 확립과 자율을 내세워 맞섰던—은 민수의 사주를 받았다는 소문이 동창들 간에 파다했었다. 그 사건으로 명재는 서해안의 낙도 교사로 좌천이 되었고 사 년간의 그곳 생활은 그에게 유배의 쓰라림만을 안겨주었던 듯했다. 경옥이 민수를 두번째로 만난 것은 십 년 전 낙도에서의 임기 마지막 해 겨울이었다. 신촌시장 안의 허름한 술집이었는데 민수와 명재 모두 몹시 술을 마셨고 민수가 종내 제 가슴을 두드리며 무어라고 같은 말을 자꾸 반복했던 기억이 있다. 술집을 나와 좁고 여러 갈래로 난 복잡한 시장 골목에서 민수가 비척비척 앞서 걷자 명재는 경옥의 어깨를 잡아 민수와 반대 골목으로 꺾어 들었다. 저렇게 취한 사람을 혼자 가게 하고? 라는 경옥의 힐난에 명재는 한마디도 입을 열지 않았었다. 그런데 십 년 만에 만난 그들은 마치 어제도 만났고 오늘도 만나고 내일도 만날 수 있는 사람들처럼 그들이 함께 알고 있는 사람들에 대한 소식을 주고받고 미국에 가서 대머리 치료약을 팔아 부자가 된 친구, 차력사가 된 친구들의 얘기를 예사롭게 나누고 있다.

결혼식을 마치고 신혼여행을 다녀오던 길에 경옥 부부는 대전에 들러 민수를 찾았었다. 그는 조그만 서점을 열고 있었는데 서점이라기보다는 만화방처럼 엉성한 진열대에 사회과학 서적과 역사서들, 그 무렵 쏟아져 나온 시집과 원서의 복사본 들이 꽂혀 있었다. 미혼이었던 그는 가게에 붙은 좁은 방에서 기거하는 듯했는데 주인도 객도 아닌 젊은이들이 제집처럼 드나들었다. 그는 결혼식에 참석 못 한 것을 몹시 미안해하며 명재가 고른 라이트 밀스의 복사본과 몇 권의 사회과학서, 경옥이 고른 시집과 시론집의 책값을 굳이 마다했다. 결혼 선물이라는 것이었다. 경옥이 시인으로서의 꿈을 가졌던 때이기도 했다. 아니 희망을, 예감으로 믿고 받아들이기에 주저 없었던 젊음의 시절이었다. 시를 씀으로써 현실과, 거짓 욕망과 당당히 맞서 싸울 수 있으리라고 생각하던. 민수의 서점에서 선물로 받았던 책들은 아이를 낳고 기르며 십 년을 지나는 동안 앞부분만 몇 차례 되풀이 읽었을 뿐 먼지를 뒤집어쓴 채 서가에 꽂혀 있다.

주모가 하품을 눌러 끄며 감잣국에 더운 국물을 부어주었다.

열한 시 이십 분. 통금이 없어진 후 술집의 문 닫는 시간이 언제인지 경옥으로서는 알 수 없었다.

"학교 생활은 어때? 이즘 같아선 훈장 노릇도 수월치 않지? 더욱이 네가 가르치는 과목이라는 게……"

"무엇인들 쉽겠어? 그래도 애들이 희망이야. 눈이 초롱초롱한 아이들을 보는 낙이 없다면 할 짓이 아니라는 생각이 들어."

간혹 늦은 저녁이나 낮잠을 자고 난 일요일 오후에 머리 굵은 아이들이 불쑥 찾아오기도 했다. 뒤에 감추듯 들고 있는 비닐봉지에 소주와 쥐치포 따위 안주거리가 들어 있으리라는 것을 경옥은 모르지 않았다. 명재는 경옥에게 술상을 차리게 하지는 않았으나 대신 웃옷을 걸치고 아이들과 함께 집 밖으로 나갔다. 학생들과 술을? 비난하는 눈빛의 경옥에게 그는 졸업반 애들이야,라는 말로 불안과 불쾌감을 무마시켰다. 졸업반이니 어른 대접을 해야 된다는 말인가, 숨통을 터줘야 된다는 말인가. 그러나 명재에게는 학습 지도 외에도 면담과 대화라는 의무가 공식적으로 주어져 있는 것이다. 지난 이른 봄 일요일 오후에 빨래를 걷으러 아파트 옥상에 올라갔던 경옥은 아직 잔설이 남아 있는 산기슭에 학생들과 둘러앉아 있는 명재를 먼눈으로 보고, 선생으로서 수용해야 하는 몫의 한계는 어디까지일까를 생각한 적이 있었다. 늦추위로 몹시 쌀쌀한 날씨였고 연삼일 명재는 식은땀과 코피를 쏟고 난 뒤끝이었던 것이다.

"아이들이 무서워, 순수하거든."

명재가 되풀이 말했다. 경옥은 그의 말에 거짓이 없다는 것을, 그가 누구보다도 선생의 마음을 갖고 있음을 알고 있었다. 그럼에도 그는 봉직하는 고등학교 사회과 선생이라는 세계를 탈출할 목적으로 대학원에 적을 두고 있다. 그는 주당 스물여섯 시간을 사회적 관계와 구조, 사회 계층 구조에 대해, 후발 선진국의 민주 정치와 개발 도상국의 민주 정치와의 차이에 대해, 그리고 사회법, 노동법, 경제법을 가르친다. 그러나 그는 마침내 사문서(死文書)가 될 법령과 제도 이념이 아닌, 변하지 않는 가치, 원리와 원론을 배우고 가르치고 싶다고 말했다. 그것은 흔히 생각하듯 신분 상승의 욕구가 아니라 자유 때문이라고 말하기도 했다. 자유? 진실? 그런 유의 단어를 조금치의 빈정거림도 없이 진지하게 내뱉는 데 놀라 경옥은 물끄러미 그의 얼굴을 바라보았었다.

퇴근 후 곧장 집으로 돌아오는 명재가 손발 씻고 방에 들어가 공부를 하는 동안 아이들은 소곤거려 말하는 법과 발끝으로 걷는 법, 절대적인 순종에 길들여간다. 경옥은 이 방문 안쪽과 바깥 사이의 깊은 모순을 설명할 길이 없다. 더 많은 공부가 더 많은 자유를 줄 거라는 말보다는 좀더 편안함을 준다는 말이 납득하기 쉬울 것이다.

평소 술을 마시는 일이 없는 경옥에게 소주의 취기는 독하고 갑작스러웠다. 혈관에 불이 당기듯 피가 뜨거워지고 눈앞이 몽롱하고 부드럽게 흔들렸다. 낯선 눈길이 끼어듦으로 인해 비로소 보게 되는 자신들의 모습에 놀라는 경우가 얼마나 많은 것일까. 물체와 그림자처럼? 아니 그건 틀린 비유일 것이다. 두 개, 혹은 세 개의 둘러놓은 거울에 나타나는 상(像)처럼, 자신은 볼 수 없는 뒷부분까지 비추어 보여지는 것.

우리는 너무 오랫동안 우리끼리만 살아왔다. 우리들만의 말로 이야기하며.

경옥은 명재를 낯설게 바라보았다. 그녀 자신, 앞에 앉은 민수보다 더 명재를 잘 안다고 할 수 있는 것일까.

"글쎄 흔들리지 뭐예요. 난 깜짝 놀랐어요. 가만히 있으면 지금도……"

명재와 민수가 문득 놀란 얼굴로 경옥을 바라보았다. 경옥이 밑도 끝도 없이 뱉어버린 말을 수습하느라 얼굴을 쓸며 후훗 웃었다. 어차피 그의 몫은 그 혼자 감당해야 하는 것이라는 깨달음이 오고부터 그의 침묵이 새로운 것이 아니듯 경옥 자신의 혼잣말 역시 돌연한 것이 아니었다. 하루 종일 목이 쉬게 떠들어야 하는 사람들이 당연히 그러하듯 명재는 집에 돌아오면 입도 떼기 싫어했다. 경옥은 거울을 보고, 벽을 보고, 열린 창을 향해, 설거지를 하며 쏟아지는 물소리와 맹렬히 싸우듯 말했다. 혼잣말에 이미 너무 익숙해져 자신의 목소리를 타인의 응대처럼, 물음처럼 들을 수 있었다. 뭐라고 그랬어요? 누구하고? 왜요? 글쎄…… 그건…… 말하자면…… 바꾸어 말하면…… 아이들이 간혹 놀라 둥그레진 눈으로 묻곤 했다. 엄마, 누구한테 말씀하시는 거예요?

애매하고 무의미한 접속사로 한없이 이어지는 혼잣말은 무엇을 위한 것이었던가. 자기변명, 깊은 수치심의 은폐? 혹은 나약한 항변이었던가. 그렇다면 무엇을 향한?

"손님들 이젠 일어나세요. 영업이 끝났답니다."

열두 시가 되자 주모가 묻지도 않고 서둘러 상 위를 치우기 시작했다. 명재는 몹시 비틀대며 탁자를 짚고 일어났다. 경옥이 재빨리 계산을 치르고 명재를 부축했다. 민수는 작은 손가방을 어깨에 걸쳤다.

질척이는 좁은 골목길에서 어깨를 부딪치며 걸어 나오면서 경옥은 또다시 민수를 떼어버리고 돌아오던 신촌시장 골목이 떠올랐다. 그때 민수가 가슴을 두드리며 끝없이 되풀이하던 말이 무엇이었는지, 그 앞뒤 주변 상황은 그토록 생생한데 그 말만은 생각나지 않았다. 물어볼까 하는 마음이 들었지만 정작 본인은 가슴을 두드렸다는 사실도 기억 못 할 듯했다.

민수의 어깨에 멘 가방이 자꾸 등허리에 부딪혀왔다. 필시 갈아입을 속옷이나 세면도구 정도일 텐데 부딪혀오는 중량감이 꽤 묵직했다.

골목을 빠져나올 동안 셋 다 말이 없었다. 경옥은 이불장에 새로 시친 깨끗한 이불이 있던가, 깨끗한 베갯잇은 여분이 있는가 생각하기에 바빴고 명재는 온 신경을 제대로 다리를 가누기에 모으고 있었다.

"이젠 집으로 가지요?"

경옥이 빈 택시를 찾아 두리번거리며 동의를 구하듯 말했다. 그러자 이제껏 잠잠하던 명재가 두 팔을 내저으며 소리쳤다.

"당신 무슨 소릴 해? 집에 가면 사다 놓은 술이 있나? 민수가 오랜만에 이렇게 왔는데 시시하게 끝낼 순 없어. 여긴 내 터야. 밤새 술 파는 집도 많고 어디든 다 통해. 당신 먼저 들어가라구."

경옥은 민수에게 다시금 술은 그만하고 집에 함께 가시지요, 라고 말했으나 민수는 아무려면 어떻습니까 하는 대답으로 물러섰다. 경옥은 더 할 말이 없어 우두커니 서서 두 사람을 바라보았다. 어쩌면 명재에겐 민수를 집으로 데리고 갈 마음이 전혀 없을지도 모른다는 취기 속의 계산이 헤아려졌던 것이다.

그들은 우두커니 서 있는 경옥을 버려둔 채 새삼스레 취기를 과장하며 길을 건너 번화가로 사라졌다.

자정이 넘은 거리는 간혹 술 취한 사내들이 둘씩 셋씩 패 지어 눈에 띨 뿐 조용했다. 빈 택시가 경옥의 곁을 지나치며 클랙슨을 울려대었지만 그녀는 내처 집을 향해 걸었다. 집까지는 이십 분 정도 걸으면 닿는 거리였다. 밤공기는 걷기에 좋을 만큼, 몸에 배어 있는 술기를 말끔히 거둬버릴 만큼 적당히 선선하고 깨끗했다. 텅 빈 거리에 신호등이 빨간색, 노란색, 파란색으로 켜졌다 꺼지곤 했다. 순서가 빨노파라고했지. 빨간불은 정지, 노란불이면 주의 진행, 파란불이면 진행. 경옥은 1층 새댁의 목소리를 흉내 내어 중얼거렸다. 자동차도 안 지나다니는 횡단보도에서는 파란불이 들어와 삐리리삐리리 새소리 신호가 들려올 때를 기다려 짐짓 장님 흉내를 내어 더듬대며 건넜다. 술도 안주도 알맞고 화제도 편안했는데 이 깊이 상처받은 느낌, 쓸쓸함은 어디에서 연유하는 것일까, 경옥은 알 수 없었다. 황색의 가로등 불빛이 그녀가 가고 있는 담벽에, 보도블록 위에 길게 그림자를 만들었다.

담벽의 그림자는 그녀보다 앞서 걸었다. 처음 그림자를 의식한 옛사람들은 어쩌면 그것이 제 몸에 달라붙어 떨어지지 않는 악마라고 생각한 것이나 아닐까. 그래서 남방(南方)에서 발달한 그림자 춤은 제의적 성격을 갖는 것이 아닐까.

향교의 담이었다. 경옥은 이곳을 잘 알고 있었다. 무너지는 왕조를 따라 자결한 유생의 절명사(絶命辭)가 남아 있다는, 아이들이 아주 어릴 때 경옥이 유모차를 끌고 오던 곳이었다. 나무 그늘에 들어앉아 바라보는, 햇빛 가득한 흰 뜰은 얼마나 적요하고 정일(靜逸)했던가. 담벽 위로, 보도 위로, 앞으로, 뒤로 드리우는 그림자를 쫓느라 껑충거리던 경옥은 담의 끝에 이르러 발돋움질로 향교의 뜰을 넘겨다보았다. 어둠 속에 우뚝 마주 보고 서 있는 암수 두 그루의 은행나무 그늘은 캄캄했다. 그림자를 제 몸에서 떼어내는 방법은 공중에 높이 매달리거나 그늘 속에 숨어들어 가는 것이다. 어릴 적의 금지된 놀이, 술래에게 자기의 그림자를 밟히면 죽게 되는 그림자 밟기 놀이에서 자기의 그림자를 숨기려고 나무 위에 기어 올라간 아이는 엉덩이가

보인다 밑이 보인다라는, 나무를 흔들며 부르는 술래들의 합창
에 땅으로 떨어져버리고 말았다. 그림자가 없는 것은 혼백뿐이
다. 그래서 나무에서 떨어져 땅바닥에 반듯이 누운 아이에게는
그림자가 없었다. 깊고 길게 드리워진 자신의 그림자를 차내듯
뿌리치며 담장 위로 사뿐 몸을 끌어 올릴 때 경옥은 또다시 발
밑의 미미한 움직임을 감득하고 자신도 모르게 습관적인 외침,
'동우야, 형우야' 두 아이의 이름을 큰 소리로 불렀다.

[1987]

불꽃놀이

'[……] 주몽은 금와왕의 아들들에게 쫓겨 압록강 동쪽 엄수(淹水)에 다다랐으나 앞을 가로막는 검푸른 강물을 건널 길이 묘연했다. 주몽은 강물을 향해, 나는 천제의 아들이자 물의 신 하백의 외손자다. 나를 건너가게 해다오, 라고 말했다. 그러자 물속의 수많은 물고기와 자라가 떠올라 다리를 만들었다. [……]'

햇빛이 작은 무지개를 만들며 유리 조각 안으로 모여들기 시작했다. 황색의 테로 가둔 하얗게 밝은 공간은 유리알의 움직임에 따라 아주 동그랗게 길둥글게 형태를 바꾸기도 한다. 흰빛이 더 이상 밝아질 수 없으리만치 가득 차면 날카로운 빛의 한 점으로부터 연기가 피어오를 것이다. 이젠 이걸 쓰지 않으면 도통 뵈질 않아. 벌써 이렇게 되었어. 신문을 볼 때마다 돋보기를 찾아 쓰며 탄식하던 아버지는 어제 저녁, 헐거워진 테에서 빠진 한쪽 알을 화장지에 싸서 마루 선반 위에 얹었다.

'[······] 소년은 자라나 나의 아버지가 누굽니까, 울며 물었지. 네 아버지는 천제의 아들로 크고 훌륭한 분이시다. [······] 소나무 아래 여덟 모 난 돌이 있고 그 밑에 아버지의 신표(信標)가 있느니라. [······]'

선생님의, 책을 읽는 듯 느리고 단조로운 목소리는, 교실 안을 채운 나른한 식곤증과 초여름 오후의 몽롱한 가수 상태에 뒤섞여 유리알 바깥쪽 눅눅한 그늘에 잠겨 들었다.

어젯밤 영조는 UFO의 꿈을 꾸었다. 강 건너 하면도의 포플러 숲에 흰빛의 덩이가 만월처럼 내려앉았다. 빛에 가려 발광체의 형체는 보이지 않았으나 강력한 자기(磁氣)를 띤 빛의 파장, 금속이 타는 차가운 희푸름, 무언가 이제껏 경험하지도 상상하지도 못했던 것을 보았을 때의 눈이 멀어버릴 듯한 섬뜩한 이물감과 공포감 등은 책에서 읽은 UFO 목격자들의 증언과 다르지 않았다. 코로나처럼 타오르는 빛들은 하면도와 물 사이를 흐르는 대바지 강물 위까지 번지고 있었다. 그것이 사라진 것과 꿈이 깨인 것은 어느 것이 먼저인지 모른다. 오줌통이 탱탱히 부풀어 있었다. 오줌을 누고 영조는 감나무로 기어올라갔다. 집에서는 가장 멀리, 높이 볼 수 있는 장소였기 때문이었다. 날 새기 전의 캄캄한 어둠속에서 깃들였던 새들이 놀라 푸드덕 날아올랐다. 강 건너 하면도는 작은 불빛 하나 없이 검게 웅크린 형체로 떠 있었다. 나무 위에서의 얕은 잠은 위태로웠으나 새벽 한기가 선뜩하게 느껴질 때까지, 첫닭이 울 때까지, 희미하게 사위는 건성드뭇한 별빛들을 잠결인 듯 꿈결인 듯 바라보며 영조는 감나무 가지에 웅크리고 있었다. 망원경과 카메라와 회중전등만 갖출 수 있었다면 진작에 '미확인 비행물체 연구 단체'의 회원이 될 수 있었을 것이다. 신문에서 입회 안내문과 전화번호를 오려둔 것은 벌써 오래전의 일이었다.

불은 좀체 붙지 않았다. 공책 위의 작은 동그라미가 주위의 밝음을 모조리 흡수하여 팽창하는 농밀한 흰빛으로 점차 부풀어 오르는 듯 보였다. 근지러움을 참지 못하듯 기웃거리던 옆자리의 기중이가 손을 뻗쳐 동그라미를 덮었다.

"손 치워. 손 데고 싶니?"

영조가 잇새로 낮게 내뱉으며 사납게 기중이의 손을 밀쳤다. 동그라미가 사라지자 갑자기 청맹과니가 된 듯 캄캄해졌다. 영화관에 들어갔을 때처럼 몇 차례 천천히 눈을 껌벅이자 선생님의 모습과 이미 지나치게 작아져버린 책걸상 사이에 거북스레 끼여 앉은 아이들의 모습이 차츰 부옇게 흔들리며 보이기 시작했다.

선생님은 돌아서서 칠판에 만주와 한반도를 연결한 지도를 그리며 설명을 하는 중이었다. '[……] 당나라의 끊임없는 위협과 여러 차례의 전쟁으로 힘이 약해진 고구려는 [……] 나당 연합군의 공격으로 멸망했으니 나라를 세운 지 705년 만의 일이었다. [……]' 한반도의 허리 아래까지 가로질러 그어졌던 붉은색 분필의 경계선은 지워졌다. 깨어지고 불타버린 성(城)과 유민을 남긴 채 한때 존재했던 왕국은 사라졌다.

열린 창으로 벌이 한 마리 날아들었다. 길을 잘못 들었다는 것을 모르는 양, 아직 남아 있는 점심시간의 단무지와 소시지, 조림 반찬의 냄새를 휘저으며 벌은 공중에서 천천히 맴돌았다. 조용하고 천연스러운 날갯짓, 미미하게 닝닝대는 소리에 비로소 몽롱한 가수 상태에서 깨어난 아이들의, 갑작스러운 기대와 활기로 반짝이는 눈길이 벌을 좇기 시작했다. 그러나 아이들이 바라던 대로 벌이 선생님의 콧등에 앉는다거나 다른 아이의 머리통을 따끔히 쏘는 일은 일어나지 않았다. 쉼 없이 날아야 하는 긴긴 오후가 겨운 듯 싫증을 참지 못하는 몸짓으로 날개를 편 채 꼼짝 않고 떠 있다가는 다시금 나른히 맴돌 뿐이었다. 햇빛이 책상 모서리까지 물러가 있었다. 머지않아 창틀을 넘어 가버릴 것이다. 영조는 의자를 움직여 햇빛 가까이 옮겨 앉으며 돋보기를 세웠다. 공책 종이 위로 햇빛이 동그랗게 강한 흰빛으로 모여들었다.

"적으면서 외우도록 해라."

선생님이 칠판의 지도를 지우고 연대기(年代記)를 쓰기 시작했다. 기원전 37년 동명왕 고구려 건국……

선생님이 돌아서자마자 여기저기서 종이비행기가 하얗게 날아오르기 시작했다. 떠도는 벌을 겨냥하고 솟구쳐 오른 비행기는 불안정하고 짧은 포물선을 그리며 날아오르다 곤두박질로 아이들의 머리통을 때리며 내리꽂혔다. 소리 죽인 웃음과 낮은 탄성, 부산스레 공책장이 찢겨 나가는 소리에도 아랑곳없이 벌이 스칠 듯 낮게 내려오면 여자아이들은 엄마야, 자지러지는 소리를 내며 책상 아래로 기어들거나 머리를 감싸 쥐고 엎드렸다. 종이비행기에 설맞은 벌의 몸놀림이 다급하고 분주해졌다. 아이들의 우우, 아아 따위 낮은 함성과 탄식에 몰리듯, 널찍한 창문이 모두 열려 있건만 출구를 찾아 헛되이 벽에 부딪히며 불안하게 맴돌았다. 벌의 조바심이 문득문득 흰 동그라미 안에 검은 무늬로 스쳐갔다. 드디어 뜨겁게 팽창한 빛의 정점으로부터 희미한 연기가 피어오르고 누릿누릿 종이가 타들어 가기 시작했다. 313년(미천왕 14년) 낙랑군 정벌. 372년(소수림왕 2년) 불교 수입. 410년(광개토대왕 20년) 쑹화강 유역 동부여 정벌……

등 뒤의 소란을 알아챈 선생님이 아이들을 향해 돌아섰다. 비행기는 순식간에 곤두박질로 떨어지고 채 날아오르지 못한 것은 접던 손안에서 구겨졌다. 아이들은 자세를 바로 하고 긴장한 낯으로 선생님을 바라보며 책상 아래로 발을 뻗어 교실 바닥에 떨어진 비행기들을 살그머니 끌어들였다.

일단 불이 붙으면 돋보기가 필요 없다. 영조는 돋보기를 잘 닦아 주머니에 넣고, 검은 테두리를 넓혀가며 흰 종이를 먹어가는 불을 바라보았다.

햇빛이 아니라면 보다 선명하게 선홍의 불꽃도 볼 수 있으리

라. 기중이가 영조의 옆구리를 찔렀다. 이상한 정적과 긴장을 감지한 영조가 고개를 들기 전에 선생님의 손이 먼저 다급하게 불꽃을 눌렀다.

"무슨 짓이냐, 불을 낼 작정인가."

선생님이 떨리는 목소리로 외치며 영조의 뺨과 머리를 두 번, 세 번 거푸 후려쳤다. 까맣게 탄 재가 책상 위로 흐트러졌다. 붉은 얼룩으로 부풀어 오른 선생님의 손바닥에도 종이 탄 재가 묻어 있었다.

"뒤에 가서 서 있어라. 넌 앉아서 수업받을 자격이 없어. 미꾸라지 한 마리가 온 웅덩이 물을 흐린다는 말이 있지."

영조는 감탕투성이가 된 미꾸라지가 되어 부끄러움을 뒤집어쓰고 천천히 교실 뒤쪽으로 갔다. 왜 그러니? 불장난했대. 불장난 하면 오줌 싸는데. 소곤대는 소리들이 뒤통수에 달라붙었다. 수업이 끝나면 변소 뒤에서 개미를 태워 죽이자거나 마른 가지에 신나게 불을 피워보자고 졸라대겠지만 어림도 없지, 영조는 속으로 중얼거렸다. 돋보기를 빼앗기지 않은 것이 그중 다행스러웠다. 얻어맞은 뺨이 얼얼하게 부어오르는 느낌에 얼굴을 문지르며 영조는 돋보기를 아버지에게 돌려주지 않으리라 작정했다. 이제사 맷값을 치르고 얻은 당당한 전리품인 것이다.

"십 분간 시간을 주겠다. 그동안 다 외우도록 해야 한다."

판서를 마친 선생님이 손의 분필 가루를 털며 의자에 앉았다. 책상 위에 놓인 주전자에서 물을 한 컵 따라 마시고 담배를 피위 물었다.

아이들은 운을 맞춰 칠판에 씌어진 연대기를 외기 시작했다. '[……] 598년 영양왕 9년 수나라 30만 대군 물리침. 612년 영양왕 23년 수양제의 백만 대군 물리침 [……]' 연대기 속의 세상은 어떠했을까. 내 아버지가 누구입니까. 낯모르는 아비를 찾아 길 떠나던 아이들. 운을 맞추느라 책상을 두드리고 발로 장단을 맞추는 소리, 변성기에 접어든 사내아이들의 꺽센 목소리와 여자아이들의 높고 쨍쨍한 목소리가 뒤섞여 이루는 불협화음을 귓가로 흘리며 영조는 생각했다.

이야기 속의 아이들은 모두 총명하고 씩씩하였고, 믿어지지 않을 만큼 어리석은 몇 명의 바보가 있을 뿐이다.

신의와 맹세를 중히 여기고 반딧불과 눈[雪]빛으로 학문을 익히고 인격을 닦았다. 어버이가 병들면 허벅지의 살을 발라 봉양하고 나라가 위기에 처했을 때는 목숨을 바칠 각오로 전장으로 달려갔다. 몸은 강하고 마음은 그윽하여 자라나면 충의 열사가 되었다.

나갈 길을 찾지 못한 벌은 아직도 아이들의 머리 위에서 빙빙 돌고 있다. 복도로, 한쪽 팔소매를 어깨까지 걷은 조무래기들이 엉엉 소리 내어 울며 떼 지어 지나갔다. 뇌염 예방주사를 맞은 것이리라. 여느 때 같으면 복도 쪽 창을 향해 젖비린내 난다, 아가야, 젖 더 먹고 와라 등 저마다 한마디씩 던지고 선생님 역시 개구리 올챙이 적 생각 못 하는구나, 가벼운 핀잔을 주었

을 텐데 지금은 그만한 일에 눈을 팔지 않는다. 너희 부모님들
께, 미치지 않는 약이 있으면 구해오시라고 해라, 하든가 오죽
하면 선생 똥은 개도 안 먹는다고 했겠느냐,라고 푸념하면서도
좀체 체벌을 하지 않는 선생님이 다짜고짜 영조를 후려갈겨 자
리에서 끌어냈다는 것은 대단한 본보기를 보인 셈이었다. 지난
이른 봄, 새 학기가 시작되던 날, 난로를 뗀 추운 교실에서 잔뜩
옹송그리고 있는 새로운 담임반 학생들을 향해 선생님은 모조
리 창문을 열라고 지시했다. 그리고 너희들이 내년에 중학교에
가게 되면 배우겠지만, 이라는 단서를 붙이며 칠판에 'Boys, be
ambitious'(소년이여, 야망을 가져라)를 쓰고는 몇 번이고 보이
스 비 앰비셔스를 외치게 했었다. 소년이여 야망을 가져라, 큰
뜻을 품어라, 보이스, 비 앰비셔스. 아이들은 찬바람에 우들우
들 몸을 떨며 소름 돋은 얼굴로 용기라는, 인생의 중요한 덕목
을 배우기 위해, 또한 미래라고 불리는 무형의 문을 향해 소리
질러대었던 것이다.

　어느 교실에서인가 소리 맞춰 구구단 외는 소리가 들렸다. 햇
빛은 이미 창틀 너머로 썩 물러갔으나 운동장은 모래알이 튀어
오르듯 하얗게 뙤약볕인데, 도지볼 시합이 벌어지고 있었다. 한
켠에는 여자아이들 셋이 고개를 떨어뜨리고 서 있었다. 모두 치
마 차림인 것으로 보아 체육복을 입고 오지 않아서 벌을 서는
게 분명했다. 계집애들은 줄창 피를 흘려. 사내아이들은 말했
다. 체육 시간에 불려 나가 머리를 쥐어박히면서도 체육복으로

갈아입지 않거나 창백한 얼굴로 빈 교실로 지키는 계집애들은 일단 수상쩍게 보아야 한다고 했다. 그 애들은 언제나 어깨를 오그려 가슴을 감싸 쥐고 거북스러운 꼴로 뛰었다. 그래서 영조의 눈에는 흔들리는 가슴과 동그란 엉덩이만이 보였다.

선생님은 자신이 정해놓은 십 분을 넘기고도 멍하니 밖을 내다보며 앉아 있었다. 방심한 기미를 읽은 탓일까. 교실 안을 채우던 가락의 높낮이와 장단이 흐트러지고 낮은 소곤거림, 부산한 몸짓들이 소음으로 끓어오르기 시작했다.

선생님의 머리는 분필 가루를 뒤집어쓴 듯 희끗희끗한 반백이다.

며칠 전 영조는 어머니의 심부름으로 선생님 댁에 갔었다. 복달임으로 쓰시라고 해라. 그리고 달걀은, 알은 작지만 집에서 받은 수정란이라고 말씀드려라. 어머니는 암탉의 발을 묶어 그물망태에 넣고 달걀 열 개를 세어 깨지지 않도록 짚꾸러미를 만들며 일렀다. 어머니의 말대로 알은 퍽 작았지만 수정란은 특별히 값을 비싸게 받는다는 것을 영조는 알고 있었다. 아직도 대문에는 '계란 도매. 수정란, 특란 있습니다'의 페인트 글씨가 남아 있지만 닭들이 설사병으로 죽어가고 폐사가 되다시피 한 작년 이래 특별히 수정란을 사러 오는 사람들은 없었다. 몇 마리 안 남은 것들은 어차피 처분해야 될 터이고, 족제비에게 도둑맞느니 인사치레로 선심이나 쓰겠다고 어머니는 말했다. 버스도 안 태워준단 말예요. 불퉁맞게 투덜대었지만 계집애들처

럼 시장바구니 들고 나설 일이 부끄러워 영조는 닭을 자전거 짐
받이에 묶었다. 가는 동안 닭은 모로 누워 내내 날개를 퍼덕였
다. 길거리에서 사람들이 발걸음을 멈추고, 꼬꼬댁대며 퍼덕거
리는 닭을 진기한 구경거리인 양 볼 때는 쓰레기통에 처넣거나
시장의 닭집에 팔아버릴 생각이 들 정도였다.

선생님의 집은 가파른 언덕길을 올라가야 하는 야산 중턱 동
네에 있었다. 누구냐, 향도국민학교 다니는 애냐? 선생님은 아
직 안 오셨다. 하마 늦게사 오실 게다. 문간에서 머뭇거리는 영
조에게, 수돗가에서 일곱 살쯤 되어 보이는 사내아이를 벌거벗
겨 씻기고 있던 사모님이 말했다. 두 달쯤 전인가 스승의 날 밤
을태, 기중이들과 어울려 작은 케이크를 사 들고 왔었는데 전혀
기억을 못 하나 보았다. 밤이었고 그때 역시 선생님이 아직 안
들어오셨다는 말에 선걸음으로 되돌아왔던 것이다.

붉은 슬레이트로 지붕을 얹은 작은 집 앞으로 마당이 제법 넓
었다. 마당 귀퉁이에 텃밭을 일구어 상추와 쑥갓 따위가 퍼렇게
자라고, 장독대 아래에서 똑같이 쌍갈래 머리를 땋고 똑같이 빨
간 원피스를 입은 계집애 둘이 소꿉놀이를 하고 있었다. 목욕을
하고 있는 사내아이의 누나쯤 되어 보였다. 계집애 중 하나가
텃밭에서 상추를 두어 이파리 뜯자 사모님이 소리쳤다. 선경아,
아니 후경아, 아까운 푸성귀는 왜 자꾸 뜯니. 그러면서 잠깐 눈
을 돌린 사이 튀어 달아나려는 사내아이의 등을 철썩철썩 때렸
다. 아이는 집이 떠나갈 듯 울음을 터뜨렸다. 그런데 너 아직 안

갔니? 무슨 일이지? 짜증이 잔뜩 돈은 사모님의 표정에 얼굴이 벌겋게 달아오른 영조는 자전거를 끌고 주춤주춤 마당으로 들어섰다. 그러고는 기진한 듯 얌전해진 닭을 짐받이에서 풀어 내렸다. 닭은 복달임으로 쓰시구요, 달걀은 집에서 받은 수정란이래요. 빨리 일을 마치고 이 집에서 빠져나가고 싶은 마음 때문에 영조는 허둥지둥 한꺼번에 내뱉었다. 집에서 닭을 치시나 보구나. 수탉도 기르시니? 사모님은 작은 알이 신기한지 유심히 들여다보았다. 예. 수탉은 지금 한 마리밖에 없어요. 그런데 닭을 누가 잡는담. 그건 그렇고 몇 학년 몇 반 누구냐. 아니 잠깐 기다려라. 종이를 갖고 나올 테니 적어놔라. 난 들어도 금방 잊어버린다. 그 좋던 정신이 다 어디로 갔는지…… 닭과 영조를 번갈아 보며 난색을 짓던 사모님이 끄응 허리를 일으켜 안으로 들어갔다. 사내아이와 계집아이 둘이 어느 결에 닭을 에워싸고 있었다. 뜰 아랫방, 무덥게 닫힌 문 안쪽으로 무언가 억눌린 고함이 들려왔으나 아이들은 고개도 돌리지 않았다. 사내아이가 재빨리 닭의 발목을 묶은 끈을 풀었다. 풀린 닭은 화들짝 일어나 몇 발자국 비칠대더니 장독대로 뛰어올랐다. 사내아이와 닭의 다급한 술래잡기가 시작되었다. 다시 잡아 묶어놓아야 한다는 생각에 영조는 닭을 따라 뛰었다. 계집아이들은 손뼉을 치며 깔깔거렸다. 겁먹은 닭은 수돗가로 대문께로 꼬꼬댁대며 달아나고 벌거벗은 아이는 식식대며 돌을 집어 들었다. 아이에게 쫓겨 장독 위로 올라간 닭은 재빨리 푸성귀밭으로 뛰어내리고 말릴 짬도 없이 날아간 돌은 배가 불룩한 그중 큰 항아리에 맞아 쩌그럭 둔탁한 소리와 함께 간장이 콸콸 쏟아지기 시작했다. 깔깔대던 계집아이들은 벌린 입 그대로 놀람과 겁에 질려 잠잠해졌고 대신 안에서 볼펜과 종이를 들고 나오던 사모님의 입에서 비명이 찢어졌다. 아이구 저걸 어째. 장 항아리를 결딴냈어. 빌어먹을 놈의 닭의 새끼. 뜰 아랫방의 문이 열리고 두 손을 묶인 노파가 앉은걸음으로 문턱을 넘었다. 군인들처럼 짧게 치깎은 흰머리에 민소매 남자 러닝셔츠를 입은 노파는 뭉싯뭉싯 앉은걸음으로 마당까지 내려와 짐짓 꾸며낸 애달픈 목소리로 말했다. 에미야, 누가 닭 가져왔댔지. 배고파 죽겠다. 어서 끓여 한 그릇만 다오.

선생님이 자리에서 일어났다. 우선 칠판을 말끔히 지웠다.

"이영조, 고구려의 건국에 대해 말해보아라."

영조는 말끔히 지워진 빈 칠판을 뚫어지게 노려보며 안간힘을 쓰듯 기억을 더듬었다. 고구려라면 만화책에서 본 호동왕자와 낙랑공주, 저절로 울리는 이상한 북, 단도를 여섯 개씩 차고 다녔다는, 말을 탈 때는 등자 대신 시종의 엎드린 등을 밟고 안장에 올랐었다는 연개소문 장군 따위의 이야기만 두서없이 떠오를 뿐이었다. 주머니 속의, 돋보기 알을 꽉 쥔 손에 축축이 땀이 찼다.

"말해보아라, 이영조. 쓸데없는 공상이나 하라고 벌세운 게 아니다."

"……주몽이 강을 건널 때 자라와 물고기들이 다리를 놓아주었고, 그 아들은 칼을 찾아……"

"달을 보랬더니 달을 가리키는 손가락만 보는 격이구나. 주몽이 몇 년에 나라를 세웠느냐."

선생님의 어조가 강해질수록 이상하게 머릿속은 텅 비어갔다. 아무것도, 귓전을 스쳐간 한마디의 말도 떠오르지 않았다. 손안에서 미끌거리는 단단한 유리알의 감촉만이 확실했다. 운동장은 햇빛으로 하얗게 타오르고 있었다. 영로는 멍하니 창밖을 바라보았다. 도지볼 게임은 아직 끝나지 않았다. 금 안에서는 한 명의 선수만이 남아 날아오는 공을 아슬아슬하게 피하고 그럴 때마다 죽어서 물러난 선수들은 함성을 지르며 응원했다. 선수도 응원단도 되지 못한 세 명의 여자아이는 여전히 고개를 떨어뜨린 채 발밑에서 뭉개진 자기의 그림자만을 보고 있다. 바람기 없어 축 늘어진 태극기, 교기, 새마을기, 언제나 열두 시 십 분을 가리키는, 시계탑의 고장 난 시계. 그리고 오래된 목조 건물 본관 앞 페인트 냄새가 묻어날 듯 선명한 글씨의 현수막. '새로운 운양시의 탄생을 축하합시다' 오늘은 이 도시의 새로운 명명일(命名日)이고 밤이면 대대적인 불꽃놀이가 있을 터였다.

"바보는 죽어야 낫는다. 네 자리로 돌아가거라."

선생님이 조용히, 지친 음성으로 말했다. 입가에 쓰디쓴 모멸의 빛이 떠올랐다. 영조는 외로움과 굴욕감을 견뎌내기 위해 필사적으로 주머니 속의 유리알을 움켜쥐고 선생님을 똑바로 바

라보았다. 손안에서 차가운 불꽃이 일었다. 그것은 아앗 소리칠
사이도 없이 날카롭게 파고들어 움켜쥔 주먹을 뜨거움으로 가
득 채웠다.

부대에는 되가웃 정도의 사료가 남아 있었다. 바닥을 긁는다
해도 세 번에 나눠 주기가 빠듯할 것이다.

인자는 양재기에 사료를 퍼 담아 집 뒤켠으로 돌아갔다. 사람
이 다가가는 기척을 알아챈 닭들이 꾸꾸대며 철망 울타리 앞으
로 모여들었다. 모이통에 사료를 쏟아붓자 다섯 마리의 암탉이
분주히 머리를 들이대고 늙은 수탉은 모이보다 먼저 암탉들을
쪼아 쫓기에 바빴다. 늙을수록 게염과 식탐이 느는 건 인간이나
축생이나 다를 바 없어. 인자는 수탉의 날개를 잡아 사납게 밀
어젖혔다. 맨드라미처럼 풍성하고 피가 돋을 듯 선홍빛으로 탐
스럽던 벼슬은 휘어져 늘어지고 당당하던 꼬리털도 반나마 빠
져 추레하기 짝이 없었다. 치워야지. 이즘 들어 인자가 장닭을
볼 때마다 내뱉는 말이었다. 가금(家禽)은 오래 기르는 게 아니
다. 대주(大主)가 죽어 초혼 부르러 지붕에 올라가니 글쎄 허연
두루마기 입은 풍신 좋은 늙은이가 올라앉아 있더란다. 이게 무
언고, 고이헌 일이다. 주인은 죽어 방에 누웠는데 이게 웬 말인
고. 이는 필시 귀신의 장난이다. 동리에 영명하고 활 잘 쏘는 이
가 있어 활을 쏘니 늙은이는 간곳없고 그 자리엔 피 묻은 닭털
이 흐트러져 있지 않겠니. 어린 시절, 끝없이 옛날 얘기를 조르

던 인자에게 할머니가 노랫가락처럼 읊조리던 얘기가 아니더라도, 채 밝지 않은 신새벽, 인적 없는 길을 가노라면 대수대명(代數代命)의 붉은 글씨 씌어진 속옷을 입고 발이 묶여 버려진, 살아 있는 닭을 보고 섬뜩 놀라던 일은 드물지 않았다.

장닭이 지붕에 올라가면 집안이 망한다, 대주가 죽는다는 속설 때문이 아니라도 노망들어 한밤중, 한낮 때 없이 울어대며 모이만 축내는 닭을 기를 이유가 없다. 족제비에게 날개 뜯기고, 쥐에게 밑 뽑히고, 설사병으로 죽어가는 닭들을 치우기에도 바쁜 터였다. 여름 접어들면서 닭만 먹었다. 숨 쉴 때마다 닭 비린내가 코로 뿜어 나오고, 땀구멍에서는 누런 닭기름이 진득이 배어나는 듯했다. 한때, 닭들이 목화송이보다 더 탐스럽고 고와 보이기도 했었다. 계사 칸칸이 들어찬 닭들은 물과 배합사료만으로도 매일 충실히 알을 낳았고 해 지기 전 인자는 소쿠리 가득 단단하고 굵은 달걀을 거두어들이며 그것이 황금의 알인 양 매번 신기하고 뿌듯했다. 닭은 예민한 짐승이어서, 양계 안내책자에는 금기(禁忌)도 많았다, 달걀을 사러 온 사람들이 행여 계사를 기웃거릴라치면 인자는 황급히 말했었다. 아줌마, 빨간 스웨터 입고 들어가면 안 돼요. 닭이 놀란다구요. 산란율이 떨어져요. 인자는 또한 계사 앞마당에 철망 울을 둘러 수탉과 씨암탉을 놓아 먹였다. 특히 정력에 좋다는 수정란은 값을 두 배로 쳐서 받았다. 남자한테 좋다지요, 하며 젊은 새댁들이 값을 따지지 않고 사 가곤 했다. 돈을 만지는 재미를 차치하고라도, 당당한 수탉과 아기작대는 암탉들이 어울려 노니는 것을 보면 어느 꽃이 이처럼 조화로우랴 싶었다. 그것은 희망이라는 것의 다른 이름이었을까. 관희는 가게에 나가기 전 닭에게 물과 모이를 주는 것을 잊지 않았다. 양계에 관한 책을 사서 열심히 읽기도 했다. 가게가 문을 닫는 일요일이면 말라붙은 닭똥을 긁어모아 농원으로 내갔다. 모든 것이 제대로 되어가는 듯했다. 썩은 지푸라기로 엉글게 동여맨 듯 불안하고, 의구심에 잠식당하던 생활이 관성에 길들여진 형태로나마 그런대로 안정되는 듯했다.

그런데 장마철에 접어들면서 닭들이 죽어 넘어지기 시작했다. 돌림병이었다. 마이신을 사료에 쏟아붓다시피 해도 설사는 멎지 않고 한나절 꼬박꼬박 졸다가는 밤사이 걸레 뭉치처럼 죽어 있곤 했다. 여름을 넘기고 살아남은 것은 삼백 마리 중 스무 마리 정도였고, 하루에 서너 마리씩 죽어가는 꼴을 본 인자는 닭이라든가, 양계업이라든가에 덧정이 없어졌다.

빈 닭장은 거미줄만 부옇고 빨갛게 녹슨 폐사의 함석지붕은 여름 볕에 하릴없이 달아올라 스쳐가는 바람과 흩뿌리는 빗날에도 자지러지는 소리를 내며 불안한 잠을 깨웠다. 희망은 올 때처럼 갑작스럽게, 속임수처럼 사라졌다. '산목숨 굶겨 죽일 수 없어서'라고 자신에게 변명하듯 말하며 때맞춰 한 줌의 사료를 뿌려주고 물을 갈아주었을 뿐 방치해둔 닭들은 늙은 수탉의 포학에 순응하여 생각난 듯 때때로 작은 알을 빠뜨리고 저물면 한데 모여 웅크리고 잠이 들었다.

대문에서 초인종 소리가 들렸다. 그 소리에 수탉이 덩달아 꼬끼요오, 난데없는 울음을 뽑아 올렸다. 노망이야, 좋지 않은 징조라구.

뒤꼍을 돌아가는 중에도 벨소리는 계속 이어지고 있었다. 영조인가. 그러나 영조는 학교에서 돌아와 자전거를 끌고 나간 지 삼십 분도 안 되지 않았던가. 한 번쯤 손을 떼고 안의 기척을 기다려볼 만도 하건만 끊임없이 이어지는 벨소리는 불길한 경보인 양 절박하고 느닷없었다.

"누구세요?"

인자가 대문 가까이 다가가자 벨소리는 뚝 그쳤다. 죽은 듯한 정적 속에 자신의 성마른 물음이 터무니없이 크게 울렸다.

대문 밖에는 아무도 없었다. 동네 아이들의 장난이었을까. 너무 고요해서, 환청을 들은 게 아닌가, 인자는 고개를 저었다. 앞집도, 옆집도, 그 아랫집도 텅 비어 있을 것이었다. 명명일 축제를 보겠노라고 아이들을 앞세워 거리로 나갔던 것이다.

대문 기둥을 짚고 우두커니 밖을 내다보던 인자의 눈길이 버릇처럼 마당 귀퉁이, 감나무에 가닿았다. 얼마 전까지 성깃성깃하던 이파리가 제법 짙푸르게 우거지고 늘 영조가 올라가 앉는, 둘로 갈라진 가지께로 햇빛이 훵하니 비쳐들고 있었다. 인자는 위태롭게 걸터앉은 영조를 지켜보듯 이파리 사이의 부연 햇살을 오래 바라보았다.

옹색한 앞마당 한 귀를 차지하고 늘 어둡게 그늘을 드리우는 나무였다. 병이 들었는가, 토양이 나쁜 탓인가, 바람 끝에 비 내리면 도토리만 한 땡감들이 떨어지는, 열매도 시원치 않은 그 나무를 관희는 몇 차례인가 베어 없애자고 했었다. 그러나 인자는 그때마다 푸른 이파리들이 볼만하지 않느냐고 우기곤 했다.

벌써 10년 저쪽의 일로, 마흔 줄을 넘긴 듯한 중년 남자가 이 집을 찾아온 적이 있었다. 여름이었고, 물건을 수집하느라고 시골에 돌아다니던—가게를 차리기 전으로, 관희는 주로 시골로 돌아다니며 수집한 골동품들을 중간 상인에게 넘기는 일을 한다고 말했었다—관희가 근 한 달 만에 돌아와 있을 때였다. 열린 문밖에서 멈칫대며 안을 살피던 그는 인자에게 바깥주인이 지금 계시냐고 물었다. 관희가 나오자 그는 자기가 처음 이 집을 짓고 살았노라고, 그래서 자기도 모르게 발길이 돌려졌노라고 말했다. 양해를 구한 뒤 마당으로 들어선 그는 지붕과 담장, 현관문의 작은 흠집까지도 염치없으리만치 집요하고 찬찬한 눈길로 더듬어가고, 젖먹이였던 영조를 업고 서성이는 인자를 유심히 바라보았다. 관희에게서 담배를 받아 피우며, 자신은 청년 장교 시절, 어떤 사건에 연루되어 오래 감옥살이를 했다는 것, 젊음과 이상(理想)은 가고 반백의 중늙은이가 되어 사회에 나왔으나 아내와 아들은 간 곳이 없고 집주인 역시 몇 차례나 바뀐 듯하다고 담담한 어조로 말했다. 그러나 첫아이이자 그에겐 유일한 혈육이 되어버린 아들을 낳고 기념으로 심었다는, 몰라보게 자란 감나무를 쓰다듬는 그의 눈에는 눈물이 괴어 있었다. 인자로서는 기억하지 못한 일이었는데 관회는 세상을 떠들썩하게 한 오래전의 모반 사건을 기억하고 있었다. 아, 그 사건이었군. 그런 일이 있었지. 그 사건에 가담한 사람들은 대부분 신속하고 형식적인 재판을 거쳐 처형되었다고 알고 있던 관회는 허심탄회한 그의 이야기 중 말해지지 않은 부분을 추측해보기도 했다. 동지를 배반한 값으로 목숨을 구한 것일까.

나무를 보면 언제나 그때의 장면이 떠올랐다. 그와의 마주 섬이, 함께 나무를 올려다보던 행위가, 그 불가해한 안타까움이, 자신들은 알 수 없는 필연성에 의해 오래전부터 예정되고 준비되어졌던 것처럼. 무대 위의, 흐릿한 빛 속에 남겨진 두 사람의 연기자처럼.

세상 어딘가에서 나무와 함께 나이 먹어갈, 소년에서 청년으로 자라고 있을 아이를 생각하면, 감나무가 별반 쓸모없고 집을 한층 음습하게 한다는 것을 알면서도 인자는 그것을 베어버릴 수가 없는 것이다.

계사 쪽에서 죽어가는 닭의 비명이 들려왔다. 대낮부터 족제비가 닭을 물어갈 리는 없다. 필시 늙은 수탉의 짓거리이리라.

집을 짓고 가구를 모두 골동품으로 바꾸었는데 문갑 위에 올려놓을 장식품으로 마땅한 게 없겠느냐는 여인에게 채색 기러기 한 쌍을 팔고 나자 길 건너 명약국의 명 약사가 박카스 두 병을 들고 가게로 들어섰다. 늦은 점심을 갖고 나온 그의 아내에게 약국을 맡기고 나왔노라고 했다.

출입문 외에 창이 없는 가게 안은 무더웠다.

"개시 잘했습니까?"

명 약사가 철제 의자를 끌어당겨 앉으며 방금 나간 여자를 눈짓으로 가리켰다.

"기러기 한 쌍, 거 왜 부부 금슬 좋게 한다고 폐백 때 쓰는 거 있잖아요. 저 나이가 되면 남편이 딴눈 팔까 봐 꽤나 걱정이 되는 모양입디다."

차가운 박카스를 꿀꺽꿀꺽 마시며 관희가 대답했다.

"더 좋은 게 있지요. 사향주머니라든가 여우 뭐라는 거. 옛날 정경부인들이 천금을 따지지 않고 구해 찼다는데 이 가게에 그건 없습니까? 그게 요즘으로 치면 최음제쯤 되나?"

"이날 이때까지 온갖 고물 잡동사니 다 만지고 만지지 못했으면 보기라도 했는데 그런 건 아직 못 보았어요."

인골(人骨)도 숱하게 만졌었지. 관희는 씁쓸히 웃었다.

"한판 둘까요."

명 약사가 탁자 아래에서 바둑판을 꺼냈다. 종일 약국을 지켜야 하는 일을 지긋지긋해하는 명 약사는 누구라도 잠시 약국을 맡길 사람이 나타나면 누렇고 마른 얼굴에 예의 분간 못 할 웃음을 띠고 관희의 가게로 들어서며 한판 둘까요, 했다. 주위의 철물점, 복사집, 미니 슈퍼들에 비해 관희의 가게가 그중 한가하고 호젓했기 때문일 것이다. 게다가 바둑도 6, 7급으로 급수가 비슷했다. 관희의 가게에 출입하는 것이 그로서는 유일무이한 외출일 것이다. '입 군내'를 가셔보려고 온다고 했지만 말수도 별반 없어 바둑이나 한판 두고 가는 것이 고작이었다.

깽깨갱깽깽, 잠시 뜸하던 깽쇠 소리가 자지러지게 들려왔다. 요즘에야 대낮에 징 치고 꽹과리 울리며 굿판 벌이는 집이 없으니 대학 쪽이 틀림없었다. 굿판을 벌이는지, 축제라도 있는지 아침나절 내내 들려오던 소리였다. 명 약사가 깽쇠 소리에 신경질적으로 고개를 흔들었다.

"저 소릴 들으면 전쟁 때 생각이 나요."

"왜 난데없이 전쟁이오?"

명 약사가 신트림을 하며 위를 쓸었다. 팔꿈치까지 걷은 가운 소매 아래 드러난 팔이 꺼칠하게 메마르고 눈가에도 검은 테가 둘렸다. 영락없는 병객이었다.

몇 해를 두고 대학가의 약국에서 팔리는 건 마스크와 안약뿐이라고 엄살을 떨면서도 그의 아내가, 곧 유원지로 개발될 대바지강 건너 하면도에 많은 땅을 사들였다는 소문이 파다했다. 또 한 명 약사가 고치지 못할 병에 걸려 있다는 소문도 곁달아 쉬쉬 따라다녔다. 돈이 많으면 뭘 해, 육신이 저 지경이 되어서야. 관희는 속으로 혀를 끌끌 찼다.

"전쟁 때는 일곱 살이었지요. 중공군을 보았어요. 징 치고 날라리 불며 눈 덮인 숯막이 고개를 구더기처럼 기어오르는데 무너져도 무너져도 성벽처럼 구불구불 일어서더라는 얘기는 어른들로부터 들은 건데 눈에 본 듯 확실히 떠올라요. 어떤 사정에서였는지 우리 집에 중공군들이 묵었더랬어요. 볕이 나면 누비옷을 벗어 이를 잡고 밤에는 잠결에 어머니를 부르며 흐느껴 우는 사람도 있었지요. 지금 생각하면 고작 열대여섯 살의 아이들이었지요."

"이 도시가 유독 피해가 많았다지요?"

자신과는 달리 명 약사가 이 고장 토박이라는 것을 생각하며 관희는 이어 물었다.

"오늘 좋은 날인 모양이지요? 여러 곳에서 굿판을 벌이니 말입니다. 그런데 참 어떻게 되는 건가요, 오늘부터 이름이 운양시로 바뀌는 겁니까?"

오늘은 이 도시의 새로운 명명일이고, 이날의 행사는 지방 신문, 텔레비전, 라디오를 통해 오래전부터 예고되었다. 대략 2천 년 전(혹은 3천 년 전일 수도 있었다) 이 지방에 융성했던 성읍 국가를 재현하여 문화 시민, 도의 시민으로서의 긍지를 되찾고 부흥시키자는, 즉 뿌리 찾기 운동으로 줄곧 거도적(擧道的), 거시적(擧市的) 축제임을 강조해왔기에 예정대로라면 이 도시의 모든 주민들이 참여하게 될 것이었다.

"어떤 식으로든 민심을 몰고 갈 구심점이 필요하겠지요. 글쎄요. 허지만 행정 지명이야 바뀔 수 있습니까. 우리끼리 운양이라는 애칭을 부르며 향토애를 길러가자는 게 아닐까요. 그런데 그게 묘해요. 연대도 분명치 않고, 그 성읍국가가 이쪽에 있었다는 설도 있고, 함경도 위쪽이라는 설도 있고 더 멀리 만주의 어느 곳에 있다는 설도 분분하거든요. 성읍국가가 있었다는 것밖에 확실한 건 아무것도 없는 것이지요. 오늘 약국 문 일찍 닫아야겠어요. 잔치 끝에 난리 치른다고, 심상치 않을 것 같은데요."

안을 까맣게 채운 전경 버스 세 대가 비상 출동 표지를 달고 잇달아 달려가는 것을 보며 명 약사가 우울하게 말했다.

"별일 있을라구요. 큰 행사에 대비한 경비 강화겠지요. 볼만한 구경거리가 많을 거라고 여편네도 조릅디다."

아침 밥상머리에서 인자는 그에게 말했었다. 오늘 강가에서 불꽃놀이도 하고 꽃등을 띄운대요, 저녁 일찍 먹고 우리 산보 삼아 구경 나갑시다. 영조는 대답 없이 묵묵히 밥을 먹고는 운동화 뒤축을 밟아 끌며 학교로 갔다.

"사람 구경이겠지요. 우리 부모들이 늘 하시던 말씀이, 사람 많이 모이는 데 가지 말라는 거였습니다. 언제부터인가 우리들의 집단 무의식 속에는 몰살의 공포가 있지 않나 싶어요. 떼죽음당하는 것 말예요. 전쟁이라든가 따위의 일어나서는 안 될 일들을 무방비 상태에서 많이 겪었기 때문일까요. 그뿐 아니지요. 머지않은 장래에 핵전쟁으로 인류가 다 같이 멸망할 거라든가, 예수 믿지 않는 사람은 모조리 심판의 날에 가라지처럼 불에 던져질 거라고 하지요."

명 약사는 오늘따라 유난히 말이 많다. 잠시라도 입을 다물면 끓어오르는 말들을 도둑맞을 듯한, 아니 속으로부터 넘쳐흐르는 말에 익사해버릴 듯한 불안으로 물을 쏟듯 쉴 새 없이 쏟아내는 것이다.

"얼굴이 많이 상했군요. 몸살이라도 한탕 치렀나요?"

"잠을 잘 못 자서 그래요. 불면증이지요. 불면증이 심한 탓도 있지만, 나는 요즘 잠자리에 들어 오래 책을 읽고 신문도 열심히 봅니다. 죽기 전에 몇 가지 해답을 얻고 싶어서요. 인간은 말을 할 줄 아는 동물이다, 그리고 또한 거짓말을 할 줄 아는 유일한 동물이다,라는 글귀도 읽었지요. 인간은 본성적으로 악한 걸까요, 선한 걸까요. 그 양면성을 다 가졌다고 하면 가장 편한 답이 되겠지요. 모든 사람들은 살기를 원하는데 살인은 끊임없이 자행되고, 모든 사람이 평화를 원하는데 전쟁은 도처에서 벌어지지요. 이런 모순은……"

"약방마다 감초가 있고 장터마다 미친 여자가 있듯 어느 시대에나 미치광이는 있는 법이지요."

자기의 말이 과연 적절한 비유가 되는지 의심스러우면서도 관희는 말했다. 말을 하고 있는 것이 아니라, 자기 안에서 끓어오르는 충동 불안 따위를 허황한 요설로 풀어내는 듯한, 그의 불안정한 태도가 부담스러워지기 시작했던 것이다. 명 약사가 문득 고개를 들어 관희를 빤히 바라보았다.

"나는 내 병을 알아요. 아직까지는 아주 느리게 진행되는 혈액암이랍니다. 집사람도 몰라요. 몸의 어디가 나쁘거나 짐작은 하지요. 일 년, 이 년 시간을 끌다 보면 살길이 보일지도 모르지요. 그러나 마침내 죽게 되겠지요. 살아 있는 시간들이, 먼저 물러가야 하는 자의 억울함, 투정, 위안을 구하는 작태로 되지는 말아야 할 텐데요."

거의 속삭임에 가까운, 느닷없는 고백에 관희는 불시에 불벼락을 맞은 듯한 당혹감과 난처함을 동시에 느꼈다. 멍하니 그를 바라보았다.

"정확한 진단을 받았습니까? 왜 부인에게까지 숨기나요?"

왜 내게 그런 고백을 하는가, 누구라도 영원히 사는 자는 없다, 의학이 날로 발달하는데 치료가 가능하지 않겠는가 따위는 이런 경우 무의미한 장광설밖에 안 될 것이다. 사람이 막바지에 몰리면 지나가는 개에게라도 속엣말을 하게 되는 것이다. 대학 쪽에서 또 한 차례 꽹쇠 소리가 어울려 자지러들었다. 명 약사는 죽음의 공포와 외로움으로, 막바지에 몰린 절대 고독의 광기로 뒤죽박죽된 머리를 흔들었다.

"주위를 소란스럽게 만들고 싶지 않으니까요. 아니 잠깐이라도 내 삶의 조건이라든가 명분 따위를 생각할 시간을 갖기 위해서지요. 내가 죽을병에 걸렸다는 것이 알려지는 날부터 반쯤 수의를 걸친 꼴로 특별해지고, 병원, 무당, 굿, 교회…… 아내는 그럴 겁니다. 머잖아 그렇게 되겠지만 그러기 전에 잠시라도 내 몸의 주인이 되어 시간을 가져보자는 것이지요. 모든 사람들의 하루하루가, 각자 느끼지는 못한다 해도 어디론가 한 줄기 큰 흐름으로 흐르고 있고 그것이 역사라는 것일 텐데 그 방향은 신만이 알고 있다라든가, 사람이란, 삶이란 대체 무엇일까 따위 생각이나 하면서요."

약사의 아내가 약국 문 앞에 나와서서 길 건너 이켠을 향해 손짓하며 소리치고 있었다.

"바둑 한 판도 못 두었군요. 날이 더워지는데 언제 천렵이나 가십시다."

명 약사가 일어서며 짐짓 툭툭 털 듯 쾌활한 어조로 말했다.

명 약사가 돌아가고 난 뒤 관희는 출입문에 발을 내리고 의자 두 개를 맞대어놓고 누웠다. 피곤했다. 딱딱한 쇠의자가 등뼈를 받치고 있음에도 한없이 땅 밑으로 잦아드는 듯했다. 장뇌와 나프탈렌, 목기(木器)에 결은 들기름 냄새, 유황으로 부식시킨 동록(銅綠) 따위로 무겁고 혼탁한 공기를 휘저으며 선풍기가 힘겹게 돌아가고 있었다. 백통 장식의 반닫이, 목함지, 절구, 알맞게 녹이 오른 촛대, 향로, 소반 따위가 천년의 시간으로 무겁게 내려앉았다. 크게 심호흡을 하고 눈을 감았으나 의혹과 미망(迷妄)의 뿌연 혼이 되어 땅 밑을 헤매는 듯한 답답함은, 또한 나는 아마 죽겠지요,라고 속삭이던 명 약사의 목소리는 사라지지 않았다. 바깥 큰길을 오가는 자동차 바퀴 구르는 소리, 때 없이 울리는 경적, 가게 앞을 지나는 발소리, 모든 살아 있는 것들의 끓어오름이 날카롭게 귀를 긁었다.

유리문을 닫고 다시 누우니 좁은 가게 안은 그대로 관이 되어, 자신은 온갖 부장품들을 거느린 제왕의 주검이 되었다. 백골이 되고, 다시 어린아이가 되었다.

그리고 에비가 찾아왔다.

뵈냐? 보이지? 관희가 찢어진 창호지구멍에 눈을 갖다 대자마자 고할머니는—증조할머니를 고할머니라고 부르곤 했었다—숨 가쁜 소리로 물었다. 아무도 안 뵈는데 뭘, 관희가 볼멘 소리로 대꾸를 해도 고할머니는 관희를 밀치고 숨죽여 소곤거렸다. 저어기 신작로 끄트머리, 다릿목께를 잘 보라니까. 그러나 관희의 눈에는 아무것도 보이지 않았다. 찢어지게 밝은 달빛으로 밖은 거울처럼 환히 드러나고 앙상한 나무 그림자가 흰 땅 위에 비죽비죽 누운 위로 까치집이 덩그러니 내려앉았다. 노간주나무 울타리 흔들며 쇄애쇄애 불어오는 바람에 신작로와 빈 들에 하얗게 내리는 서릿발이 얼음 가루처럼 반짝이며 흩어졌다. 신작로 저쪽의 비죽비죽한 돌무더기 위로도 서릿발이 차오르고 있었다. 여름 내내 고할머니는 뜨거운 햇빛 아래 땀 흘리며 개울가의 돌을 볏단 나르듯 들어 옮겼다.

고할머니의, 봉창을 막은 등 그림자가 벽에 크게 일렁였다. 고할머니는 벌써 여러 날째 밤 되면 봉창의 뚫린 구멍으로 밖을 내다보았다. 큰물 진 뒤 떠난 사람들은 서리 내린 뒤에나 돌아오리라 했다. 그러나 할아버지는 고개를 흔들었다. 큰물 난 게 아니라 난리가 터진 거요, 어무이. 고할머니는 무얼 보고 있는 걸까. 늙으면 귀신이 보인다는데 애장터 너머 애기 귀신, 늙은

귀신들이 허옇게 너울대며 흘러오는 것을 보는 걸까. 할아버지를 낳았다는 고할머니는 너무 늙었다. 너무 늙어 머리털이 까마귀처럼 까매지고 꺼멓게 빈 입에는 이빨이 하얗게 돋아났다. 고할머니는 양지 쪽에 앉아 치마폭에 담긴 해바라기 영근 씨를 까먹으며 끝없이 이야기를 했다. 환한 대낮에 불개가 해를 먹어버려 천지가 캄캄해졌더란다. 나라 안의 선비들은 모두 흰 두루마기에 백립을 쓰고 대궐 밖에 모여들어 석 달 열흘 동안 쉬지 않고 울었지. 화적 떼들이 몰려와 동네를 불태우고 아이들을 잡아갔어. 꽃 같은 새댁 시절, 을축년 큰물 졌을 때 산이 무너지고, 뿌리 뽑힌 나무 아래, 먼 옛날 새 옷 입고 지게에 실려 멀고 깊은 산에 들어갔던 사람들의 백골이 흩어졌지. 고할머니는 무엇이든 기억했다. 고할머니의 머리에는 차례도, 연결도 없는 갖가지 그림들이 뒤죽박죽으로 가득 차 있었다. 사람들은 고할머니가 백 살도 훨씬 넘었을 거라고 했다.

아주까리 등불이 제풀에 잦아드는 것도 모른 채 할머니는 문구멍에 눈을 들이대고 있었다. 가무룩이 잠에 빠질라치면 비요르르, 비요르르 산의 깊은 골에 사는 밤새가 울고, 댕기머리새가 따악따악 썩은 나무둥치 쪼는 소리가 천둥소리처럼 들렸다. 밤새는 언제나 해 질 녘에 울었다. 새소리와 함께 깊은 골에 고인 짙은 어둠이 물감 풀리듯 마을에, 신작로에, 고샅길에 쓸쓸히 번지는 것이다. 새소리 잦아들면 에비가 찾아왔다. 어둠이 가득 차는 것이다. 사람들이 마을을 떠나기 전에는 그렇지 않았다. 아이들이 밤울음 울면 에비가 찾아왔으나 쉬잇, 에비 온다, 할머니들의 위협적인 속삭임과 담배씨처럼 박힌 봉창의 불빛이 에비를 몰아내었다. 개들이 마루 밑에서 이를 드러내며 사납게 으르렁거려 에비는 밤새 울짱 밖에서 머뭇대다가 이윽고 우렁찬 계명성의 새벽, 그가 사는 곳으로 쫓겨 가게 마련이었다. 그러나 사람들이 떠나버린 이제 에비는 낮은 토담, 썩은 이엉을 타 넘고 빈집을 가득 채워 새벽이 되어도 물러가지 않는다. 정자나무에 매달린 빈 종을 청동의 울음으로 흔들고, 지나가는 비 한줄금에 말갛게 고여 머무는 햇빛을 내쫓고, 제 홀로 쟁반만큼 큰, 황금빛으로 무심히 타오르는 해바라기 줄기를 흔들었다. 에비는 바람이다가, 물이다가, 어둠이다가, 근원을 알 수 없는 먼 소리이다가, 호롱불 빛에 일렁이는 고할머니의 커다란 그림자이다가, 끝내는 단단히 오그라든 사추리를 차갑게 훑어 내리는 손이 되곤 했다.

그때도 할아버지는 이미 물미치광이였다. 해방되기 세 해 전 다섯 살짜리 관희를 남긴 채 자취를 감춘 부모의 일로 여러 차례 주재소에 불려가 반주검이 되어 나온 할아버지는 몸을 추스르자 읍의 천주교회에 나와 있던 프랑스인 선교사에게서 물길 찾는 법을 배우기 시작했다. 이런 세상에서 무엇을 할 수 있겠느냐. 동리에서 제일 글이 높고 좋았다는 할아버지는 자주 탄식하곤 했었다. 부디 선한 일에 사용하시오, 라는 당부를 남기고 안식년을 맞은 신부가 제 나라로 돌아가자 물길 찾는 것은 오로

지 할아버지 몫이 되었다. 겉으로 보면 다 똑같은 땅이지만 땅 밑에는 끊이지 않고 흐르는 물길이 따로 있단다. 물길을 끊거나 거스르면 안 되는 거야. 가지가 둘로 갈라진 버드나무 줄기를 쥐고 땅 가까이 허리를 굽혀 맥을 짚듯 조심조심 걸음을 옮기다 보면 아랫부분의 줄기가 뿌리 내리려는 듯 땅을 향해 기울었다. 그곳에 막대기를 꽂고 언저리를 파 내려가면 축축이 젖은 흙과 솟아오르는 물줄기를 볼 수 있었다. 웬 조홧속인가, 참으로 도술일세. 사람들은 종내 알 수 없다는 얼굴로 놀람의 탄성을 질렀다. 묏자리를 보아주고 우물 자리를 가르쳐주고, 술도가 집에 정한 샘을 일러준 것도 할아버지였다. 어느 여름, 여섯 살 때였던가. 할아버지를 따라 산에 갔던 적이 있었다. 벌겋게 흙이 뒤집힌 무덤 자리에서 할아버지는 말했다. 이건 썩은 땅이다. 옛이야기가 많은 그 고장 산에서는 대낮에도 무덤이 파헤쳐졌다. 대개 일본인들과 그들이 데리고 온 인부들에 의해서였다. 무덤이라고 볼 수 없는 평평한 들판에서도 그들은 냄새 맡듯 주의 깊게 살피고 빙빙 돌아보고는 삽질을 하고, 그러면 반나절도 못 되어 그릇이며 항아리, 칼 따위가 나왔다. 그때부터 무덤 속에는 지상에서 찾을 수 없는 많은 것들이 있으리라는 환상에 빠지게 된 것일까. 도굴당한 무덤은 다시 흙을 덮어 본디대로 해놓는다 해도 쥐의 서식처일 뿐이었다. 발 디딜 때마다 움푹움푹 발이 빠지는 허방이었다. 할아버지가 말한 죽은 흙, 썩은 땅의 뜻을 알게 된 것은 아주 훗날 그가 옛 무덤에 실제로 삽질을 시

작했을 때였다. 단단한 땅에 꽂을대를 박으면 땅은 살 맞은 짐
승처럼 푸들푸들 일어나고, 좀체 보이지도 열리지도 않는 입구
를 찾아 조바심과 안타까움으로 빙빙 돌며 더듬어 들어가면, 어
두운 연도(羨道)를 지나 만나는 음부(陰府)의 잠, 이윽고 깨어나
는 천년의 꿈. 닫혀진 무덤은 순결한 처녀였다.

　사람이 무엇이냐고? 관희는 눈을 감은 채 명 약사가 하던 말
을 중얼거렸다. 보아라, 이게 인간이다. 열어젖혀지고 훼손된
무덤 앞에서 생몰 연대와 행적을 적은 지석(誌石)과 함께 남은,
두 눈에 흙을 담고 누운 백골들을 가리키며 할아버지는 말했었
다. 삶을 사는 것과 삶을 아는 것의 차이는 무엇일까.

　여름 들어서면서부터 도선장은 선객들로 붐비었다. 빤히 바
라다뵈는 섬으로 가기 위해 오래 줄을 서서 기다려야 했던 사람
들은, 차라리 다리를 놓는 게 수월하지 않겠는가 한마디씩 뱉곤
했다.

　섬을 둘러싼 포플러 숲에 부옇게 먼지가 일고 정지 작업을 하
는 불도저와 노란 모자를 쓴 사람들의 모습이 보였다.

　섬은 유원지로 개발되는 중이었다. 뱃전에 자전거를 기대놓
고, 다가오는 섬을 바라보며 영조는 자꾸 눈을 비볐다. 섬이 물
길 따라 흐르는 듯 흔들려 보였기 때문이었다.

　이십 분이 채 못 되어 섬에 닿자 영조는, 야영을 하려는 듯 저
마다 커다란 배낭을 멘 젊은 남녀들 틈에 끼여 자전거를 끌고

배에서 내렸다.

빨간 비닐 끈으로 금줄을 치고 울타리를 두른 빈 밭에서 등산모를 쓰고, 면장갑을 낀 사람들이 열심히 돌덩이를 고르고 있었다. '향도대학 하면도 유적지 발굴 조사단'의 표지판이 꽂혀 있는 곳을 지나 영조는 물가를 따라 난 길로 접어들었다. 하면도는 선사 시대 유적지로 알려져 있고, 고인돌과 적석총, 움집 들이 있어 학교에서 소풍 겸 견학을 온 적도 있었다. 고인돌과 적석총은 몇천 년 전 옛사람들의 무덤이고, 사람들은 불씨를 보존하고 추위와 어둠과 사나운 짐승을 피해 움집을 지어 살며 흙을 빚어 빗살무늬 그릇들을 만들었다는 선생님의 설명을 들으며 움집을 들여다본 아이들은 개똥과 지린내에 코를 싸쥐고 물러서기도 했었다.

고인돌 위에서 강아지와 동네 아이들이 뛰놀고 누렇게 익은 밭보리는 한창 베어지는 중이었다. 영조는 자전거의 페달을 힘껏 밟았다. 자전거를 타고 멀리 갔다 온 날 밤에는 다리가 돌로 되어버리는 흉측한 꿈을 꿀 정도로 몹시 아팠지만 그래도 영조는 어느 날엔가 튼튼한 새 자전거를 타고 등에는 회중전등과 카메라와 망원경을 넣은 배낭을 메고 집을 떠나 아주 멀리 가볼 작정이다. 자전거를 타고 빠른 속도감에 몸을 맡겨 한껏 달리노라면 자신이 바람 속의 아이인 듯 외롭고 행복한 느낌이 들었다.

섬의 끝까지 갔을 때 영조는 앞에서 달려오는 여자를 피해 급

정거를 하며 길옆, 파밭으로 나둥그라졌다. 머리채를 흩트린 여자는 미안하다는 말은커녕 뒤도 돌아보지 않고 뛰어가고 그 뒤를 술에 취한 털보 사내가 이년, 이녀언, 개 같은 녀언, 소리치며 맨발로 뒤쫓았다. 자전거에서 떨어지면서 돌에라도 부딪쳤던가, 뜨끔거리는 옆구리를 문지르며 영조는 화가 치밀어 올랐다.

그들의 쫓고 쫓기는 모습은, 멀리서 보면 어린아이들의 술래잡기 놀이처럼 보였다. 남자는 계속 이년, 이녀언, 소리만 반복해 지르며 비틀걸음으로 쫓아가고 앞선 여자는 죽을 둥 살 둥 달아나다가는 문득 뒤돌아보고 서서 머리도 추스르고 옷매무시를 고치며 일정한 거리가 될 때까지 기다렸다가 다시 뛰곤 했다. 술래가 된 아이의 흥을 위해 마지못해 놀아주는 것처럼 보이기도 했다.

영조는 옷에 묻은 흙을 털고 일어나 물가로 내려갔다. 물가 모래펄에 차일이 쳐져 있고, 매운탕, 감자부침, 소주 등의 서툰 글씨로 씌어진 함석 간판 뒤에 두 노파가 숟가락으로 참외를 긁어 먹으며 그림처럼 앉아 있었다.

"여느 땐 색시도 그런 색시가 없는데 술만 들어가면 용천지랄이 나서……"

"약이 읎나유?"

"왜 안 썼겠시우. 똥물도 먹여봤고, 인골도 갈아 먹여봤다오. 이젠 약이라면 먹고 죽는 독약밖에 없겠지우. 오래 사는 게 죄여."

"댁이 몇이시우?"

"몇으로 뵈우? 일흔일곱이라오."

"아우님이구랴. 난 망구(望九)라오."

보리밭 너머 버덩으로 사라졌던 여자의 모습이 다시 나타났다. 치마라도 밟았는지 앞으로 고꾸라지자 미처 일어날 짬도 없이, 뒤따라오던 남자가 머리채를 휘어 감았다. 아이고오, 이 손 놔라. 여자가 찢어지는 비명을 질러대며 사내에게서 몸을 빼내어 달아났다.

"아이구, 저러다 일 치르겠네. 좀 말리시우."

"놔둬야지, 무슨 힘으로 말린다우? 저러다 쓰러져 잠들면 그만이우. 화전 일구고 살다가 물에 잠기는 바람에 내려왔다오. 산에서 산적겉이 살던 놈이 조막배 띄우고 괴기 잡아 팔자니 될 말이 아니지우. 심화가 끓어 그런다오. 괴기는 푼푼해. 불자(佛者)들이 노 방생을 해대니."

"우리 조상님은 잉어하고 무슨 인연을 맺었던지 대대로 잉어 괴기 먹지 말라는 유언을 남긴다우."

"초파일에는 절에도 다니구 함서 괴기를 잡아 파니 마음이 껄끄럼하지만 나도 역시 죽어 버러지밥으로 육신 공양이 될 게 아니우."

"산에서 오셨소?"

"저 너머가 안태 고향이여. 동네가 잠기니까 지게질이라도 한다고 대처로 간 사람도 많구먼. 그래도 고향 가까운 데라고 이곳에 왔는데…… 저것이 막내여. 아홉을 낳아 여섯을 죽였구먼."

노파들은 종잇장처럼 얇고 둥글게 남은 참외 껍질을 던져버리고 다시금 토마토를 긁어 먹으며 끝없이 도란도란 이야기를 나누고 있었다. 석유 곤로에 얹힌 냄비에서는 매운탕이 넘칠 듯 끓어오르고 냄비 뚜껑과 숟가락이 모래 위에 내동댕이쳐져 있었다. 삶은 달걀이라도 사먹을까 기웃거리던 영조는 그대로 물가로 내려갔다. 두 노파의 눈에는 종내 그 앞에 서 있던 영조가 보이지 않는 모양이었다.

영조는 신발 속의 흙을 털어내고, 양말을 벗고 물속에 발을 담근다. 그러곤 티셔츠와 바지를 벗고 팬티 바람으로 물속에 들어갔다. 차가움과, 머리끝이 곤두서는 섬뜩하고 뜨거운 느낌이 동시에 왔다. 그러나 곧 부드럽고 편안해졌다. 최초의 차가움은 영조 자신이 느낀 이물감이라기보다 물의, 영조에 대한 그것이 아니었을까. 드디어 화해가 이루어지고 영조는 의심 없이 물속에 머리를 넣고 무자맥질을 시작했다. 수초는 미끄럽게 발바닥을 핥고 허벅지를 툭툭 건드리며 지나가는 물고기의 감촉도 느낄 수 있었다. 물속에서 가만히 눈을 뜨면 어두운 물 아래 잠수함처럼 조용히 떠 있는 잉어의 검은 등도 보였다.

"애야, 그곳엔 가지 마라. 물이 깊고 위험하단다."

밀짚모자를 쓰고 물가에 앉아 있던 낚시꾼이 영조를 향해 소리쳤다. 영조는 그를 향해 싱긋 웃으며 염려 말라는 표시로 손

을 흔들었다. 물속에 몸을 잠그면 자신의 몸이 투명한 유리관이
된 듯 물처럼 차오르는 충만감을 영조 자신도 잘 설명할 수가
없었다. 물 밑바닥, 둥글고 미끄러운 돌 위에 두 발을 모두고 서
서 내려다보니 햇빛 때문에 뿌옇게 떠오르는 물의 입자와 짧고
뭉툭해 보이는 몸뚱어리, 물을 머금어 해파리처럼 얇게 부풀어
오른 팬티가 자신과는 상관없는 다른 물체인 듯 기괴하고 우스
꽝스럽게 보였다.

사람은 누구나 태어나기 전의 한때, 자궁 속에서, 따뜻한 물
속에서 물고기처럼 떠 있었다거나 헤엄은 인간이 모태로부터
나올 때 잊어버린 기억이며 잃어버린 기능이라는 것은 사실일
까. 어머니 배 속에서 나올 때 낯선 세상에 놀라 고통의 울음을
터뜨리며 잊어버린 기억은 무엇일까.

처음으로 영조에게 헤엄을 가르쳐준 사람은 아버지였다. 일
학년 때였던가. 영조를 벌거벗겨 장난인 듯 물속으로 밀어 넣을
때 영조는 공포로 울었다. 사내자식이 이 정도로 뭘 그러느냐.
아버지의 손은 사정없었다. 공포감을 느낀 것은 물보다도 그의
머리를 누르고 있는 손의, 자장처럼 무자비하게 뻗쳐오는, 아버
지 자신도 제어할 수 없는 힘 때문이 아니었을까. 아버지가 날
죽이려 한다, 영조는 버둥대며 한없이 물을 들이켰다.

영조는 이제껏 아버지의 벗은 몸을 본 적이 없었다. 어머니와
여탕에 더 이상 함께 갈 수 없게 된 나이가 되자 어머니는 아버
지에게 영조와 함께 목욕탕에 가기를 종용했으나 아버지는 묵

묵부답, 여전히 혼자 다녔다. 자식 앞에서 부끄러움을 타는 거예요?라고 어머니가 비아냥거렸으나 아버지는, 나는 저 애 나이 때 호주 상속을 했다오,라는 밑도 끝도 없는 말을 던지곤 했었다.

"애야, 나오라니깐. 자지 잘린다."

낚시꾼이 또 소리쳤다. 발밑에 웅덩이가 있거나 소용돌이 물살이 있는지도 모른다고 생각하며 영조는 천천히 헤엄쳐 물에서 나왔다.

낚시꾼은 낚시에 달려 나온 남생이를 떼느라 애쓰며 무어라고 입속말을 중얼거리다가 다가온 영조를 흘깃 보고는 바늘째 낚싯줄을 잘라버렸다.

"죽을 때까지 낚싯바늘 꿰고 다니겠지. 지독한 놈들이야. 자칫 손가락 잘리기 십상이지, 벌써 네 마리째다."

"이게 자라예요. 남생이에요?"

두 손바닥 합친 넓이의 딱딱한 등껍질 밑에 목과 다리를 모두 숨기고, 줄에서 놓여난 뒤에도 여전히 죽은 듯 꼼짝 않고 엎드려 음흉을 떠는 것이 신기해 들여다보며 영조가 물었다.

"보면 모르니? 남생이다. 자라는 피라도 받아 먹는다지만, 이건 아무짝에도 못 써. 바늘만 버리지. 지난번 방생꾼들이 몰려와 법석을 떨더니 이게 다 그때 놓아준 놈들이야."

강과 섬의 중간에 조금 전까지도 없었던 작은 보트가 떠 있고, 느릿느릿 움직이는 배 안에서 흰 한복 입은 여인과 두 사람

의 남자가 무언가 한 줌씩 물 위에 뿌리고 있었다. 물 위에 파종
하듯 한 움큼씩 천천히 뿌리고는 오래 물을 내려다보았다.

"오늘은 일진이 나쁘다."

낚시꾼은 의자를 접고, 빈 바구니와 미끼통 따위를 챙기며 주
섬주섬 일어났다. 아직 물가로 가지 못한, 어기적대며 물을 향
해 굼뜨게 움직이는 남생이를 쳐다보는 영조에게 말했다.

"너 동물 기르는 데 취미가 있니? 가져가렴. 어항에 넣어두면
죽지 않을 거다. 허지만 조심해, 손가락 잘린다. 물에 들어가지
마라. 이런 놈들이 우글댄단 말야. 자지 떼 먹혀."

그가 일러준 대로 영조는 남생이의 뒷다리를 잡고 들어올리
려다가 아앗 얕은 신음을 내뱉었다. 손바닥 안쪽 날카로운 유리
조각이 난잡하게 그어버린 상처에서 피가 배어 나오고 있었다.
채 아물지 않은 상처가 오래 물에 들어가 있는 동안 다시 벌어
진 것이다.

영조는 피 흐르는 손을 꽉 주먹 쥔 채 남생이를 물가에서 조
금 떨어진 곳에 옮겨 놓고 모래로 얕은 둑을 쌓은 뒤 그 곁에 벌
렁 누웠다. 하늘에는 얕은 띠구름이 떠 있었다. 멀리 군부대와
포플러 숲이 보였다. 꿈속에서 UFO가 있던 곳은 어디쯤일까.
목격자에 의하면, UFO가 앉았던 자리에는 시커멓게 불에 탄
흔적이 남는다고 했다. 모래투성이가 되어 둑을 벗어나려는 몸
부림으로 사그락대는, 목마름과 조바심, 물의 기억으로 괴로워
하는 남생이의 움직임이 귀밑에서 들려왔다.

해가 퍽 기울었다. 몸에 달라붙어 말라버린 잔모래는 좀체 떨어지지 않았다. 쪽배는 강의 대안으로 되돌아가고 흰옷 입은 여인이 남자들의 부축을 받으며 배에서 내리는 것이 보였다. 영조는 남생이를 물속에 넣어준 뒤 한결 무겁게 털털대는 자전거를 끌고 물가를 떠났다. 차일 친 가게 안에서는 참외를 깎어 먹던 노파들 중 한 사람만이 파리채를 들고 꼬박꼬박 졸고 있었다. 털보 사내는 평상에서 된 숨을 내쉬며 잠들었고, 아낙네는 무심한 얼굴로 민물고기의 배를 따고 있었다.

여섯 시가 되자 관희는 가게 문을 닫았다. 대개 아홉 시까지는 문을 열고 있는 것이 관례였으나 오늘 같은 날은 장사가 될 듯 싶지도 않았다.

집은 버스로 세 구간 거리였다. 서둘러 가야 할 일도 없겠다 싶고 시내 화공 약품 가게에 들를 일도 있어 걷기로 했다. 큰길에 면한 점포들은 덧문이나 셔터를 내린 곳이 많아 철시(撤市)의 약속이라도 되어 있었던가 의아할 지경이었다.

중심가로 나올수록 길은 혼잡해졌다. 무더운 여름 저녁, 축제에 참석하기 위해 도시 곳곳에서 사람들이 몰려들고 있었다. 가로수 가지마다 청사초롱이 소맷자락처럼 늘어졌다. '이천년대를 향한 전진'이라는 띠를 어깨에 두른 남자가 길을 막고, 지나가는 사람들에게 전단을 나눠주었다. '우리 고장 운양시의 이천년대와 제5공화국의 주요 업적……'

불꽃놀이   183

찻길의 대형 헌혈차 앞에서는 가운을 입은 앳된 여자가 확성기를 들고 앵무새처럼 외쳤다. '내 피를 나누어 귀한 생명을 구할 수 있습니다.' 피를 나눈다? 혈육, 즉 피붙이와 생명을 구한다는 말의 의미 연결이 되지 않아, 무슨 얘기인가 의아하던 관희는 뒤늦게 아, 그러니까 상징적인 의미가 아니라 실제로 피를 뽑아주라는 것이군, 실소하며 고개를 주억거렸다. 피를 뽑으라고 외치는 옆에는 가족 계획 요원들이 책상을 내다놓고 앉아 가두 계몽을 벌여 아들딸 구별 없이 하나만 낳으라고, 귀중한 자녀에게 보다 행복하고 안정된 내일을 약속하기 위한 단종(斷種)을 권하고 있었다. 화공 약품 가게까지 고작 한 정거장 거리를 걸어오는 동안 떠밀리고 부딪치며 관희는 기진맥진해졌다. 무엇보다 견디기 어려운 것은 저마다 손에 들고 목청껏 떠들어대는 확성기 소리였다.

유황가루 일 킬로그램을 사서 들고 관희는 어쩔까 망설였다. 함께 불꽃놀이를 보러 가자던 인자의 말이 생각났지만 아직은 이르지 않은가. 저물기까지는 시간이 많이 남아 있는 것이다. 아직 밝았지만 눈 닿는 끝, 하늘가로부터 점점이 붉은빛이 돋아나고 있었다. 차량의 운행이 중지된 큰길로 여학생들로 구성된 고적대가 행진곡풍으로 편곡한 「한강수 타령」과 「성자의 행진」 「아리랑」을 잇달아 연주하며 지나가고 불 켠 경호 오토바이의 호위를 받으며 흰 두루마기 차림의 남자들을 태운 검정 세단차가 줄줄이 지나갔다. 성읍국가의 성터라고 알려진 양수산 꼭대기에서 천제(天祭)가 올려지는 것이다.

티브이 카메라를 실은 방송국 차가 근면·자조·협동의 현수막과 시청 건물과 날아오르는 비둘기 떼와, 가로수에 청사초롱, 몰려가는 사람들을 훑어 담으며 달려갔다. 보도 기자의 완장을 찬 젊은이가 관희의 옆을 지나가는 한 가족을 막아섰다.

"오늘의 축제를 어떻게 생각하십니까?"

"대단히 뜻깊은 행사라고 생각합니다. 역사 깊은 문화 시민으로서의 긍지와 먼 옛날 이곳에 살았던 조상의 숭고한 얼을 새삼 깊이 느끼구요. 그래서 이렇게 집사람과 아이들도 데리고 나왔습니다. 산 교육의 장이 될 테니까요."

마이크를 적당한 거리로 조절하며, 일가를 거느리고 나온 가장은 미리 연습이나 해두었던 듯 거침없이 유창하게 말했다.

시간이 갈수록 사람들의 수는 점점 불어났다. 그만그만하게 낯익거나 낯선 얼굴들이 확대시킨 화면처럼 다가들다가 한데 뒤섞여 사라지곤 했다. 입체 영화를 볼 때처럼 현기증과 미미한 메스꺼움이 느껴졌다. 가로수에 기대어 서 있는데도 행렬 속에 빨려들었다가 다시금 밀려나는 듯한 이상한 교착감은 어디에서 비롯되는 것일까.

죽은 뒤의 세상을 믿는 사람들이 더러 꾸는 꿈속에서는, 판결받기 전의 혼들이 어디로 가는 것인지 자신들도 모르면서 넓은 길을 가득 채우고 떠밀려가는 것이 보인다고 했다. 아이들은 부모의 손을 잡고 뿔나팔을 불어대고 장사치들은 오색 풍선과 딸

랑이, 알록달록한 플라스틱 장난감들을 꽃판처럼 꾸며 둘러메고 따라가는데, 어깨에 무등 태운 보다 어린 아이들은 그들 부모의 내일이 되어 높고 밝은 웃음으로 깔깔대는데, 이들이 모두 한 덩어리로 뒤섞인 군중들의 발걸음에는 뒤를 쫓아오는 정체 모를 그 무언가에게 쫓기듯, 피난 행렬인 양 신경질적이고 다급한 데가 있었다.

시청의 시계탑이 일곱 시 십 분을 가리키고 있었다. 인자는 지금쯤 저녁을 차려놓고 그를 기다리고 있을 것이다.

머리와 수염을 길게 기르고 마대 옷을 입은 봉두난발의 사내가 다가와 친근하게 관희의 손을 잡았다. 방심한 사이 얼결에 손을 잡힌 관희는 당황하며, 누구였던가 기억을 더듬었다.

"구원받으셨습니까?"

누군지 떠올릴 겨를도 없이 사내는 관희의 눈을 똑바로 바라보며 우렁우렁한 목소리로 물었다. 관희가 난처한 웃음으로 슬그머니 손을 빼내려 했으나 그의 손은 더욱 단단히 얽혀들었다. 현세의 삶에 매인 사람들은 장난기 섞인 동정과 냉소의 표정으로 흘긋거리며 재빨리 지나쳐갔다.

"예수님을 영접하셨습니까, 영생을 약속받으셨습니까?"

두번째 물음에도 관희가 대답을 못 하자 그는 갑자기 손을 탁 뿌리치고는 성난 외침을 토하기 시작했다.

"돌로 하여금 말하게 하라."

영원히 살리라는 축복과 영원히 죽을 수 없으리라는 저주. 할아버지는 기일(忌日)이 없다. 난리를 피해 떠났던 사람들이 돌아오고, 더 할 일도 기다릴 일도 없어진 고할머니는 죽어 땅에 묻힌 뒤 요여(腰輿)를 타고 혼백으로 돌아왔지만, 할아버지는 사라졌기 때문이다. 고할머니가 죽고, 오래전에 집 떠났던 부모가 돌아왔다. 좋은 세상이 되었어요. 이곳을 떠나 큰 도시로 가십시다. 우리는 바쁘고 해야 할 일이 많아요. 할아버지는 여전히 물미치광이었다. 우물 자리, 묏자리를 부탁하는 사람이 없어도 땅 밑 맥을 짚으려는 듯 버드나무 가지를 들고 산과 들을 헤맸다. 이레 후에 기차를 타고 따라가마. 할아버지는 어린애처럼 고집을 피우고 관희는 부모와 함께 지프를 타고, 부서지고 불타버린 큰 도시로 왔다. 약속한 이레 후 관희는 비를 맞으며 할아버지를 맞기 위해 역으로 갔다. 놋날 드리듯 줄기차게, 여러 날째 오는 비였다. 관희네가 얻어들었던, 포격에도 그중 성하게 남아 있던 집에서 역이 맞바라뵈기도 했지만 그네들의 말대로 부모는 늘 바빴기 때문이었다. 살림방 하나를 빼놓고 나머지 두 방에서 그들이 동지라고 부르는 사람들과 함께 서류를 꾸미고, 날마다 바뀌어 불려오는 사람들을 심문했다.

관희는 역에서 하루를 꼬박 기다려 저녁 무렵에야 할아버지를 만날 수 있었다. 할아버지는 버드나무 가지 하나만을 소중히 들고 있었다.

할아버지, 여긴 온통 집 무너진 쓰레기들뿐인데 어떻게 물을 찾지?

어디나 땅 아래는 물이 흐르는 법이다.

할아버지는 땅을 향해 굽은 등을 잠깐 펴며 웃었다. 그러나 관희의 뒤를 줄곧 따라오던 할아버지는 관희가 집에 다다라 대문 안쪽에 손을 넣어 고리를 벗기는 동안 사라졌다. 알 수 없는 일이었다. 달리 빠져나갈 골목도 몸을 숨길 만한 건물도 없는 터였다. 차가운 비와 짙어지는 땅거미뿐 등 뒤가 휑하니 비어 있고 할아버지의 자취는 어디에도 없었다.

열두 살짜리 관희는, 낯도 익히기 전에 헤어졌던 부모가 어렵고 조심스러웠다. 고작 다섯 달을 함께 살고 부모는 급히 떠났다. 너를 데리고 갈 길이 못 되는구나. 잘 있어라. 우린 곧 다시 만나게 될 거다. 남자처럼 결대가 크고 기상이 드센 어머니는 동지들과 지프에 실려 떠나며 울었다.

……열두 살의 다 큰 아이가 되었어도, 고향 마을을 떠났어도, 사추리에 손을 넣고 웅크리고 자는 밤마다 에비는 찾아왔다……

손수건을 꺼내 아직도 남아 있는 끈끈한 손의 감촉을 닦아내다가 관희는 문득 길 건너편에서 인파를 헤치고 나오려 애를 쓰고 있는 영조를 보았다. 짐받이가 있는 어른용 자전거는 아이에게 크고 무거워 보였다. 관희는 손을 쳐들어 보이며 영조를 부르려다가 맥없이 손을 떨어뜨렸다. 검고 뻣뻣한 머리털 아래 도전적으로 내리깐 눈. 그 애의 얼굴에 언뜻언뜻 비치는 아내의 얼굴과 어렴풋이 어리는 낯선 얼굴. 활처럼 휜 눈썹과 완강한 턱뼈는 아내의 것이 아니었다. 아이를 대할 때마다 아이의 얼굴보다 먼저 만나지는 아이의 얼굴에 덧씌워진 불투명한 표정은 누구의 것일까. 아이의 자라남이 관희 자신에게 왜 두려움으로 자라는 것일까.

관희가 지켜보는 동안 영조의 모습은 인파에 뒤섞여 멀어지고 사라졌다. 피로 때문일까, 관자놀이가 욱신욱신 쑤시고 유황가루 봉지를 낀 겨드랑이가 땅기듯 아팠다.

노을빛이 짙어지고 땅거미가 서리기 시작했다. 거리 곳곳에 걸어놓은 청사초롱의 남빛과 붉은색의 불빛이 선명해졌다. 집에 들어가서 쉬든가, 작업을 해야 할 것 같았다. 내일 물건을 받으러 오기로 약속이 되어 있었다. 칼과 향로, 촛대 따위는 몇 벌 준비되어 있는 터였다. 흰 유황가루를 푼 물에 넣으면 아무리 갓 뽑아낸, 반짝반짝 윤이 나는 물건이라도 빛이 죽고 검게 변색하기 마련이었다. 물에서 건져내면 푸른 녹이 돋았다. 그리고 그것들은 마른 수건으로 닦고 쇠솔로 문지르는 등 일련의 작업을 거치면서 무덤 속에 묻혀 있던 천년의 부식, 천년의 시간으로 천연덕스럽게 피어오르는 것이다.

사람들은 쥐 떼처럼 몰려가고 있었다. 한 줄기 기록으로 남은, 시간 속에 단단히 매몰된 공간, 사슬의 끊어진 고리, 어두운 공동(空洞)을 향해. 그들에게 떠밀리듯 관희는 허청허청 발걸음을 내디뎠다.

감나무 꼭대기에 남았던 잔양이 스러지고 노을은 불타듯 짙어졌다.

저물도록 돌아오지 않는 관희와 영조를 기다리며 인자는 흐트러지는 마음을 다스리듯 앞뒤 마당에 꼼꼼히 비질을 하고 대문 앞에 나와 앉았다.

어둠이 내리자 감나무는 더욱 깊고 뚜렷한 형체로 드러났다. 영조는 늘 감나무 가지에 올라앉아 휘파람을 불었다. 감나무에서 떨어지면 약도 없다고 야단을 쳐도 막무가내였다. 영조의 불만 가득한 눈과 공손한 몸짓에서 오직 인자만이 볼 수 있었던, 오로지 인자를 향한 물음들. 영조의 외출이, 집 밖에서 보내는 시간이 길어질수록 인자의 불안은 단단히 뿌리 내리며 자라갔다. 인자는 영조의 머리에서 돋아나는 더듬이를 볼 수 있었다. 어느 날 영조는 더듬이가 가리키는 대로 그 어떤 가냘프고 확실한 회로를 따라 떠날지도 모른다. 보이지 않는 손짓, 다가가면 그만큼 멀어지는 부름을 향해.

골목을 사이에 둔 이웃집들은 불기 하나 없이 캄캄했다. 불꽃놀이가 끝난 후 밤이 깊어서야 돌아올 것이다. 아아, 인자는 누군가 들어줄 귀를 의식하듯 뜻 모를 탄식을 길게 내뿜으며 머리를 감싸 쥐었다.

관희는 지금쯤 집을 향해 오고 있는 것일까. 불꽃놀이의 약속을 잊은 것은 아닐까. 저녁 식사 준비는 진작에 다 되어 있는 터였다.

인자는 이제 완전히 어두워진 마당을 지나 집 안으로 들어갔다. 부엌에 선 채 쓸쓸한 마음으로 식은 밥을 먹었다. 밥을 다 먹은 뒤에도 한참을 우두커니 서 있다가 공연히 부엌 바닥에 물을 한 바가지 끼얹었다. 꿀럭꿀럭, 하수구로 목 메인 소리를 내며 물이 흐르고, 그곳에서 항용 올라오게 마련인 누추한 냄새가 잠시 가시는 듯했다.

뒤꼍으로부터 느닷없이 닭의 비명 소리가 들려왔다. 주위가 너무 조용한 탓에 그 소리는 더욱 생소하고 절박하게 들렸다. 필시 족제비나 쥐의 침입이리라 생각하면서도 인자는 급히 손전등을 찾아들고 뒤꼍으로 뛰어갔다.

짐작대로, 아침에 대강 얽어둔 울타리가 벌어져 있고 그 안에는 흰 깃털만 몇 개 흐트러져 비명의 흔적을 남기고 있을 뿐이었다. 닭을 물고 달아나는 족제비는 보이지 않았다.

인자는 계사 안으로 들어갔다. 몹시 껌껌했지만 굳이 손전등을 켜지 않아도 얼마든지 눈에 익었다. 놀란 닭들은 한구석에 몰려 불안하게 바장이며 헐떡거리고 있었다. 인자는 손전등을 켜서 비춰보았다. 다섯 마리의 암탉 중 한 마리가 모자랐다. 인자는 쭈그리고 앉아 손전등 불빛을 수탉에게 맞추었다. 닭이 놀라 피하려 할수록 집요하게 불빛을 들이대었다. 노랗게 테 둘려진 동그란 눈의 무의미한 빛에 깜짝 놀라는 느낌이 들었다.

인자는 가만히 다가가 수탉을 들어 올렸다. 잠깐 흙을 차며 버팅기는 저항이 느껴졌으나 죽지 밑에 손을 넣어 따뜻한 온기로 안심시켰다. 부엌까지 오는 동안 인자는 믿어지지 않을 만큼 몹시 뛰는 심장의 고동을 손바닥 안에 느낄 수 있었다.

인자는 닭을 부엌 바닥에 내려놓고 솥에 물을 부어 석유곤로에 얹었다. 닭은 불빛과, 낯선 장소에 잠시 어리둥절하는 듯했으나 곧 천연스런 몸짓으로 수챗구멍 주변에 흩어진 밥찌끼를 쪼아 먹기 시작했다. 인자는 닭의 젠체하고 거드름 피우는 걸음걸이, 거칠 것 없는 탐식을 물끄러미 바라보았다. 그다지 시간이 걸릴 일은 아니었다. 항아리전에 무딘 칼날을 문대어 갈고 가만히 닭을 안았다. 날갯죽지를 모두어 왼발로 밟고 목줄띠를 더듬었다. 목뼈의 섬세한 관절과 탐욕스럽게 쪼아댄, 채 소화시키지 못한 모이주머니가 불룩하게 만져졌다. 닭의 갈퀴발이 무력하게 시멘트 바닥을 긁어대었다. 잔털을 헤치고 칼날을 대었으나 그것은 질긴 피부를 스쳐 조금씩 묻어나는 피로 흰 털을 적셨을 뿐이었다. 충분히 날이 서지 않았기 때문이라고 생각한 인자는 다시 항아리전에 칼날을 벼렸다. 닭은 피 흐르는 목을 쳐들고 비칠비칠 몇 걸음 달아나다가 유혹을 견디지 못하는 듯 밥찌끼를 쿡쿡 쪼았다. 인자는 부뚜막 위에 놓인, 어제 끓인 닭죽이 거의 고스란히 남아 있는 냄비 뚜껑을 열어보았다. 혹, 상한 냄새가 풍겼다.

물이 스, 스, 낮은 소리로 끓기 시작하고 인자는 수돗물을 세게 틀어 어제의 닭이 열기와 악취로 끓어오르며 충실히 썩고 있는 냄비를 씻었다.

다시 인자가 닭을 안고 칼날을 대었을 때 검붉은 닭의 볏이 순간적으로 돌올하게 일어서고 놀람과 공포를 견디지 못해 눈은 회색으로, 초록으로, 담홍색으로 변하며 쉴새없이 깜박거렸다.

물은 이제 쐐애쐐애, 절박한 소리로 끓고 자욱이 어리는 김 속에서 인자는 땀투성이가 되어 조금만 더, 조금만 더, 부드럽게 어르고 속삭이며 칼 쥔 손에 힘을 주었다. 따뜻한 닭의 몸에 한 차례씩 세찬 경련이 지날 때마다 인자의 드러난 팔뚝과 목덜미에 열꽃이 피듯 붉은 반점이 군데군데 돋았다. 날 선 쇠붙이의 감각이 더 이상 가눌 수 없는 뜨거움의 정점에서 날카로운 울림으로 폭발하고, 인자는 아아, 자지러지는 신음을 내뱉으며 손목의 힘을 놓아버렸다. 목덜미와 가슴팍 털이 붉게 젖어들었으나 이미 오래전에 삶의 리듬을 잃어버린, 때 없이 울어대는 수탉은 좀체 죽지 않았다. 힘없이 벌어진 부리로 간헐적인 헐떡임을 토해내고 무력해진 갈퀴발로 헛되이 시멘트 바닥을 긁었다. 그러나 자신이 닭의 죽음을 기다려 온밤을 지새우게 되리라는 것은 공연한 걱정일 것이다. 이제 살과 뼈와 보잘것없는 누런 기름으로 해체되는, 잔혹한 질서의 세계가 남아 있을 뿐이다.

인자는 마당으로 나왔다. 회복기의 환자처럼 방심하고 멍한 상태로, 팔짱을 끼고 하늘을 올려다보았다. 사위는 어둡고 강변 쪽으로부터 은은한 폭죽 소리와 함께 조그만 빛의 점 하나가 쏜살같이 솟구쳐 올랐다. 이어 그것은 이해할 수 없는 함성으로 하늘을 뒤덮었다.

그가 누구였던가. 남편이 오래 집을 비웠던 어느 봄날, 혼곤한 낮잠 속에서 꿈결처럼 받아들였던 사내. 남편은 옛 무덤에서 녹슨 칼을 찾아 돌아왔고, 달을 채운 아이는 그녀의 자궁을 찢고 가슴을 찢고 세상으로 나왔다.

강 쪽에서 또다시 불꽃이 오르고 외침이, 탄식이, 흐느낌이, 정욕과 혼란으로 가득 찬 어둠을 찢으며 흩어졌다.

어두운 하늘에 현란히 불꽃이 피어오르고 강의 상류로부터 연꽃처럼 피어난 꽃등이 흐른다. 뿔나팔을 불고, 오색 풍선을 날리며 놀던 아이들은 잠이 들고, 어른들은 어두운 강을 내려다본다. 물빛보다 더 검은 얼굴로, 불꽃을 사위며 흘러가는 꽃등을 싣고, 먼 옛날로부터 흐르는 강을 바라본다. 어디로인가 가닿는 곳이 있으려니. 닭이 울기 전, 계명성의 새벽이 오기 전에.

[1986]

불망비(不忘碑)

초하루 밥 먹고 나간 배들은 보름 후 만선(滿船)이 되어 항(港)으로 돌아왔다.

일곱 척의 중선(重船)에 실려온 생선들은 곧장 포구 앞, 낮은 판자울로 둘린 선주(船主)의 집 안마당에 부려졌다. 그물에 갇혀 바다로부터 끌어올려질 때의 필사의 몸부림 그대로 굳어버린 누르고, 검고, 흰 고기들은 다시금 솟구치려는 몸짓으로 퍼덕이며 거적 위로 곤두박질쳤다. 그것은 주검 속을 꿰뚫는 하나의 직관, 본디의 모양과 당당한 용자(勇姿)를 지닌 마지막 순간이라는 홀연한 깨달음의 몸짓이고 헛된 욕망의 표현이리라. 곱고 온전한 몸은 곧 갈고리에 찍혀 찢기고 아름다운 비늘은 마지막 광휘처럼 사라질 것이다. 이윽고 침묵과 해체의 시간들. 그러나 그것들은 공허하게 벌어진 입과 불투명한 막이 씌워져 생기 잃은 눈에도 불구하고, 아직은 살아 있는 듯 미끈거리고 번쩍였다.

화톳불이 피워지고 마당 귀퉁이에 차일이 쳐졌다. 내걸린 무쇠솥에서는 순대가 김을 올리며 삶아지고 선주의 늙은 아내는 끓는 국에 선지를 듬뿍듬뿍 떠 넣었다.

어부들은 쌓인 생선을 종류대로 가르고, 갈라놓은 무더기를 또 다시 굵고 잘기에 따라 몫 지웠다. 하나에 둘이면 서이요, 서이에 너이면 다섯이요. 나눈 생선을 궤짝에 옮겨 담는 사내의 목청이 쉬었다. 궤짝은 지붕의 낮은 처마와 맞닿게 쌓여 올라갔다. 체수가 작고 얼굴빛이 검붉은 선주는 포개져 올라가는 궤짝을 지켜보며 치부책에 수량을 표시했다. 그는 문맹이었다. 숫자 정도야 쉬이 익혔지만 그는 굳이 자신이 창출해낸, 자신만의 기호와 계산법을 고집했다. 다른 사람은 결코 해독할 수 없는 자신만의 기호로 물품의 수량과 금전의 출납을 기록한다는 것은 가득 찬 광의 열쇠를 도둑맞을 염려 없이 든든히 지니고 있다는 안도감과 하나의 세계를 소유한 듯한 추상적인 만족감을 주었다. 곳간의 문을 여는 마법의 주술, 자신만의 기호를 갖는다는 것은, 그렇다. 분명 자신의 왕국을 갖는 일이었다. 때문에 그의 치부책을 넘겨다본 사람은 거기에서 옛사람들의, 진흙판에 새겨진 설형 문자와도 같은, 해독할 수 없는 기호만을 발견할 수 있을 뿐이었다. 오랜 정독 후, 일견 무의미하고 무작위해 보이는 그것이 모종의 수열(數列)이며 나름대로의 규칙에 의해 기록

된 것임을 어렴풋이 짐작한다 해도 거기에서 완강한 함구와 거부 외에 다른 것을 알아낼 수 없을 것이다. 오직 그의 질서, 그와 대상 간의 비밀한 약속이었기 때문이었다.

바다는 먹빛으로 성큼 다가오고 일몰을 감지한 화톳불이 밝게 타올랐다. 차일 안에 들어앉은 어부의 아낙들은 생선 배를 갈라 밸을 훑어 뽑고 소금 뿌려 자반을 만들었다.

흙내 맡은 물고기들은 날빛이 죽어 치욕을 견디듯 조용히 누워 있었으나 대신 비늘은 어디서나 번쩍이며 묻어났다. 사내들의 긴 고무장화, 아가미를 찍어 올리는 쇠갈고리, 옷과 머리칼, 입, 귀에까지 달라붙어 움직일 때마다 은(銀)물을 입힌 듯 번쩍거렸다.

흠간 건 값이 안 나가. 곱게 다뤄.

선주는 소리쳤다. 소리 지르는 것 외에, 신명을 나타내는 다른 방법을 그는 알지 못했다. 선주의 아내는 한 김 푹 올린 순대를 썰어 국밥을 만들어 돌렸다.

바다로부터 불어오는 정월의 매운바람, 영등할미 미친 밤바람이 차일을 펄렁이며, 너울대는 불꽃을 자지러뜨렸다.

선다님네 홍두깨꽃 피어시다. 며느님 맞아 살림이 이는 것 보니 현도 어머이가 받을 복이 있는 사람인가 보외다.

배 들어올 때마다 생선 지스러기 따위를 얻으러 기웃거리는 이웃 노파가 이빨 없는 잇몸으로 호물거려 순대 껍질을 씹으며 덕담을 늘어놓았다. 잔치 치르던 해 첫 동력선을 사들였던 일을 떠올린 선주는, 딴은 그럴지도 모른다고 고개를 끄덕이며 며느리를 바라보았다.

며느리는 뒤집어놓은 무쇠 솥뚜껑에 기름을 두르고 적(炙)을 부치느라 얼굴이 벌겋게 달아 있었다. 덕석 깔고 돌아앉은 뒷몸이 실팍하고 어깨와 허리가 둥글었다. 해거름으로 사내아이 셋을 낳았어도 몸은 아직 꽉 찬 배춧속처럼 실하고 단단했다. 이삼 일 후, 며느리는 아이들과 함께 읍의 제 집으로 돌아갈 것이다. 그것은 또한 새벽같이 달려들어 물건 실어 가는 시장 소매상들과 품삯과 배당금을 받으러 오는 배꾼들의 발길이 끊어지고 빈틈없이 계산을 맞춘 그가 손금고를 채워 머리맡에 놓고 한숨 눈을 붙일 즈음으로, 비로소 '배 들이' 안팎 설거지가 끝나는 때이기도 했다. 아내와 부리는 아이만 남은 집에서 어망을 깁거나 대장장이를 불러 낡은 배를 수선하노라면 다시금 출어(出漁) 때가 가까워지고 배꾼들이 모여들기 시작하는 것이다. 간혹 스스로 그때까지 투전판과 술집에 잡혀 있는, 돈이 다급한 배꾼들을 헐한 조건으로 찾아 나서기도 했다.

그는 평생 배꾼으로, 서해(西海)의 흐린 물빛과 조류(潮流)가 만나는 곳의 격랑, 예측할 수 없는 날씨 속에서 자라고 살고 늙어왔다. 바다는 늙은 작부처럼 정 많고, 신산(辛酸)하고 변덕스러웠다. 고기 떼를 쫓아 먼바다를 돌 때 그는 종종 파종기의 농부처럼 허리 굽혀, 지나온 자취를 흔적 없이 지우며 밀리는 수천수만 이랑의 물굽이를 바라보곤 했다. 동짓달 손돌이 추위에 홍어잡이 배를 타고 이레를 가서 대청도(大靑島)에 닿으면, 겨울 바다의 차고 맑은 기류를 타고 멀리 중국 땅이 그림자처럼 거멓게 보였다. 먼 옛날, 나라에 죄를 입은 중국인이 소금배를 타고 바다 건너 도망질쳐온 곳이 해령(海嶺) 포구였고 결국 이곳에 주저앉아 진(陳)씨 성을 퍼뜨려 그의 조상이 되었다지만 그로서는 알 수 없는 일이었다. 그는 원래 이 고장 사람이 아니었다. 임오년 군란(軍亂)으로 군졸이었던 지아비를 잃은 그의 어머니가 의지할 곳을 구해 두 살 된 그를 업고 찾아든 지아비의 고향이었다.

북쪽으로 향해 서한만(西韓灣)을 넘어가면 압록강의 하류가 바다로 흘러드는 것을 볼 수 있었다. 강이 흘러드는 지역의 바다는 물빛이 달랐다. 조금 멀리서 보면 내륙으로부터 흐르는 물이 바다에 이르러 망설이고 주저하며 이윽고 체념한 듯 엷은 빛으로 풀려들어 뒤섞이는 것이 뚜렷이 구별되었다. 모든 강은 바다로 흐른다. 높은 산 혹은 깊은 골짜기 바위틈에서 발원(發源)한 맑은 물줄기가 여러 갈래의 지류로 갈려 제가끔 침식과 퇴적의 힘겨운 노고를 감내하며 낯선 들, 낯선 부락을 감아 돌아 마침내 바다에서 다시금 만난다는 것은 아직 퍽 젊었던 시절의 그에게는 커다란 놀라움이었고 하나의 각성이기도 했다.

그러나 그는 갑년(甲年)을 넘기면서부터 배를 타지 않았다. 지난해 일곱 척째의 동력선을 사들인 그는 어느새 부유하고 인색한 선주 영감으로 불리고 있었다.

평생 뱃사람으로, 만년에 이르러 뭍에 정착한 그는 인생에 대한 간단하고 명료한 하나의 정의를 내리고 있었다. 인생은 망망한 바다 위의 작은 배와도 같다! 그는 한 뼘의 땅도 사들이지 않았다. 재물은 물과 같이 언젠가는 새어 나가게 마련이라고, 의심 많은 사람들은 물꼬를 막듯 제방을 쌓듯 가장 든든하고 안전한 투자로 전답을 사들였으나, 산란기의 어미고기를 잡는 것은 어리석은 짓이라는 것을 어부라면 누구나 다 알고 있었다. 그들의 팽창한 알집이 더 이상 어쩔 도리 없어 벌어 저절로 씨를 흘리게 될 때까지, 그리고 그 씨들이 너른 바다를 그득 채우며 자랄 때까지 그물을 늦추고 기다려야 한다. 그가 아는 한 고리채를 놓는 것보다 더 확실한 씨 뿌림은 없었다. 그것을 자신만이 해독할 수 있는 기호로 낱낱이 기록할 때의 비밀한 기쁨 역시 비할 바 없었다.

배를 부리고 거두는 일은 필시 그의 대(代)에서 끝날 것이었다. 상업학교에서 주산과 부기, 암산법, 장부 정리법을 배운 맏아들은 철공장을 차리고 제금난 지 오래였다. 반도(半島)의 밖은 전쟁 중이었고 쇠붙이를 깎는 것은 시류(時流)를 탄 적절한 사업이었다.

바다는 언제나 누르고 탁한 물로 밀고 썰며, 어부들은 고기떼를 쫓아 배를 띄우겠지만 물질을 해보지 않은 아들은 결코 그를 알 수도 이해할 수도 없으리라. 그 자신 젊어 죽은 그의 아비를 모르듯. 생애는 그렇게 스러지고 묻히고 이윽고 보이지 않는 큰물에 흔적 없이 섞이어 흘러간다. 백두산 천지(天池)에서 흘러내린 물줄기를 지나(支那)의 바다에서 찾을 수 있는가. 나뭇가지 자르는 삭풍은 어느 춥고 먼 나라 봄꽃의 피어남으로부터 풀며 맺으며, 얼며 녹으며 불어불어 오는가.

화톳불이 잦아들자 누군가 벌건 잉걸불 위에 부서진 생선 궤짝을 던져 넣었다. 눈비 젖은 얇은 널 쪽에서 피식피식 흰 연기가 피어오르다가 휘어들며 한차례 기세 좋게 타올라 뿌옇게 언 공기를 녹였다. 갯바람이 불길을 휘어 감으며 너울댔다. 하마하마 판자 울을 적실 듯 바다가 들어와 있었다. 그것은 그가 피폐하고 기진한 젊은 어미 등에 업혀 처음으로 보았던 바로 그 바다일 것이다. 들물 때여서 소매 끝에 딸려 오르듯 부푼 바다 위로 둥실 떠오르는 보름의 둥근 달과 울안에서 떠나지 않고 불길을 희롱하며 회오리치는 바람에 그는 문득, 몸 가진 모든 것의 생성과 소멸의 원리, 지(地), 수(水), 화(火), 풍(風)의 끝없는 윤회와 인과를 바라보는 두려움을 느꼈다. 봉명아, 그는 부리는 아이를 소리쳐 불렀다. 마른 장작을 한 단 가져오랄 참이었다.

불길이 승하면 바람도 쫓겨 가려니.

누군가 큰 소리로 부르는 바람에 눈을 떴다. 꿈을 꾸었나. 부르는 소리는 더 이상 들리지 않고 밖으로부터 비쳐드는 불빛에 한지 바른 방문이 어른어른 흔들렸다. 때로 불빛은 문살을 통그러뜨릴 듯 벌겋게 물들이며 다가오기도 했다.

참, 여긴 할머니의 집이지. 저건 할머니의 나들이 옷이야.

횟대에 허옇게 걸린 옷에서 눈을 돌리며 현도는 중얼거렸다. 그러자 시커먼 두 짝의 벽장 문이 눈에 들어왔다. 소리 없이 벽장 문이 열리며 머리 풀어헤친 귀신이 나올 듯한 무섬증에 사타구니가 바짝 옹그라들었다. 밖에서는 두런대는 말소리, 저벅거리는 장화 소리와 물 쏟아붓는 소리, 그리고 숫돌에 칼 가는 소리까지 들려왔다. 갑자기 방문 가득 환하게 일렁이며 솟구치는 불빛에, 벽장 문 위에 붙은 부적의, 맞붙은 두 개의 대가리와 발셋 달린 새가 튀어나올 듯 드러났다. 옴마야, 현도는 이불을 머리 끝까지 뒤집어썼다.

할머니는 동짓날이나 정초가 되면 단골 만신집에 가서 공수를 받고 부적을 받아왔다.

할머니네 집에는 어디나 부적이 붙어 있었다. 대문 안쪽 귀퉁이에도, 문 지도리에도 안방 벽의 위쪽에도 그것은 봉인(封印)처럼 붙어 있었다. 부적을 왜 붙이느냐고 물었을 때 할머니는 서슴지 않고 대답했다. 고기 잘 잡히고 배 뜰 때 사나운 바람 재워주고 재수 좋고 인간의 삼재팔난을 막아달라고 붙이는 거란다. 할머니의 집을 지탱하고 있는 것은 기둥과 서까래가 아닌, 곳곳에 붙여진 부적인 듯, 그리고 그것은 이미 집 안에 물처럼 스며들어 보이지 않게 적셔가는 불길한 기운을 전력을 다해 막고 있는 듯싶기도 했다. 온갖 재앙과 환란은 마법의 병에 갇힌 악마처럼 부적에 의해 단단히 봉인된 것일까. 부적뿐만이 아니었다.

부엌에는 조왕신이, 변소에는 주당이, 광에는 열두 굿거리대감 옷이 담긴 열두 개의 소쿠리와 함께 짚주저리가 모셔져 있었다. 마른 짚을 동여 묶어 세운 주저리는 족제비 집으로, 그 안에 쌀이 담긴 뚝배기를 넣었다.

할머니의 집에는 족제비가 많았다. 생선 비린내 맡은 족제비들이 밤이면 제 천지인 양 돌아다닌다고 했지만 현도는 아직껏 본 적이 없었다.

업은 사람 눈에 띄지 않는단다. 집안이 안 되려면 업이 먼저 알고 나가는 법이다. 업이 보이는 것은 집안에 나쁜 일이 생길 징조야. 설혹 업을 보았다 해도 못 본 척해야 하고 더욱이 해쳐서는 안 된다. 그렇게 말하는 할머니도 망해 나가는 전 주인으로부터 이 집을 사서 짐을 들일 때 언뜻 보았을 뿐 이십 년이 지난 이제까지 업을 본 적이 없다고 했다. 업을 모시는 할머니의 태도는 외경스럽고 정성스러웠다. 업은 보이지 않음으로써 더욱더 확실한 존재로 지배하고 있는 듯했다. 너의 할머니는 반무당이다. 사(邪)들이가 여간 심해야지. 섬사람들은 미신이 유난하단다. 읍의 여학교를 나온 어머니는 섬에서 시집온 할머니를 향해 돌아서서 입을 비죽였다.

수고들 하셨시다. 국밥 좀 더 드시오.

남자처럼 걸걸한 할머니의 목소리에 현도는 이불 밖으로 슬며시 얼굴을 내밀었다. 방문 밖의 불빛은 사그라들었어도 그사이 어둠에 눈이 익어 자고 있는 명도와 승도, 그리고 어린아이에게 젖을 물린 채 잠들어 있는 고모가 번히 보였다. 고모의 풀어헤친 가슴팍에 매달린 계집애는 잠결에 문득문득 젖을 빨고, 그때마다 늘 눈물에 젖은 듯 짓무른 고모의 눈시울이 푸르르 떨었다. 얼굴이 까맣게 쪼그라든 고모는 가슴팍만 희고 부둥부둥했다. 어린 계집애는 언제나 그 가슴팍에 시커먼 머리를 박고 억척스레 젖을 빨았다. 재수뎅이, 육손이. 현도는 할머니의 말을 흉내 내어 중얼거렸다. 할머니뿐만 아니었다. 집안 사람들은 누구나 다 그렇게 말했다. 계집애는 육손이였다. 열아홉 살에 목상(木商) 일을 하는 관북 사람—집안에서는 회령아바이라고 부르는—에게 시집간 고모는 일 년이 채 못 되어 육손이를 낳고 소박데기가 되었다. 계집애는 유난히 머리숱이 좋았다. 한 달이면 보름은 항의 할머니 집에 와서 울고 지내는 고모의 등에는 늘 머리털 시커먼 계집애가 달려 있었고, 청승맞게 계집애 머리숱이 어찌 이리 실할꼬, 할머니는 미움이 가득한 눈으로 계집애를 흘겨보며 머리채를 쥐어 흔들곤 했다. 현도는 무릎걸음으로 기어 명도와 승도를 건너 찍찍 쥐울음 소리를 내며 젖을 빨고 있는 계집애를 물끄러미 들여다보았다. 고모의 한쪽 가슴에 얹힌 조그만 손의 엄지손가락 옆에 아기 잠지처럼 물렁하고 힘없이 덧달린 손가락을 가만히 건드려보았다.

배가 쌀쌀 아프고 뒤가 무지근했다. 어젯밤에도 그랬다. 그러나 뒤꼍 후미진 구석에 있는 변소를 생각하면, 안 될 일이었다.

몇 차례 방귀만 뀌어대며 엉덩이를 잔뜩 움츠리다가 현도는 더이상 참을 수 없어 방문을 열었다. 찬바람이 쏴 몰려들었다. 일은 거의 끝난 모양인지 화톳불은 빨갛게 불씨만 남겨 사그라들고 차일도 걷혔다.

저 아이새끼 왜 나완? 치운데 문 닫아라. 순대 썰어주랴?

할머니가 싱긋 웃으며 말했다.

똥 마려워.

밤똥 누는 버릇이 생겨 큰일이에요.

부엌에서 더운물 함지를 들고 나오던 어머니가 돌아보지도 않고 대답했다.

야아, 봉명아, 현도 데리고 뒷간 가거라.

할머니가 소리쳤다. 할아버지는 마당에서 홍어회를 뜨고 있었다.

봉명이가 툴툴대며 앞장서서 뒤꼍으로 돌아갔다. 열두 대감과 족제비를 모신 광 앞을 지나갈 때 현도는 저절로 숨이 죽여졌다. 둥근 보름달이 찬 빛을 뿜고, 창백하게 얼어붙은 땅 위로, 해풍에 절어 열매 맺지 못하는 늙은 돌배나무의 가지들이 비죽비죽 그림자를 드리우고 있었다.

어서 눠라, 추워 죽겠다.

뒷간 문을 열어주고 봉명이는 짐짓 코를 싸쥐는 시늉을 하며 멀찌감치 물러섰다. 뒷간 문을 활짝 열어놓은 채 쭈그리고 앉아 현도는 늙은 배나무를 올려다보았다. 나무는 무섭지도 않은가,

춥지도 않은가. 무엇이든 오래된 것에는 신(神)이 붙게 마련이라는 할머니 말대로 이 나무에도 오랜 세월의 풍상이 만든 신령한 기운이 있는 것일까. 그때 현도는 훤한 달빛 아래 무언가 작고 재빠른 움직임이 마당을 질러 살같이 사라지는 것을 보았다.

봉명아아,

현도는 털썩 주저앉을 듯 목 질린 소리를 내질렀다.

왜 그러냐, 나 여기 있대두. 다 넜거든 빨리 나와.

광에 매달아놓은 굴비 두름에서 굴비 눈알을 후벼 파먹으며 봉명이 성가시다는 듯 비죽 고개를 내밀었다.

비석거리는 학교와 집의 꼭 중간 지점이었다. 학교가 파하자마자 교문에서부터 달려 단숨에 이곳에 이르러서는 자신도 모르게 한숨이 쉬어지고 저절로 발길이 멈춰지는 까닭을 현도는 알 수 없었다. 학교가 끝나는 대로 곧장 와야지 거리에서 어슬렁거리면 안 된다는 어머니의 으름장도 시시하게 만드는 비밀한 기대는 무엇인가.

역과 우체국, 조합, 주재소가 있는 비석거리는 일본인 상점과 집들이 늘어선 읍의 중심지이기도 하여 매일 크고 작은 일들이 벌어지게 마련이었다. 학교에서 돌아오는 길에 한 차례씩 어슬렁거려도 구경거리는 얼마든지 많았다.

일본인들이 들어와 건물을 짓기 전에는 큰 장터였던 이곳에는 각각 역(驛)과 해령항, 개성, 신의주까지 이어진다는 네 갈래

길이 넓게 나 있었고 그중 역으로 뻗은 길모퉁이에 조그만 비석이 하나 서 있었다. 울타리도 비각도 없이 초라하게 방치된 비석은 원래는 짙은 회색이었는데 세월이 돌의 빛도 바래는가, 마모되어 곰보 자국처럼 패인 흔적만 남았을 뿐 판독할 수 없는 비문의 글자 때문에 거의 허옇게 보였다.

아주 먼 옛날 어느 해 나라에 큰 난리와 모진 가뭄이 겹쳐 들었지. 초근목피(草根木皮)로 연명해가던 사람들은 마침내 제 새끼까지 잡아먹는 금수로 변해버렸단다. 사내들은 난적(亂賊)과 도적이 되고 계집애들은 두만강 넘어온 호적 떼에게 정조를 파는 유녀(遊女)가 되었더란다.

기우제를 지내도 비는 오지 않고 지방(紙榜)을 태워 제사를 올려도 난리는 가라앉지 않았을뿐더러 갈수록 사람들의 마음은 완악해지기만 했지. 결국 달거리 하기 전 정결한 여자아이의 머리칼을 자르고 사내들의 상투를 잘라 땅에 묻고 제사를 지냈지. 그때에는 머리칼을 잃는 것은 목숨을 잃는 것보다 더 큰일이었단다. 그런 후 신통하게도 난리가 끝나고 비가 내렸다지 뭐냐. 그래서 사람들은 제사 지낸 자리에 비석을 세웠지.

늙은이들은 아이들에게 말했다.

그러나 그것은 단지 전해져 내려오는 이야기뿐일 수도, 훗날 세태를 개탄한 누군가가 교훈과 계도의 뜻으로 지어낸 것일 수도 있다. 비문을 읽을 수 있었던 사람은 모두 오래전에 죽어버렸고 가득 새겨진 잔글씨들은 어떤 작은 실마리, 짐작의 여지를 보임이 없이 완벽하게 마모되어버렸으므로.

사람들은 비석의 유래나 내용, 더욱이 그것이 속죄의 뜻으로 세워진 것인지 혹은 기림의 뜻으로 세워진 것인지를 알지 못하는 채, 전해 내려오는 대로 불망비(不忘碑)라고 불렀고 그 부근을 비석거리라 불렀다. 그러나 그러한 연원에도 불구하고 비석거리라는 친근하고 습관적인 부름과, 네거리 귀퉁이에 뜻 없듯이 서 있는 초라한 비석과의 연계를 떠올리기란 용이한 일이 아니었다. 사람들이 모여 취락을 이룬 이래 최대의 번화가가 된 이 거리와, 이 거리를 살아가는 인간의 삶과 비석은 어떤 끈으로 맺어져 있단 말인가. 어느 차가운 겨울 아침, 비석에 기대어 얼어 죽은 거지를 보았을 때, 혹은 어쩌다 저무는 날 비석 위에서 말타기 놀이를 하던 한 떼의 아이들이 제각기 흩어져 집으로 돌아가는 것을 볼 때 사람들은 그들 역시 비석 주위에서 보낸 어린 한 시절을 기억하고 그때보다 훨씬 작고 볼품없는 모습이긴 하지만 아직도 그곳에 비석이 있다는 사실에 문득 아, 그랬었지,라고 중얼거리게 되는 것이다. 그때 가슴을 적시며 지나가는 불가해함, 더 높은 질서에의 순응 따위가 결코 유년기를 향한 가슴 에임, 쓸쓸함만은 아니라고 속삭이는 것은 비석이 견디어낸 긴 시간이 획득한 공간성, 추상성이 아니었는지.

비석 주위는 언제나 유난히 햇빛이 밝았다. 더욱이 봄이었다. 지난 늦가을부터 보이지 않던 모녀 거지가 비석 앞에 나앉아 있는 것을 보아도 봄인 것을 알 수 있었다. 어미는 까치둥지처럼

헝클린 어린 딸의 머리칼을 헤쳐 이를 잡아주고 있었다. 지난겨
울을 얼어 죽지 않고 용케 견디어낸 모양이었다. 그 옆에는 참
빗과 얼레빗 따위를 펼쳐놓고 앉은 빗장수 늙은이가 봄볕에 까
무룩이 졸고 있었다. 역시 비석 주위에서 신을 깁던, 늙은 노서
아인 신기료 장수는 보이지 않았다. 지난 늦가을까지도 그는 실
밥이 풀어진 낡고 두꺼운 루바시카를 입고 앉아 헌 구두에 가죽
을 오려 깁고 징을 박았었다.

겨울 동안에 어디론가 멀리 떠나가버린 것일까.

항의 할머니 집에서 살았던 아주 어릴 때, 현도는 읍에 가는
어머니를 따라 나왔다가 처음으로 백계 노서아인들을 보았다.
아마 이 네거리쯤이었을 것이다. 늙은 남자와 노파, 젊은 처녀
와 어린 두 사내아이로, 한 가족인 듯한 그들은 모두 얼굴이 분
바른 듯 희었고 이상한 옷을 입고 있었다. 늙은이는 바이올린을
켜고 젊은 여자는 한 손에 얼룩덜룩한 옷가지를, 다른 한 손에
는 화장품이 든 바구니를 들고 둘러선 구경꾼들 앞에 일일이 멈
춰 서서 그것을 내밀었다. 사람들은 머쓱하게 웃고 손을 내저으
며 한 걸음씩 물러섰다. 아이들은 시종 말없이 늙은 노파 곁에
붙박인 듯 서서 물끄러미 구경꾼들을 바라보고 있었다. 어머니
는 멈칫거리며 손을 내밀어 바구니 속의 납작한 갑을 하나 집어
들었다. 그리고는 돈을 치르고 재빨리 현도의 팔을 당겨 구경꾼
들 사이를 빠져나왔다.

저 사람들은 누구지? 집이 어디야?

불망비(不忘碑)   211

그들 곁에 놓여 있던 낡고 큰 트렁크를 떠올리며 현도가 묻자 어머니는 대답했다.

집은 없어. 여관잠을 잔단다. 왜 집이 없어? 고향을 떠났거든. 여기서도 곧 떠나겠지. 아주 먼 곳에서부터 왔단다. 제 나라를 떠나 시베리아로 만주로 그리고 여기까지 흘러들어 온 거야. 아마 죽을 때까지 떠돌아다니겠지. 고향을 떠난 사람은 한곳에 자리 잡고 머물지 못해. 그곳이 자기가 죽을 데라는 생각을 할 수 없기 때문이야.

어머니의 말이 왜 그렇게 슬펐을까. 흘러 다니다니. 사람이 집도 없이 단지 물처럼 낯선 곳으로 흘러 다닌단 말인가.

그때의 광경은 이상하게도 선연히 남아 있다. 그 후 어쩌다 읍에 나올 때나, 아주 나와 살게 된 후에나 현도는 그들 가족을 본 적이 없었다. 그들뿐만이 아니었다. 드문드문 눈에 띄던 백계 노서아인들은 어느 때부터인가 정말 흘러가버린 듯 이 고장에서 모습을 감추었다.

현도는 비석을 잡고 껑충 뛰어올라가 위에 걸터앉았다. 비석은 현도의 키보다 훨씬 높았으나 올라앉는 일은 어렵지 않았다. 현도의 발이 머리 위에서 발장단을 치며 흙을 털어내고 있었지만 이 잡는 일에 정신 팔린 어미 거지는 아무것도 모르는 성싶었다.

비석 위에 올라앉으니 키가 훨씬 자란 듯 거리의 풍경이 잘 보였다.

부옇게 흙먼지 이는 봄바람 속을 인력거꾼이 달려갔다. 유리 초롱을 양 끝에 단 긴 막대를 어깨에 멘 청국인이 엉덩이를 씰룩이며 네거리를 질러갔다.

유리 초롱 안에는 갈잎으로 싼 팥떡이 들어 있을 것이다. 조무래기들이 서넛, 그 뒤를 따라가고 있었다. 내리닫이 긴 옷 위로 비죽비죽 솟는 한쪽 엉덩이에 흙을 뿌리고 달아나며 소리쳤다.

청국놈아, 되놈아, 엉덩이를 내밀어라 뿡뿡뿡.

현도는 발장단을 치며 따라 불렀다. 청국놈아, 되놈아, 엉덩이를 내밀어라.

청국인들은 소를 넣지 않은 밀가루빵에 날파를 곁들여 먹었다. 성 밖에서 채마밭을 일구고 돼지를 기르며 사는 그들은 십 리 떨어진 항에도 손수레를 끌고 야채를 팔러 왔다. 되놈들은 이를 잡아 이빨로 터뜨려 죽이고 옷을 한번 지으면 빨아 입는 법이 없지. 더러워지면 벗어서 팔아버린단다. 그러면 그걸 산 사람은 더 이상 입을 수 없을 만큼 더러워지면 더 가난한 사람에게 그대로 팔지. 할머니는 그들이 입고 있는 옷을 손가락질했다. 그래서인지 청국인들이 입고 있는 옷은 대개 반들반들하게 길이 들어 있는 듯 보이기도 했다. 지금 지나가는 전병장수 청국인이 입고 있는 때 전 옷도 본래는 금박 입힌 대문 안에 살던, 북경의 부자 왕대인(王大人)의 것인지도 모른다.

어제 현도는 이곳에서 칼 찬 순사에게 매를 맞으며 개처럼 끌려가는 청국인 늙은이를 보았다. 아편쟁이로, 상점에서 물건을 훔치다가 잡혔다고 했다. 덜미를 잡혀 끌려가는 그는 코피 흐르는 얼굴을 손등으로 비비고 연신 순사를 향해 고개를 굽실대며 애원했다. 새파랗게 젊은 순사는 더러운 놈,이라고 소리치며 채찍으로 얼굴을 후려쳤다. 그 뒤를 어른과 아이 들이 줄레줄레 따라갔다. 현도는 아편쟁이 늙은이가 길 건너 주재소 건물 안으로 들어가지 않으려 막무가내로 버티다가 끌려들어가는 것까지 눈도 깜박이지 않고 바라보았다. 주재소의 지하실에서는 언제나 무시무시한 일이 벌어진다고 했다. 아이들이 주재소를 가리키며 숨가쁘게 엮어대는 것만도, 손가락 사이에 연필 넣어 비틀기, 똥구멍으로 장대를 넣어 입으로 빼기, 거꾸로 매달고 코로 고춧가루 물 붓기, 손톱 발톱 빼기 등 헤아릴 수 없었다. 또한 밤이면 용수 씌운 죄수들을 역으로 끌고 간다고도 했다. 실지로 똑똑하기로 소문난, 일본에서 대학을 다니던던 을모네 형이 밤마다 초혼(招魂)하듯 허옇게 지붕 위에 올라앉는 것은 주재소에서 모진 고문을 받아 실성한 때문이라지 않던가. 어머니는 어린 명도가 울 때면 칼 찬 순사가 온다고 쉬잇, 입을 막았다. 현도가 어릴 때도 그랬다. 순사가 온다는 말만 들으면 숨넘어가던 울음도 딱 멎곤 했었다.

선생님은, 일본과 조선은 한 나라라고 말했지만 그렇지 않다는 것을 현도는 알고 있었다. 할머니가 들려주는 옛날이야기 속에 일본인은 등장하지 않았다.

간혹 사람들이 나라 잃은 백성이라고 자조하듯 내뱉을 때 현도의 머리에 떠오르는 '우리나라'라는 것은 타버린 잿더미, 희미하게 일렁이는 물그림자, 혹은 옛이야기 속에 살아 있는 사람들의 모습이었다. 집 안에서는 누구도 그러한 얘기를 입에 올리지 않았다.

애들이 뭘 안다고 그러니. 애들은 몰라도 된다.

어른들은 걸핏하면 아이들에게 퉁박을 주며 호통쳐 내쫓았다.

현도는 비석에서 펄쩍 뛰어내렸다. 신짱의 집에 들러보라는 선생님의 말이 비로소 생각났던 탓도 있지만 그보다도 비석거리에 별달리 재미있는 구경거리가 생길 조짐이 보이지 않아 심심해지기 시작했던 것이다.

신짱의 집은 비석거리 뒤쪽, 단층의 목조집들이 모여 있는 일본인 동네에 있었다.

신짱은 현도의 짝으로 사흘째 결석이었다.

신짱의 집 대문 초인종을 누르자 몸뻬 위에 어깨 달린 앞치마를 입고 물 묻은 손으로 나온 신짱의 어머니는 전에 두어 차례 놀러온 적이 있는 현도를 곧 알아보았다.

아, 진(陳)상.

선생님이 가보라고 하셨어요.

현도는 꾸벅 고개를 숙였다.

잘 왔어요. 들어와, 신짱은 많이 아파.

대문을 열고 두 개의 디딤돌을 건너면 곧 현관이었다. 좁고 어두운 복도를 지나 앞서가던 신짱의 어머니가 미닫이를 열었다.

신짱은 누워 있었다.

신짱은 조금 전에 약을 먹고 잠이 들었어. 하지만 곧 깰 거예요.

방문턱에서 멈칫거리는 현도를 들이밀 듯 막아서며 신짱의 어머니는 길고 선이 뚜렷한, 푸른 기가 도는 입술로 거듭 말했다. 아무렇게나 틀어 올린 머리와 윤기 없는 누런 얼굴은 아무리 해도 아름답다거나 젊다는 느낌이 들지 않았다. 홑치마 입고, 밑씻개도 쓸 줄 모르는 더러운 왜년들, 그러면서도 깨끗한 척은 혼자 하지. 어머니는 걸핏하면 코를 싸쥐고 종종걸음 치는 일본 여자들을 흥보곤 했었다. 현도는 미닫이문 밖에 가방을 내려놓고 방으로 들어갔다.

밖에서 들어온 현도는 속옷에 땀이 축축이 배어드는데도 신짱의 방에는 질화로가 피워져 있고 그 위에 주전자가 김을 내며 끓고 있었다. 공기는 무덥고 습기가 가득했다.

신짱은 늘 진상이 친절하게 대해주는 단 하나의 친구라고 말해요. 앞으로도 우리 신짱을 잘 돌봐줘요.

신짱의 어머니가 배를 깎아 접시에 담으며 말했다. 현도는 왠지 목덜미가 뻣뻣해지는 거북함에 손가락으로 공연히 다다미 바닥만 문질렀다.

신짱은 오래 자지 못해요. 곧 일어날 테니 앉아 있어요. 진상을 보면 얼마나 반가워할까. 며칠 동안 누워 지내자니 여간 답답해하지 않아요.

신짱의 어머니가 방을 나가자 현도는 비로소 다리를 뻗고 앉으며 잠든 신짱을 바라보았다. 베개 위에 얹힌 머리만 커다랄 뿐 담요에 덮인 몸은 어린아이처럼 조그마했다. 신짱은 꼽추였다. 커다란 머리통을 무거운 듯 기우뚱 기울이고 걸어가는 신짱은 야위고 어린 낙타처럼 보이곤 했다.

　신짱은 정말 자고 있는 것일까. 숨소리도 내지 않고 누워 있는 신짱의 낯빛은 창백하고 움푹 꺼진 눈자위에 파랗게 핏줄이 어려 있었다. 그의 말대로 현도는 단 하나의 친구였다. 한 반에 서너 명씩 섞여 있는 같은 일본 아이들은 똘똘 뭉친 저희 패거리에 신짱을 끼워주지 않았다. 단지 그가 꼽추이기 때문만은 아니었다. 일본인들이 죽으면 검은 옷을 입고 불려와 망자의 혼을 천도하고 돈을 받아가는 그의 늙은 아버지 때문이었다. 그의 단단하고 둥글게 튀어나온 등 뒤에는 언제나 그의 늙은 아버지가 박쥐처럼 검은 옷을 펄럭이며 어른대고 있었다. 조선 아이들은 신짱을 가리켜 왜무당집 아이라고 불렀다.

　신짱은 말이 없고 계집애처럼 온순한 아이였다. 무슨 일에든 현도의 뜻을 따랐고 비위를 거스르지 않으려 애썼다. 현도 편으로 볼 때 신짱에 대한 감정은 우정이라기보다 승리감이었다. 처음으로 가깝게 접한 이민족에 대한 호기심과 그의 속에서 싹트는—세상의 모든 사내들이 지니게 마련인—떠남과 낯선 나라에의 동경, 그리고 어린아이다운 부드러운 마음과 이미 자라기 시작한 폭력과 지배의 욕망을 적절히 만족시킬 수 있는 대상이었다.

신짱은 그를 안전하고 확실한 피난처로 여기고 있음에 틀림없었다. 처음 이 집에 왔을 때 신짱은 밖에서 들리는 어머니의 기척을 살피며 소리 죽여 소곤거렸다. 나는 원래 명을 짧게 타고나서 일찍 죽을 거래. 그래서 내 이름을 붙인 인형을 만들어 모셔놓고 명을 빌어.

곧 깨어나리라던 신짱의 잠은 길었다. 현도가 한 접시의 배를 다 먹고도 한참 지나도록 눈을 뜨지 않았다.

잠을 깨워볼 작정으로 현도는 무릎걸음으로 다가앉아, 담요 밖으로 가냘프게 빠져나온 손을 잡았다. 따뜻하고 축축했다. 현도는 저도 모르게 그 손을 입술에 갖다 대었다. 오랫동안 입안에 남아 있던, 겨울 지난 배의 메마르고 떫은 맛은, 신열의 향기로움 속에 사라졌다. 현도는 잠을 깨워보려던 생각을 잊고 그 손의 온기에 이끌려 무언가 한없는 부드러움, 한없는 고즈넉함 속에 빠져들어 갔다. 그것은 어쩌면 무구하고 깊은 신짱의 잠이었을까.

시잇, 시잇, 주전자의 김 오르는 소리만 들릴 뿐 방 안은 조용했다. 부엌 쪽에서 들려오던 물소리도 어느 사이엔가 그쳤다.

갑작스레 감지된 정적에 놀라 현도는 신짱의 손을 놓고 물러앉으며 뒤를 돌아보았다. 윗방으로 통하는 장지문이 틈 없이 닫혀 있을 뿐 고요했다. 가득 찼던 사람들이 불시에 어디론가 자취 없이 사라져버린 듯한 섬뜩하고 기이한 고요함이었다.

현도는 잠든 신짱의 얼굴을 한 번 바라보고는 살그머니 윗방 장지문을 열었다. 흰 회벽과, 푸른빛이 채 가시지 않은, 풀냄새가 풍길 듯한 새 다다미가 깔려 더욱 썰렁한 넓은 방은 텅 빈 채 귀퉁이에 몇 개의 방석이 포개져 쌓여 있었다.

현도는 어쩌겠다는 작정도 없이, 단지 엿보는 눈에 대한 경계로 손을 떨며 빈방의 구석구석을 샅샅이 살폈다. 두방망이질하는 가슴을 누르고 껌껌한 벽장문을 열었다가 살며시 닫았다. 그리고 방을 가로질러, 복도로 나 있는 미닫이를 열었다. 침침한 복도의 끝으로부터 나프탈렌 냄새가 엷게 풍겨왔다. 복도를 꺾어 들어간 끝머리, 변소의 맞은편에 골방이 있는 것을 현도는 알고 있었다. 처음 이 집에 놀러온 현도가 낯선 집에 대한 호기심으로 복도 안쪽을 기웃거리자 신짱이, 거긴 안 돼, 신위(神位)를 모신 곳이야, 라고 제지했던 것이다.

집 안에 잠든 신짱 외에는 아무도 없다는 것을 확신하면서도 현도는 발소리를 죽여 골방 앞으로 다가갔다. 미닫이는 소리 없이 열렸다. 한 뼘만큼 열린 문으로 현도는 안을 들여다보았다. 마주 바라보이는 곳에 궤연(几筵)이 놓였고 그 안에는 붉은 꽃이 꽂힌 화병과 작고 검은 상자, 그리고 나무로 깎은 동자 인형이 놓여 있었다. 일본인들이 많이 입는 남색과 붉은색, 흰색의 무늬가 든 천으로 옷을 해 입힌 동자는 하얗게 분칠한 얼굴에 눈이 길고 검으며 입술은 선홍으로 붉었다. 가면과 같은 얼굴은 웃는 형상이었다. 저것이 신짱의 인형인가. 좀더 자세히 보기 위해 문을 밀고 한 발을 들여놓던 현도는 뒤로 물러섰다. 문 쪽의 벽에 붙어 앉아 있는 사람을 보았던 것이다. 등을 곧추세우고 가부좌를 틀고 앉은 노인은 수염과 머리가 새하얗다. 웃옷의 검은빛만이 선명하여 자태는 마치 흰 벽에 그려진 그림처럼 정일하였다. 그는 등 뒤의 기척을 전혀 모르는 듯했다.

뒷걸음질 쳐 복도를 빠져나오는 현도의 귀에 다급한 사이렌 소리가 잇달아 울렸다. 이즘 들어 부쩍 잦아진 공습 경보에 익숙해 있었지만 현도는 이게 무슨 소리일까, 꿈꾸듯 몽롱히 중얼거렸다. 조금 전까지의, 핏줄이 터질 듯하던 긴장과 떨림은 거짓말처럼 사라졌다. 현도는 신짱의 방 앞을 지나쳐 복도의 끝까지 탈진한 걸음으로 허청허청 걸어갔다. 유리문을 열자 봄꽃이 가득 핀 꽃밭이 느닷없이 나타났다.

현도는 유리문에 기대어 서서 봄볕 화창한 꽃밭을 내려다보다가 고개를 젖혔다. 까맣게 높이 뜬 비행기가 조그만 쇠붙이 조각처럼 반짝반짝 빛나고 있었다. 머리가 깨어지게 다급히 경보를 울리는 땅 위의 소란에는 도시 당치 않은 무심하고 고요한 풍경이었다. 신짱의 어머니는 어디로 간 것일까. 여기가 정말 신짱의 집인가. 현도는 멍청히 생각했다. 눈이 시도록 하늘을 올려다보고 있는 사이 비행기는 사라지고 공습 해제 사이렌이 한 차례 길게 울렸다.

방문 안쪽에서 잠을 깬 신짱이 어머니를 찾는 소리가 들려왔지만 현도는 책가방을 들고 기척 없이 현관을 빠져나왔다.

공습 대피가 끝난 어수선한 거리에 한 떼의 젊은이들이 흰 띠를 머리에 두르고 일장기를 흔들며 역을 향해 행진해가고 있었다. 씩씩하게 싸워 이기고 돌아오겠노라는 합창과 붉은 동그라미의 어지러운 물결을 에워싸고 흰옷 입은 늙은이와 여자 들이 울며 따라갔다.

기차를 타고, 다시 배를 타고 멀리 남방(南方)의 전장으로 나가는 사람들이었다. 젊은 여자들은 '야자수 그늘 아래 팔 베고 누운 님, 이 마음 노을 되어 붉게붉게 타오르네' 따위의 애조 띤 유행가를 부르고, 또한 어머니들은 징발되어 나가는 살림집기가 아까워 땅속에 감추느라 애를 태웠지만, 아이들에게는 학교 선생님을 통해 듣는 남방의 승전보란 무진장한 고무와 원목, 다디단 설탕가루가 눈처럼 쌓인 정경을 약속하는 것이었다.

현도는 하루에도 몇 차례씩, 아낙네들이 헝겊에 한 바늘씩 떠 주기를 청하여 집에 찾아오는 것을 보았다. 비석거리에서도 행인에게 헝겊을 내미는 여자들을 보는 것은 흔한 일이었다. 그러나 한 사람이 한 땀씩 천 바늘을 누벼준 '센닌바리'를 지니고 떠난 싸전집 아들도 죽지 않았던가.

일본의 군수 공장에서 일한다는 삼촌도 역에서 기차에 실려 떠났다. 세 해 전에 떠났지만 현도의 기억 속에 떠오르는 것은 그보다 훨씬 전에 찍은 것이라는, 앨범 속의 사진이었다. 학생복 차림의 삼촌은 눈썹이 짙고 얼굴이 둥글었다. 언젠가 다니러 온 외삼촌이 동생 명도를 보고 깜짝 놀란 얼굴로, 이제 보니 야가 주환이 꼭 닮았네, 했을 때, 어머니는 낯빛이 달라지며 쌀쌀한 대꾸로 말을 막았었다. 어딜 삼촌 닮았소, 제 아버지 빼다 박았지. 삼촌은 병원에서 나오자마자 보국대로 끌려갔다고 했다. 퍽 어릴 때의 일이어서 무슨 병을 앓았는지 현도로서는 알 수 없는 일이었다. 오래 병원에 있었다니 대단히 아팠나 보다 생각할 뿐이었다. 할머니는 속앓이가 있어 식사 때마다 반주를 들었다. 삼촌 때문에 얻은 화병이라고 했다. 지난 정월 명절, 향의 집에 갔을 때 제사 물림상에서 반주가 과해진 할머니가 자식이 웬수구나, 북해도 탄광으로 가지 않은 것만도 천행이지, 하는 말을 되풀이하며 울던 것을 보아도 그것은 사실일 것이다. 집안에서 삼촌의 얘기는 좀체 화제에 오르지 않았다. 현도에게 있어서 삼촌의 존재란 귓결에 흘려들은 친척들의 수군거림이 만들어준 희미한 인상일 수밖에 없었다. 삼촌의 존재에 대한 침묵은, 아이들은 알 수 없는 어른들 세계의 묵계이며 그것은 또한 결코 떳떳하거나 밝은 성질의 것이 아님을 현도는 어렴풋이 느끼고 있었다.

징병 가는 사람들이 연일 일장기를 흔들며 기차에 실려 갔고 학교에서는 아침 조회 때마다 성전(聖戰)의 전몰자들을 위한 묵념을 올렸다. 비행기는 솔개처럼 까맣게 높이 떠서 빙빙 돌았고 그때마다 공습경보가 귀청을 찢었다. 그래도 아버지 공장에서는 여전히 선반기를 돌려 배의 부속품과 도급받은 대포알을 깎았다.

222

봄의 짧은 해가 어느새 설핏 기울었다. 배가 고프고 오줌도 마려웠다. 집으로 가기 위해 달음박질을 쳤다.

여름 방학은 일찍 시작되었다. 여름 들어 비행기는 더욱 자주 떴다. 위협적으로 잠깐씩 나타나던 전과는 달리 낮게 떠서 오래 빙빙 돌다가 유유히 사라져버리곤 했다. 이른 새벽 마당에 나가면 간혹 4절로 접힌 종이쪽지가 떨어져 있기도 했다. 등사판으로 민, 전쟁의 패보와 일본은 곧 항복할 것이며 우리는 잃은 나라를 다시 찾게 될 것이니 동포들이여, 그때까지 참고 견디자는 내용이 적힌 유인물이었다.

일본이 그리 쉽게 무너질까.

아버지는 믿기지 않는 얼굴로 중얼거리며 그것을 불에 태우곤 했다.

공습 대피가 잦아지자 현도와 다섯 살짜리 승도는 항의 할머니 집으로 옮겨 갔다.

세상은 소란스러워도 물때 맞아 바다로 나간 배들은 어김없이 고기를 실어왔다.

도미, 민어, 준치 따위 생선들이 얼음 채운 궤짝에 담겨 실려 나간 후에도 비린내 맡은 쉬파리 떼는 벌 끓듯 맴돌며 궂은 자리마다 쉬를 슬었다.

점심 먹은 후 마루에 누워 잠이 들었던 현도는 저녁나절이 다 되어서야 일어났다. 승도는 그때까지 물 담긴 함지 속에 발가벗고 들어앉아 물장구를 치며 놀았다. 하늘과 바다가 노을빛으로 벌겋고 해가 불붙듯 바다로 숨어들었다. 땀을 흘리며 잔 탓에, 집 안에 언제나 배어 있는 비린내가 끈끈하게 감겼다. 해가 지고 바다로부터 가끔 바람이 불어왔지만 더위는 식지 않았다. 지금이 아침인가, 저녁인가. 잠을 깨고도 현도는 한동안 놀 붉은 바다를 바라보며 우두커니 마루 위에 앉아 있었다. 뒤채 봉명이의 방에서는 유행가 소리가 늘어지게 들려왔다. 또 지그시 눈 감고 누워 발장단을 맞추고 있는 것이리라. 열여섯 살 봉명이는 할아버지만 집에 없으면 종일 제 방에 틀어박혀 축음기를 틀거나 쪽거울에 얼굴 들이대고 여드름을 짜댄다는 것을 현도는 알고 있었다. 봉명아. 이 아이새끼, 광대가 될래, 딴따라가 될래, 하는 할머니의 고함 소리만 아니라면 축음기는 밤새도록 돌아갈 것이다. 땅거미가 짙어지고 있었지만 현도는 툇마루 구석에 놓아둔 딱지를 들고 집을 나왔다. 현도가 항에 올 때마다 얼려 노는 동갑내기 친구 순재의 집에 가려는 것이다. 순재의 아버지는 늙은 배꾼으로 가끔 할아버지의 중선을 타기도 했지만 할머니는 예수꾼이라는 이유로 그를 달가워하지 않았다.

순재의 집 일각 대문은 안으로 걸려 있었다. 안방 쪽에 불빛이 비치는데 몇 차례 불러도 대답이 없었다.

현도는 담을 돌아 텃밭으로 갔다.

텃밭 울타리가 바로 순재의 집 뒤 울안으로 터져 있었던 것이다.

마루 아래 봉당에는 신발들이 가득 놓여 있었다. 그런데도 방 안에서는 한 사람의 목소리만이 들려왔다. 해방이니 민족이니 자주권이니 하는 말들이 한껏 낮으나 강한 어조 속에 간간 섞여 들곤 했다. 현도는 되돌아가려고 몇 걸음 옮겨놓다가 돌아서서 순재를 불렀다.

왠지 와서는 안 될 곳에 온 듯한 위축감으로 현도의 목소리가 졸아들었다.

방문이 열리고 불빛이 마당에 길게 드리워졌다. 누구냐. 귀에 선 목소리가 물었다. 순재 친구예요. 현도는 우물우물 대답했다. 내 친구 현도예요. 순재가 방문턱에 얼굴을 내밀었다. 저 건너 선주 영감네 손자요. 늙은 배꾼도 말했다. 언제부터 거기 있었느냐. 잠시 후 처음의 목소리가 다시 물었다. 조금 전에 왔어요. 누가 또 있니? 아니, 저 혼자뿐이에요. 이리 온. 얼굴은 보이지 않고 목소리만으로 묻던 그는 현도가 봉당 위로 올라서자 비로소 방문 밖으로 고개를 내밀었다. 깜짝 놀라게 젊은 얼굴에 눈이 부리부리했다. 짧게 깎은 머리털이 검고 곧게 일어나 있었다. 내가 묻는 말에 대답할 수 있겠니? 그가 현도의 눈을 똑바로 쏘아보았다. 그 찌르는 듯한 눈빛이 그대로 가슴에 와 박혀 현도는 대답을 못 한 채 고개만 끄덕였다.

몇 살이냐. 그가 눈빛을 늦추지 않고 나직이 물었다. 아홉 살입니다. 그가 다시 물었다. 조선인이냐. 예. 잠깐 사이를 두었다가 그가 거듭 물었다. 네가 진정 조선인이냐. 무언가 뜨거운 덩어리가 가슴을 치밀고 올라왔다. 세번째 되풀이되는 다짐에 현도는 울컥 치미는 울음을 누르며 대답했다. 예.

우리가 어떤 상황에 놓이더라도 제일 중요한 것은 조선인이라는 자각이다. 알겠니. 예.

그럼 됐다. 들어오너라. 너희들도 알아야 한다.

현도는 순재의 옆에 쭈그리고 앉았다. 좁은 방을 채운 열 명 남짓의 사람들 중 현도가 아는 사람은 순재와 그의 부모뿐이었다. 거개가 젊은 남자들로 젊은 여자도 두엇 끼어 있었다. 성경책과 찬송가를 앞에 놓고 있었지만 펴놓은 사람은 없었다. 현도의 출현으로 인해 끊겼던 이야기가 이어졌다. ……죄악의 도시인 소돔과 고모라처럼 멸망해버렸습니다. 무서운 섬광은 바로 심판의 날, 은빛 투구와 갑옷으로 무장하고 오시는 여호와의 모습이었습니다. 한 번의 섬광으로 그 큰 도시가 삽시간에 불바다가 된 것은 필시 하늘의 재앙이리라고 그들도 생각했을 겁니다. 적의 포격이라고는 믿을 수 없었겠지요. 일본은 이제 죄의 값을 받아 망했습니다. 만주의 일인들을 화차에 실어 조선으로 소개(疏開)시키고 있어요. 사람들은 열심히 청년의 말에 귀를 기울이고 있었다. 현도는 가슴이 뻐개지는 듯한 아픔에 숨도 쉴 수 없었다. 그러나 청년의 찌르는 듯한 눈빛을 받는 순간, 그리고 불빛 속에 홀로 선 채 네가 진정 조선의 아들이냐는 통렬한 물음을 받음으로써 비롯된 아픔의 정체를 확실히 알 수는 없었다.

한차례 소나기가 지나간 후 햇살은 더욱 뜨거워졌다. 마당에는 그늘 한 점 없어 비 끝에 기어 나온 지렁이가 볕발에 늘어붙었다.

할아버지는 마당의 한가운데 펌프가에서 머리 깎을 채비를 했다. 긴 자루 달린 면도칼을 숫돌에 간 후 잘 벼려진 날에 몇 차례 손바닥을 대보고는 만족스러운 표정을 지었다. 그러고는 왼손으로 머리 밑을 잡아당겨 누르며 이마 쪽으로부터 사악사악 날을 움직여갔다. 면도날이 지나가는 곳에는 반드레 길이 났고 잿빛의 짧은 터럭들이 떨어져 내렸다.

할아버지는 단발령이 내렸을 때 처음 머리털을 잘랐고 그 이후 평생을 중처럼 박박 민 알머리로 살았다고 했다.

현도야, 거울 가져오너라.

할아버지가 현도를 불렀다. 현도가 처마기둥에 걸린 거울을 떼어 받들고 서자 할아버지는 고개를 비틀어 거울에 비치는 어름으로 뒷머리와 귀밑머리를 밀었다. 그러면서 정신 나간 할마이,라고 몇 차례나 화난 투로 내뱉었다. 뒷머리를 깎는 것은 워낙 할머니의 일이었다. 할아버지의 나무람은 할머니에게 대한 것이라기보다 고모나 고모부를 향한 것이리라. 그 도척 같은 놈이 석 달 열흘 만에 집이라고 찾아들어 다짜고짜 숙이 어멈을 개 패듯 팼다지 뭐요.

작부 하나 꿰차고 백두산에 들어가 벌목부(伐木夫)노릇을 한다던 고모부가 돌아와 고모를 죽게 때렸다는 전갈을 받고 할머니는 동면(東面) 고모네 집에 가느라 승도를 데리고 아침부터 집을 비웠던 것이다.

할아버지가 머리를 다 깎자 봉명이가 펌프를 틀어 물을 받았다. 할아버지는 곧 머리를 감지 않고 머리를 막 담그려는 몸짓 그대로 목을 빼고 고개 숙여 대야 속을 들여다보았다.

물거품이 사그라들기를 기다리는 걸까. 현도는 무심히 생각했다. 그러나 대야전을 두 손으로 짚은 채 할아버지는 넋 놓은 듯 오랫동안 움직이지 않았다.

검불이 떴는가, 물이 깨끗하지 않은가.

할아버지, 물 다시 받을까요?

답답증이 치민 봉명이가 펌프 손잡이를 잡으며 큰 소리로 물었다.

아니다, 관둬라.

할아버지는 여전히 햇빛이 깨진 거울 쪽처럼 떠서 반짝이는 대야 속을 들여다보며 손을 저었다. 아, 그제야 현도는 알 것 같았다. 할아버지는 물 위에 그림자 드리우는 얼굴과 그것에 얼비쳐 섞이는 하늘, 구름 따위를 보고 있는 것이다. 현도 역시 아침마다 세숫물에 손 담그고 한 시간씩이나 게으름을 부린다고 어머니에게 매양 혼이 나지 않았던가. 물속에 가라앉은 얼굴은 어찌 그리 낯설었는지. 조그맣고 동그란 물속의 하늘과 집, 나무 따위의 한없이 깊고 고요한 세상을 바라보는 일은 어찌 그리 신기한지.

봉명아, 낚싯대 내오너라.

젖은 머리를 수건으로 눌러 닦으며 할아버지가 봉명이에게 일렀다.

낚시 가시게요? 너무 뜨거워요.

봉명이는 그렇게 말하면서도 늘상 그래왔었던 듯 낚싯대를 내오고 곡주 한 주전자와 풋고추, 고추장을 챙겨 담았다.

너도 가련?

할아버지가 말했으나 현도는 고개를 저었다. 봉명이가 배나무에 올라가 말매미를 잡아주겠다고 했거니와 어쩐 일인지 현도는 어릴 때부터 바다를 몹시 무서워했다.

잠깐 나갔다 오마.

대문을 나서면 포구였다. 삼베 등거리와 잠방이를 입고 낚싯대와 술주전자를 든 작달막한 할아버지의 뒷모습이 보인다 싶자, 곧 발동기를 단 전마선이 물길을 가르고 저만치 떴다.

비끝이라 물빛은 제법 푸르고 맑아 보였지만 햇빛은 소금 기둥이라도 세울 기세로 뜨겁게 바다 위로 쏟아지고 있었다. 물살을 지우며 조그맣게 멀어지던 전마선이 소이도 뒤로 자취를 감추자 내도록 지켜보고 있었던 듯 봉명이 혼잣말로 중얼거렸다. 밀짚모자라도 쓰고 가시랄걸.

전마선은 물속으로 잠기듯 사라졌다. 띠처럼 남은 물길은 점차 희미해지다가 흔적 없이 스러졌다.

점심때가 훨씬 겨워 전마선은 항과, 뱃길 삼십 리 떨어진 우
도(牛島) 사이를 오가는 나룻배 뒤에 딸려 돌아왔다.

점심 전에 서너 사람 싣고 우도로 들어갔습지요. 가는 길에
소이도 앞에서 이 배를 보았죠. 웬 노인이 한 사람 앉아 있더군
요. 우도에 들어가 사람을 내려놓고, 손님도 없는데 한숨 쉬다
가자 싶어 아예 점심을 게서 먹고 낮잠까지 잠깐 들었다가 다시
나왔죠. 오다 보니 이 배는 여전히 그 자리에 있더란 말입니다.
노인네는 뱃전에 머리를 대고 엎드렸구요. 아마 졸고 있는 게라
생각하고 그냥 지나치다가 갑자기 왠지 이상한 느낌이 들지 뭡
니까. 그래서 몇 차례 불러보았습죠. 대답이 없습니다. 배를 가
까이 대고 보니 글쎄……

술주전자만 반쯤 비어 있을 뿐 낚싯대를 쓴 흔적은 없었다.

바깥에서, 더욱이 바다에서 죽은 사람은 집 안에 들이는 것
이 아니라는 갯사람들의 오랜 풍속에 따라 할아버지는 포구에
눕혀졌다. 물에 젖은 흔적도 상처도 없었지만 얼굴에는 푸릇푸
릇한 반점이 생기고 이를 악물어 아랫입술이 피멍울로 부어올
랐다.

봉명이가 자전거를 끌어내어 몇 번이나 헛발질을 하다가 읍
을 향해 달려갔다. 동네 사람들이 모두 몰려나와 할아버지를 에
워쌌다. 현도는 슬그머니 그 틈을 빠져나와 집으로 들어왔다.
한결 풀기가 죽기는 했으나 아직 뜨겁고 밝은 햇빛이 서린 마당
에 들어서서 주위를 둘러보았다. 빈 마당에는 흰 햇빛 아래 사

악사악 서늘한 소리로 머리를 깎던, 그리고 대야 속을 하염없이 들여다보던 할아버지의 모습만이 가득 어려 있는 듯했다.

할아버지가 했듯이 처마기둥에 걸린 거울 앞에 서서 얼굴을 비춰보았다. 추위 타듯 퍼렇게 질린 조그만 사내아이의 얼굴 뒤로 바다가 거품을 물고 달려오고 있었다.

현도는 거울 앞을 떠나 부엌과 안방, 건넌방, 사랑방까지 차례로 문을 열었다. 어둡고 퀴퀴한 광문을 열면서도 족제비집이 무섭다는 생각은 조금도 들지 않았다.

진종일 줄기찬 울음으로 배나무 이파리를 흔들어대던 매미 소리가 그친 것만 보아도 벌써 저녁답인 것을 알 수 있었다.

현도는 배나무로 기어 올라갔다. 열매 맺지 못하는 늙은 나무는 미친 듯 이파리만 무성하여 현도의 작은 몸쯤이야 얼마든지 가려주었다. 현도는 이파리 사이로 깃들이는, 저물녘의 금빛 햇살을 보았다. 오래 묵은 집, 퇴락한 기와지붕과 빛이 죽어 무겁게 가라앉는 바다를 보았다. 나뭇가지에 뺨을 대고 엎드렸다. 갯바람에 전, 거친 나무껍질에서는 짠맛이 났다. 혀를 내밀어 조금씩 핥으며 그 찝찔한 맛에 예기치 않은 위안을 느꼈다. 좀더 편안히 엎드릴 수 있는 자리를 찾다가 현도는 아, 눈을 크게 떴다. 바로 윗가지에 붙어 있는 시커먼 말매미를 보았던 것이다. 현도는 가만히 손을 뻗었다. 이미 하루를 끝내고 깊은 휴식에 빠져 있던 그것은 아무런 저항 없이 손가락에 잡혔다. 현도는 놓치지 않도록 손아귀에 단단히 싸쥐고 손가락으로 가슴팍을 긁었다. 갑자기 매미는 주름진 배를 떨며 찌르듯 크고 높은 소리로 울기 시작했다. 햇빛을 그물눈처럼 흐트러뜨리며 나뭇잎들이 와하하와하하 흔들렸다. 긁어대는 손가락의 움직임에 따라 매미는 잠시도 쉬지 않고 울어댔다. 현도는, 커다란 나무가, 그리고 자신의 몸이, 내장이 모두 뽑힌 채 거대한 공명관이 되어 떨고 있음을 느꼈다.

포구에 모여선 사람들은 점점 불어났다. 신작로를 달려오던 택시가 포구에서 멎고 아버지와, 명도를 업은 어머니가 황황히 내리는 것이 보였다. 길을 터준 사람들 사이를 걸어 아버지는 할아버지 곁에 엎드리고 어머니는 곧 큰 소리로 울며 집으로 들어왔다. 부엌으로 들어간 어머니는 다시 마당으로 나왔다. 방문마다 열어보고는 포구로 달려갔다. 어머니, 나 여기 있어요. 현도는 소리쳤으나, 어머니는 전혀 듣지 못하는가 보았다. 극성맞은 매미 새끼. 워어이. 어머니를 따라 집 안에 들어왔던 이웃집 할머니가 배나무를 향해 돌을 던졌으나 그것은 빗맞고 힘없이 떨어졌다. 대문을 나간 어머니의 모습이 포구의 사람들 틈에 섞여 안 보이게 되었을 때 현도는 저도 모르게 어머니를 부르며 주먹을 부르쥐었다. 손안에서 무언가 한숨 쉬듯 무너지고 끈끈한 진액만 한 줌 가득 남았다. 천지를 흔들며 울리던 소리는 사라지고, 소리가 사라진 곳에 혼미한 어스름이 찾아들었다. 현도는 비로소 무서움과 외로움에 몸을 떨며 울기 시작했다. 깃들일 자리를 찾아 날벌레들이 후둑후둑 날아들고 있었다.

시신은 집 밖에 누운 채 사흘장이 치러졌다. 염천이었다. 일 사병으로 사망 진단이 내려졌지만 할아버지가 살(煞) 맞은 것임을 의심치 않는 할머니는 장례가 치러질 때까지 사흘 내내 흰밥을 지어 물밥을 풀었다.

할아버지의 갑작스러운 죽음은 갖가지 의문과 추측을 불러일으킬 여지를 남겼으나 할아버지는 나름대로의 방법으로 자신의 대(代)를 마무리 짓고 떠난 듯했다.

삼우제를 지낸 다음 날, 남은 가족들은—어린아이들까지도—안방에 모여 앉았다. 할머니가 다락에서 손금고와 서랍 달린 작은 나무 궤를 내렸다. 평소 할아버지만이 만질 수 있었던 물건이었다. 정해진 의식을 치르듯 아버지가 그것들을 받아 열었다.

손금고에는 백동전이 한 줌, 그리고 십 원짜리와 일 원짜리 지폐가 몇 장 들어 있었다. 으레 그러려니 했듯 아버지는 돈을 헤아려봄이 없이 한쪽으로 밀었다. 나무 궤에는 다섯 권의 손때 묻은 치부책이 있었다.

아니 이게 뭐야.

치부책을 넘기던 아버지가 놀라 말했다. 급한 손길로 한 장 한 장 들춰보다가는 다른 것을 집어 타르륵 한꺼번에 넘기기도 했다. 짐짓 무관심하게 물러앉았던 어머니와 할머니, 고모까지도 다가앉으며 치부책을 들여다보고는 역시 당혹한 표정을 지었다. 고리채 놀이를 한다고 알려진 할아버지의 다섯 권의 채권

장부는 모두가 그들로서는 전혀 짐작할 수도 없는 기호로 가득했던 것이다.

아이고 미친 영감, 이걸 뉘게 들이밀고 돈을 받아낼꼬.

할머니는 치부책을 내던지고 아버지는 완연히 실망하고 낙담한 표정으로 쓴 입맛을 다셨다. 이때 봉명이 고꾸라질 듯 대문 안으로 뛰어들며 소리쳤다.

라디오, 트세요. 빨리요. 해방이 되었대요.

읍의 네거리 일본인 상점과 병원 그리고 대부분의 가게는 굳게 문이 잠겨 있었다. 사람들은 뚜렷한 볼일이 없어도 매일 비석거리로 나왔다. 해방이 되었다는 발표를 듣고도 그것이 혹 함정인지도 모른다는 두려움에 꼼짝 않고 틀어박혀 있던 신중한 사람들까지도 이삼 일이 지나자 비석거리로 모여들었다. 세상이 심상치 않게 어수선하고 변화의 조짐이 보이면 우선 비석거리로 모여드는 것이 이 고장 사람들의 오랜 습관이었다.

제발 집에 붙어 있거라.

어머니가 야단을 쳤지만 현도는 매일 아침밥을 먹기가 무섭게 밖으로 뛰쳐나갔다.

일본군의 무기로 무장한 치안대 청년들이 삼삼오오 패를 지어 돌아다녔다. 그들은 모두 팔에 붉은 완장을 두르고 있었다. 일본인들은 비로 쓸린 듯 보이지 않았다. 많은 일본인들이 숨어버렸고 더러는 스스로 목숨을 끊었다고 했다. 신사(神社)와 주재소를 태우는 불길이 밤새도록 벌겋게 하늘을 물들였다. 사람들은 빈집에 들어가 가구와 그릇 피륙 따위를 들어내왔다. 정갈한 마루에 거친 흙발자국을 남기고 온전한 기물과 유리창을 부수는 것이 결국 인간의 본성 속에 깃들인, 억눌린 수성(獸性)과 가학성에서 비롯된 것이라 할지라도 그들은 그것을 당연히 누려야 할 보상이며 적개심이라 믿었다. 또한 침략자, 수탈자에 대한 적개심이란 그들이 마땅히 져야 할 임무이고 찬양받아야 할 것이었다.

여름이 가고 있었지만 방학은 언제까지든 계속될 듯했다. 어른들은 일찍이 이 땅 위에 이루어진 적이 없는 새로운 이념, 새로운 제도의 이상적인 새 나라를 세우리라는 포부와 결의에 들떠, 혼란과 불안 속에서 지루하게 여름을 보낸 아이들이 다시금 학교로 돌아가야 한다는 것에 신경 쓸 겨를이 없었다.

학교는 여전히 '해령 제1보통학교'의 팻말을 단 채 자치대원들의 제식(制式) 훈련장이 되었다.

학교 담에 매달려 아이들과 함께 자치대원들의 훈련하는 모습을 넘겨다보던 현도가 비석거리에 이르렀을 때 한 떼의 사람들이 고함을 지르고 팔을 내두르며 길을 메우고 있었다. 잠옷차림의 일인 주재소장이 손을 묶여 잡혀가고 있는 것이다. 그가 반쯤 탄 주재소 안으로 들어가고 문이 닫힌 후에도 사람들은 흩어지지 않았다. 끌어내어 때려 죽여야 한다고 목이 쉬도록 외쳐대었다.

신짱은, 신짱의 어머니는 어떻게 되었을까, 다른 일본인들처럼 마루 밑에 숨어 있거나 잡혀갔거나 스스로 죽어버렸을까. 그러나 현도는 고개를 저었다. 그들은 여전히 늦은 봄날 오후의 아득한 정적 속에서 살고 있을 것만 같았다.

우리 집에서 놀다 가. 우리 엄마가 단팥죽을 해놓겠다고 하셨어.

방학식을 하던 날 신짱이 팔을 끌었으나 현도는 무뚝뚝하게 거절했다. 신짱은 어느 때부터인가 눈에 띄게 뜨아하고 서먹해진 현도를 슬픈 눈으로 바라보며 또 하나 자신의 비밀을 팔았다.

이번 여름에 난 내지(內地)로 가게 될 거야. 큰 병원에 가서 수술을 받을 거래. 이건 너한테만 말하는 거야.

그러나 현도는 종내 신짱의 집에 가지 않았다. 그의 낙타등은 흉하고 부끄러웠다. 그 봄날 오후 어떤 본질에 깊이 닿았던 듯한 경험이 현도의 내면에 일모의 어스름 같은 빛, 신비로운 분위기로 남아 현실적인 장치를 거부하는 것인지도 몰랐다. 그리고 또한 항에서 보낸 긴 여름의 어느 저녁, 보이지 않는 목소리를 향해 자신이 조선의 아들임을 거듭 맹세했을 때 느닷없이 치밀던 울음에는 봄날의 그 불가사의한 정적과 짧은 입맞춤에 대한 부정(否定)이 들어 있었던 것이나 아닌지.

비석거리 뒤쪽 일인 동네의 골목을 걸어 들어가 현도는 신짱의 집 문 앞에 섰다. 골목에는 깨진 화분 조각과 유리 조각 따위가 어지럽게 깔려 있었다. 집들은 거의 대문이 떨어져 나가거나 창문이 부서지고 비어 있는 듯 괴괴했다. 신짱의 집 역시 문짝이 떨어진 것을 안에서 궤짝 따위로 간신히 지쳐놓았음을 알 수 있었다. 문은 한 손으로 밀자 쉽게 열렸다.

신짱?

문 열리는 소리에도 기척이 없어 현도의 목소리가 저절로 낮아졌다. 현관에는 낯익은 신짱의 구두와 게다가 놓여 있었지만 집 안은 조용했다. 어떤 힘이 두려움보다 강했던가. 현도는 신을 신은 채 마루로 올라섰다. 마루에는 이미 흙발자국이 어지럽게 찍혀 있었다. 부엌문의 유리가 부서져, 휑하니 열린 채 팽개쳐진 찬장과 바닥에 깨어진 그릇들이 보였다.

신짱의 방문을 열었다. 문짝 떨어진 장롱과 서랍장, 흩어진 옷가지들이 널렸을 뿐 비어 있었다. 빈방을 지나 윗목의 미닫이를 열었다. 미닫이 바로 안쪽에 앉아 있던 신짱의 어머니는 밖의 기척을 낱낱이 듣고 있었던 듯 놀라지도 않고 천천히 고개를 들었다. 주먹밥이 담긴 접시가 방바닥에 놓여 있었다.

신짱이 현도를 보고는 현도, 입속말로 부르며 슬며시 젓가락을 놓았다.

어쩐 일로? 잔뜩 경계하는 눈빛으로 힐끗 바라보던 신짱의 어머니의 얼굴에 반색이 돌았다.

아, 어서 와요. 이리 앉아요.

현도는 그녀의 말을 못 들은 체하며 미닫이를 짚고 우두커니 서 있었다.

우린 점심 먹으려던 참이었어요. 대접하기 부끄러운 음식이
지만 같이 들어요.

그녀의 낯빛이 조금 굳어졌다. 그러나 웃음기를 지우지 않
았다.

눈이 신발 신은 채 방문턱을 밟고 있는 현도의 발에 머물자 신
짱은 아, 무서워, 라고 조그맣게 비명을 지르며 몸을 웅크렸다.

신짱이 놀라서 그래요. 이 며칠 동안 엄청난 일들을 겪었어.
진상은 신짱의 단 하나뿐인 친구였지. 우린 곧 본국으로 가요.
기념으로 선물을 주고 싶어.

그녀는 허둥지둥 방을 둘러보았다. 현도는 무엇인가 보이지
않는 힘에 이끌리듯 방을 나와 어두운 복도로 꺾어 들었다.

닫힌 골방 문을 열자 더위 속에 오래 밀폐된 방의 열기, 다다
미 썩는 습한 냄새가 후끈하게 달려들었다. 순간 드러난 방의
낯설음에 현도는 눈을 껌벅였다. 기억 속에서 그리도 선명하던
방이 아니었다.

벽에 그려진 선화(線畫)와도 같이 정일하던 흰 노인도 없었
다. 현도의 머릿속에 깊이 자리 잡은 순간, 실제의 방은 사라져
버린 것이 아닐까.

검은 휘장이 뜯겨버린, 이미 두 개의 선반에 지나지 않는 궤
연 위에는 울긋불긋한 동자 인형이 세워져 있을 뿐이었다.

신짱의 아버지는 돌아가셨어.

뒤따라온 신짱의 어머니가 소곤거렸다. 그녀는 이어 덧붙였

다. 이젠 가져갈 만한 게 아무것도 없어요. 기념으로 다 나눠주었으니까.

현도는 궤연의 인형을 집어 들고는 막아서는 그녀를 밀치듯 방을 나왔다.

그건 돌려줘요. 그냥 나무 인형일 뿐이야.

뒤뜰에는 여름의 붉은 꽃들이 타는 듯 한창이었다.

인형을 좋아하는군. 다른 걸 줄게. 더 예쁜 게 있어요.

신짱의 어머니가 벽장문을 열고 허겁지겁 그 안의 잡동사니들을 끄집어내었다.

그건 안 돼. 신물(神物)이란 말이야.

신짱이 부르짖었다.

아니 마음에 들면 가져가요. 우리에게는 이미 소용없는 물건이에요.

신짱의 어머니가 어서 가라는 듯 손을 내저었다. 문을 나설 때 뒤에서 신짱의 울음 섞인 목소리가 들렸다. 도둑놈.

현도는 동자 인형을 주머니에 찔러 넣고 비석거리로 나왔다.

불망비 위에 올라선, 완장 찬 젊은이가 모여 있는 사람을 향해 연설을 하고 있었다.

······어둠과 핍박의 날은 지나고 우리는 긴 노예의 생활에서 풀려났습니다. 인민이여, 일어나시오. 우리는 결코 절름발이 해방, 반 동강 난 땅으로 만족할 수 없습니다.

소문난 수재, 을모의 실성한 형이 바지말을 까고 연단으로 변한 비석 뒤켠에서 오줌을 누다가 현도를 보고는 이를 드러내고 웃었다.

청년의 연설은 계속되었지만 현도는 발길을 멈추지 않고 집을 향해 천천히 걸었다. 여름 오후의 뜨거운 햇살과 광기 속을, 아지 못할 슬픔과 외로움으로 터덜터덜 발걸음을 옮겼다.

가을이 오기 전 그들은 진주해왔다. 붉은 벽돌의 작은 역사(驛舍) 앞에 현수막이 세워지고 단이 마련되었다.

읍내 사람들은 아침밥을 먹고 해가 퍼지자 비석거리로 모여들었다. 멀리 떨어진 면(面)과 포구의 사람들도 시오릿길을 걸어, 해방군을 맞으러 나왔다. 두만강 철교를 타고 나온 로스케들이 회령, 나진, 웅기 등의 북쪽 산간 지방에 주둔하고 있다는 소문은 이미 널리 퍼져 있었다. 키가 구 척이고 눈은 화등잔 같고 얼굴은 취바리처럼 붉다더라.

기차는 좀체 들어오지 않았다.

아침부터 동원된 환영 군중들은 나누어 받은 깃발을 부채 삼아 흔들어 부치며 역 앞의 작은 광장과 네거리에 주저앉아 해방군들을 기다렸다.

오후 서너 시가 좋이 되어서야 기차는 도착하고 마침내 해방군들이 밀어닥쳤다.

누런빛 군복에 붉은 견장을 단 무리는 끝없이 역사를 빠져나왔다. 이토록 많은 사람들이 한꺼번에 빠져나온 것은 역이 선이래 처음의 일이었다. 흔들리는 깃발과 만세의 물결 속에서 놀람과 호기심의 수군거림이 퍼져갔다. 듣던 대로 키가 크고 낯빛은 익은 듯 붉었다. 그러나 그보다 더욱 놀란 것은 그들의 낯선 얼굴에 한결같은 주림과 무관심의 표정 때문이었다.

정의로운 붉은 군대의 힘에 의해 일제는 패망하고 조선은 식민지의 통치에서 벗어났습니다. 붉은 군대야말로 우리의 동지요, 우리들 노예 상태에서 해방시킨 명실공히 해방군입니다. 압록강을 넘어 신의주와 평양을 거쳐 이제 비로소 우리 해령 땅에 온 이들을 뜨겁게 환영합시다—

짧은 환영식이 진행되는 동안 그들은 박수치며 환호하는 군중들을 무표정하게 바라보거나 이를 드러내고 웃기도 했다.

환영식이 끝나고도 그들은 광장에 그대로 머물러 있었다. 머리에 뜨거운 햇살을 받으며 땀을 흘리는 그들에게 치안대원은 양동이에 물을 채워 날랐다. 그들은 양동이의 물을 김이 오르는 머리에 끼얹거나 입안에 가득 물고 부녀자와 아이들에게 푸우, 푸우 내뿜기도 했다. 여자들이 얼굴을 싸쥐고 비명을 지르고 달아났다.

사람들은 고개를 흔들며 석연치 않은 얼굴로 뿔뿔이 흩어져 갔다. 개중에는 난생 처음 보는 낫과 망치가 겹쳐 그려진 붉은 군대의 깃발을 가족에게 보여주고자 소중히 말아 쥐고 가는 사람도 있었다. 사람들은 은연중에, 전장의 포연에 찢긴 피 묻은 군복과 승리자의 자랑스러운 면류관, 불리는 그대로 시혜자(施

惠者)로서의 넉넉함을 기대했는지도 몰랐다. 아니 그 무엇보다도 그 불안하고 어지러운 시절을 다스려갈 강한 질서를 원했다. 그러나 그들은 다만 거칠고 남루했다.

그들의 거취는 쉬이 정해지지 않는 모양이었다. 뉘엿뉘엿 해가 넘어가고 황혼이 질 때까지도 그들은 자리를 옮기지 않았다. 귀리로 만든 검고 거친 빵을 뜯어먹거나 그것을 베개 삼아 베고 눕기도 했다. 찢긴 깃발이 어지러이 널려 있는 비석거리, 그들 주위에서 떠나지 않는 것은 이제 거지들과 호기심 많은 아이들뿐이었다.

밤이 되어서야 그들은 비석거리를 떠났다. 심상소학교 건물이 숙소로 정해지고 집집마다 침구와 식량을 내놓았다. 밥과 국을 지어 나른 아낙네들은 그들의 무서운 식성에 몸서리를 쳤다.

다음 날 아침, 그때까지 걸려 있었던 심상소학교 팻말이 내려지고 대신 '해령부 주둔 소련군 부대'의 팻말이 걸리게 되었다.

현도야, 현도야.

가만가만 부르는 소리에 현도는 벌떡 일어났다. 어머니가 방문 밖에 선 채 허리를 구부려 현도의 발을 흔들어 깨우고 있었다.

잠깐 나오너라.

현도는 무거운 눈꺼풀을 비비며 바지를 주워 입었다.

공장 안에서 무슨 소리가 난 것 같아.

어머니는 마당을 질러 왼쪽에 붙은 공장 건물로 앞서 걸어

242

갔다.

아버지가 쓰는 사랑방은 불기 없이 조용했다. 아버지는 할아버지가 돌아간 이후 부쩍 속앓이가 잦아진 할머니를 위해 청심환 몇 알을 구해 낮에 항으로 들어갔던 것이다.

공장은 마당에 잇대어 지은, 함석지붕의 좁고 긴 건물이었다. 때문에 윙윙, 기계 돌아가는 소리가 종일 집 안을 울리곤 했다.

현도가 곁에 오기를 기다려 어머니는 바깥 빗장의 자물쇠를 열고 문을 밀었다. 발소리도 숨소리도 죽인 조심스러운 몸짓이었다. 문을 열고 들어섰으나 짙게 고인 어둠 속에서는 아무것도 보이지 않았다.

왜 그러세요?

현도가 속삭였으나 어머니는 대꾸 없이 전등을 찾아 더듬었다. 몇 차례 헛손질을 하다가 어머니가 현도에게 조그맣게 말했다.

안 되겠다. 가서 손전등을 가져오너라.

현도가 집 안으로 뛰어가 손전등을 찾아 나올 때까지 어머니는 꼼짝 않고 그 자리에 서 있었다. 손전등을 받아 쥔 어머니가 이리저리 불빛을 내둘렀다. 불빛에 쇠파이프며 선반 기계, 커다란 톱니바퀴 따위가 언뜻언뜻 드러나다 어둠 속에 숨었다.

누구예요?

현도의 귀에는 아무런 소리도 들려오지 않는데 어머니가 소리쳤다. 쇠붙이의 싸아한 냄새와 기분 나쁜 정적 속에서 어머니의 목소리가 공허하게 울렸다.

나와요. 나오라니까.

와락 무섬증이 든 현도가 옷자락을 잡아당겼으나 어머니는 다시금 높고 떨리는 목소리로 소리쳤다. 그녀로서는 그것이 공포를 이길 수 있는 유일한 방법인 듯했다.

공장의 안쪽 짙은 어둠 속에서 발자국 소리가 들렸다. 어머니는 재빨리 그쪽을 향해 불빛을 비췄다. 불빛 속에 부신 듯 눈을 껌벅이며 나타난 얼굴에 어머니는 아, 낮게 비명을 질렀다. 현도도 어머니 곁에 바짝 붙어서 힘주어 옷자락을 잡았다.

나요, 아주마이.

이켠의 두려움을 알아차린 듯 여유 있는 대꾸였다. 현도는 그를 알고 있었다. 지난해 여름, 공장에서 철판 자르는 절단기에 손을 잘린 공원(工員)이었다. 마흔이 가깝도록 장가들지 못한, 좀 모자란 듯한 그를 공장 안에서는 칠뜨기라고 불렀으나 손을 잘려 의수를 단 뒤부터는 갈퀴손이라 불렀다. 손을 잘려 공장을 그만둔 뒤에도 그는 몇 차례 아버지를 찾아왔다. 대개 낮술을 한잔 걸치고서였다. 내 팔 내놓으시오. 내 팔 내놓으란 말요. 아버지는 호통을 쳐서 내쫓았다. 말 같지 않은 소리 그만해라. 난 법대로 다 했다. 말이야 바른 말이지, 네가 정신 똑똑히 안 차려 생긴 사고이고 백 보 양보해도 네 운수 사나워 그런 게 아닌가. 이제 와서 내 팔 내놓으라니 그런 억지가 어디 있나. 다시 찾아와 그따위 소리를 하면 순사에게 넘겨버리겠다. 그 뒤로 아버지를 찾아오는 일은 없었지만 현도는 꽤 여러 번 집 밖을 맴도는 그를 보았던 것이다.

뭘 하러 여길 왔어요?

어머니는 여전히 불빛을 그에게 부으며 떨리는 목소리로 소리 쳤다. 손전등 불빛이 심하게 흔들렸다.

도둑질하러 온 줄 아시오? 천만에.

들어 올린 갈퀴손이 불빛을 받아 번득였다.

웬수놈의 공장, 이젠 내 팔 내놓으라거니 하는 소린 안 할 거요. 불을 확 싸질러버리면 그만인걸. 불 질러 태워버려도 날 잡아갈 놈은 없소. 세상이 바뀌었단 말요. 양지가 응달 되고 응달이 양지 되었소. 왜놈들한테 빌붙어 배지가 터지게 잘산 놈들, 한 몫에 다 때려죽일 거라고 합디다.

나가요. 어서 나가지 못해요?

나가라면 나가야지 이런 병신이 어쩌겠소.

느물느물 웃음까지 지어가며 그는 천천히 몸을 움직였다. 불빛에 밀려 그는 마치 무대에서 사라지듯 벽 쪽으로 갔다. 그리고는 갈퀴손을 들어 힘껏 내리쳤다. 한 번, 두 번, 세 번, 살기 띤 파열음으로 유리창이 부서졌다.

횅 뚫린 창문을 타 넘어 그는 유유히 사라졌다. 어머니는 손전등을 휘둘러 공장 안을 살폈다. 문 옆의 유리창도 깨져 있었다. 어머니가 집 안에서 어렴풋이 들은 것은 그 유리창이 깨지는 소리였던 듯싶었다. 어머니는 현도에게 불을 비추게 하고는 넓은 함석판을 끌어다가 깨진 창을 가려놓았다. 힘겹게 움직이는 어머니의 얼굴이 흔들리는 불빛 속에서 하얗게 질려 있었다.

공장 문을 잠그고 마당으로 내려서며 어머니는 기진한 목소리로 중얼거렸다.

아, 무서운 세상이야.

현도는 교과서에 나오는 중국 소년을 생각했다. 옛날 중국의 어느 부유한 비단 상인 집에 도둑이 들었다. 그들은 주인 가족을 묶어놓고 조그만 점원 소년에게 광으로 안내할 것을 명령했다. 순순히 그들을 광으로 안내한 소년은 도둑들이, 산같이 쌓인 비단필과 보물에 정신 팔려 한없이 꾸려 담는 사이 몰래 밖으로 나와 광문을 잠그고 주인 가족을 풀었다. 물론 도둑들은 잡히고 슬기롭고 용감한 소년은 큰 상을 받았다.

이야기 속의 중국 소년처럼 내게는 왜 어머니와 집을 보호할 용기와 슬기가 없는가. 그러나 현도는 고개를 흔들었다. 그는 물건을 훔치러 들어온 도둑이 아니었다. 그의 팔에 달린 쇠갈퀴에서 번쩍이던 것은, 그의 말대로 훨훨 타오르는 불길 속에서나 잠재워질 복수욕과 살기였다. 그것은 바로 여름의 끝, 이 고장에 만연한 공기이기도 했다.

방문 앞에 이르러 어머니는 나지막이 말했다.

아버지께는 말씀드리지 말아라. 이런 세상에 남의 원한 사는 일처럼 무서운 일은 없는 것 같구나.

9월 중순이 되자 학교는 다시 시작되었다. 일본어 독본 대신 프린트된 국어책과 역사책을 새로 받고 선생들도 대부분 바뀌었기 때문에 갓 입학한 기분이었다.

모든 일본 아이들처럼 신짱의 모습도 사라졌다.

그러나 신짱과 그의 어머니는 아직 해령에 남아 있음을 현도는 알고 있었다.

학교 뒤쪽 수리조합 창고는 일본인 임시 수용소가 되었다. 창고 뒤 공터에는 언제나 얼룩덜룩한 빨래가 가득 널렸다. 곧 본국으로 돌아가리라던 일본인들은 가을이 다 지나도록 그곳에 머물러 있었다. 학교에서 오는 길에 그 앞을 지나칠라치면 마당의 펌프가에서 빨갛게 언 손으로 그릇을 씻거나 빨래를 하고, 박박 깎은 머리에 수건을 쓴 일본인 여자들을 보곤 했다. 로스케들의 눈을 피하기 위해 일본 여자들은 모두 머리를 깎는다고 했다. 가끔 볕 드는 조합 앞마당에 얼굴이 노랗게 시든 아이들이 몇 명씩 몰려나오기도 했으나 곧 그들의 어머니들에 의해 어깨를 잡혀 안으로 들어갔다. 수용소 안에 이질이 돌아 아이들이 피똥을 싸며 죽어 나간다는 소문이 돌았다. 왜놈들은 적리(赤痢)에 걸리면 꼭 죽는 걸로 알지. 마늘을 안 먹어서 그래, 라고 사람들은 말했다.

신짱도 이곳에 있는 걸까.

조합 창고, 쇠창살 친 창문에 매달려 물끄러미 바깥을 내다보는 어린아이의 얼굴을 바라보며 현도는 생각했다.

어제 아침 현도는 밥을 얻으러 온 신짱의 어머니를 보았다.

일본 여자들은 이즘 들어 아침저녁, 끼니때마다 서너 명씩 패를 지어 밥을 얻으러 다녔다. 그들에게는 식량 배급이 없었기 때문이었다.

아침상을 받는데 문 밖에서 주인을 찾는 소리가 들렸다. 숭늉 그릇을 들고 부엌에서 나오던 어머니가 문을 열자 박박머리에 찬합을 든 세 사람이 들어섰다.

좀 도와주십시오.

그들은 공손히 절하며 말했다. 바지와 헐렁한 양복 윗도리로 어설프게 남장을 했으나 한눈에도 여자들임을 알 수 있었다. 현도와 승도는 왜거지가 왔다고 마루로 뛰어나갔다.

어머니가 숟가락 대지 않은 밥그릇을 들고 마당으로 내려갔다. 세 사람 중 키가 크고 얼굴이 긴 여자가 찬합에 밥을 받다가 고개를 들었다. 낯익은 얼굴이라고 생각한 순간 현도는 곧 그녀가 신짱의 어머니임을 알아차렸다.

짧은 순간 그녀와 현도의 눈이 마주쳤다. 현도는 후드득 가슴이 뛰었다. 그녀의 눈빛에서 현도는 신짱과 아득한 정적 속의 그녀의 집, 궤연이 놓인 방을 한꺼번에 본 듯했다. 그녀는 혹시 신짱의 짧은 명을 잇기 위해 동자 인형을 찾으러 거지로 꾸미고 온 것이 아닐까.

신짱의 인형을 집어온 날 현도는 누구의 눈에도 뜨일 것을 두려워하며 그것을 다락 깊숙이, 쓰이지 않는 잡동사니 속에 쑤셔 넣고는 다시 꺼내보지 않았다.

그녀는 곧 눈길을 돌렸다. 그녀가 그를 알아본 것일까도 의심될 만큼 짧은 순간이었다. 그네들은 몇 번이고 고개를 조아려 보이고 문밖으로 사라졌다.

　조합 창고의 일본인 수용소와 여전히 로스케의 병영으로 쓰이는 심상소학교, 거의 날마다 열리는 비석거리의 집회는 이제 해령의 새로운 풍물이며 풍속이었다. 부모들의 불안을 알 리 없는 아이들은 학교가 끝나고도 쉬이 집에 돌아가려 하지 않았다. 그중에서도 아이들의 발길을 유혹하고 오래 머물게 하는 것은 로스케 부대였다. 심상소학교의 낮은 담에 매달려 안을 들여다보면 제법 추운 날씨에도 웃통을 벌거벗고 운동장 주위를 뛰는 로스케들을 볼 수 있었다. 가슴팍에 무성한 털과, 벗은 팔뚝에 찬 두 개 세 개씩의 시계를 자랑스럽게 쳐들어 보이는 그들을 보며 담 밖에 매달린 아이들은 히야, 두려움과 감탄에 찬 소리를 질렀다.

　그들은 언제나 무엇이든 먹고 있었다. 검은 빵을 먹고 자동차 타이어에 비계가 허연 돼지고기를 얹어놓고 날고기를 썰어 먹었다. 익어가는 수숫대를 끊어 씹고 옥수수를 떼어 갉아 먹었다. 때문에 그들이 지나는 곳에는 어디나 흔적이 남았다. 익히지 않은 것을 예사로 먹는 그들을 가리켜 사람들은 짐승 같은 것, 거지 중의 상거지, 북쪽에서 온 야만인이라고 불렀다.

　밤이면 수수밭에서 키가 구 척이고 눈이 화등잔 같은 도깨비들이 돌아다닌다고 했다. 새벽 일찍 밭에 나가는 농부는 밤이슬

보얀 밭이랑에서 찢긴 옷을 추스르며 기어나오는 여자들을 보기도 했다.

여자들은 바깥출입을 하지 못하고 날이 저물기가 무섭게 집집의 대문은 굳게 잠겼다.

일찍 저문 거리에는 떼 지어 다니는 로스케들의 반장화 저벅거리는 소리만이 요란히 울렸다.

그들은 끊임없이 여자와 시계를 요구했고 이 사이의 반짝이는 금을 탐했다.

밤들기 무섭게 인적이 사라지는 거리에 홀로 등불을 켠 듯 밝게 살아나는 것은 유곽이었다. 밤새 불빛 밝은 유곽에서 독한 술에 취한 사내들의 우울하고 애조 띤 노래가 들려올 때면 사람들은 비로소 그들이 고향을 멀리 두고 온 사람들이라는 것을, 그들에게도 역시 그리워할 어머니와 정인(情人)이 있다는 사실을 깨달았다. 그리고 젊은 한 시절 그들을 사로잡았던 춥고 비정한 대륙, 끊임없이 눈 내리는 나라, 어두운 전나무 숲과 검은 대지, 얼어붙은 땅에 메아리치는 늑대 울음의 가슴 아픈 이국정서를 생각했다.

먼 곳으로 떠났던 사람들은 계속 돌아오고 있었다. 어린아이들이 잠든 깊은 밤, 남몰래 집을 떠나 사라진 아버지와 형들은 수난자와 승리자의 이름으로 돌아오고 그들 틈에 섞여 어느 날, 삼촌은 돌아왔다. 화상의 흉터가 엷게 남아 있는 이마를 찡그리며 문설주를 짚고 기웃이 안을 들여다보며 불러야 할 이름을 잊은 듯 오랫동안 서 있었다.

물때가 되어도 배는 뜨지 않았다.

할마이, 한 척도 못 가진 사람이 수두룩한데 한 사람이 일곱 척씩 갖고 있다는 것은 온당치 못하오. 모두 똑같이 나눠 먹는 좋은 세상이 되었소. 이제껏 인민을 착취해서 잘산 사람은 왜놈과 똑같소.

할머니는 항에 새로 조직된 어민 조합 직원의 말을 옮기며 방바닥을 탕탕 쳤다.

다 영감이 죽었기 때문에 받는 수모야. 아녀자라고 얕보고 달려드는 짓이 아니냐. 천하에 무법한 세상.

게다가 봉명이마저 자치대원이랍시고 완장 차고 꺼들대는 꼴이 기막혀 읍으로 들어와버린 것이다.

그놈의 배만 보면 속이 뒤집혀 못 살겠다.

수모가 아니에요. 어머니. 그 사람 말마따나 세상이 달라진 겁니다. 몰수한다느니 어쩌느니 하는 말이 떠돌기 전에 싼값에라도 넘겨야겠어요.

아버지가 침울하게 대답했다.

공장의 기계 소리가 안 들리게 된 것은 근 한 달 전부터였다. 공원들은 이제 숟가락 하나만 가지면 어디서나 먹고사는 좋은 세상이 되었다고 떠들며 일손을 놓았다.

언제는 숟가락이 없어서 못 먹었소? 그놈의 인민 소리, 넌덜

머리 나요.

어머니가 몸서리를 쳤다.

그러나 할머니가 읍의 집에 오래 머무는 이유는 다른 데 있는 것 같았다.

할머니의 눈길은 늘 삼촌이 기거하는 뒷방께에 머물러 있었다. 대문을 들어설 때면 제일 먼저 바라보는 곳도 뒤꼍으로 돌아가는 담모퉁이였고, 마당을 쓸거나 장독대에서 된장을 푸다가도 문득 삼촌의 방 쪽에 귀를 귀울이곤 했다. 할머니뿐이 아니었다. 아버지나 어머니 역시 조심성과 일말의 불안을 감추지 않은 채 삼촌의 거동을 살폈다. 간혹 할머니는 어머니에게 소리 죽여 소곤거렸다.

별다른 기색 없지?

염려 마세요, 설마 또 그러겠어요? 일본 가 있는 동안은 끊고 지냈을 거 아녜요? 벌써 삼 년인데······

어제 네거리에서 삼용이란 녀석을 보았다. 어찌나 가슴이 떨리던지.

아니, 삼촌한테 약 놓아주던 병원 조수 말예요? 찾아오면 어쩌지요?

어머니가 멍하니 할머니를 보고 되물었다.

삼촌은 자기 방에 틀어박혀 식사 때에만 안방으로 건너왔다. 가족 속에서 가족의 지대한 관심을 받으면서도 삼촌은 홀로 살고 있는 듯, 밥상머리에 앉았을 때조차 그 모습이 섞여 들지 않

왔다. 마치 병 속에 갇힌 벌레처럼 그의 거동이 낱낱이 관찰된
다는 의식 때문이었는지, 사람들의 그에 대한 관심이 결코 탐색
이상이 되지 않았기 때문인지는 확실치 않았다. 그러나 아이들
은 갑자기 생긴 삼촌의 존재가 신기하기 짝이 없었다.

삼촌은 언제나 뒷방에 누워 있었다.

머리가 늘 안개에 낀 듯 뿌옇게 흐리고 아프며 온몸의 뼈가
쑤신다고 했다. 할머니가 아침저녁 달여주는 한약도 효과가 없
나 보았다. 대체로 문은 닫혀 있었으나 가끔 삼촌은 방문을 열
어 젖히고 바깥의 밝은 볕을 물끄러미 바라보거나 상처의 고름
을 닦아내었다. 일본의 군수 공장에서 일하고 있던 지난여름 폭
격으로 입은 화상이었다. 공장에 불이 붙자 삼촌은 이마에만 약
간의 화상을 입고 용케도 빠져나왔다. 열기가 닿은 팔과 다리에
물집이 잡혔으나 대수롭지 않게 생각했는데 그 자리가 통 아물
지 않고 덧나면서 고름이 잡히는 것이라고 했다. 지금 생각해도
꼭 꿈을 꾼 것 같아. 아무 소리도 없이 어느 순간 눈앞이 부시게
밝아지는 듯하더니 무서운 구름이 솟아오르고 온 도시가 불바
다가 되었단다. 삼촌은 말했다.

현도는 항의 순재네 집에서 청년이 하던 말을 떠올렸다. 무서
운 섬광은 바로 심판의 날, 은빛 투구와 갑옷으로 무장하고 오
시는 여호와의 모습이었습니다.

필시 그날의 포격이었으리라. 그날 자신은 무엇을 했던가. 현
도는 애써 기억을 더듬으며 심각하게 얼굴을 찌푸렸다.

항에서 보낸 무덥고 지루하던 날들 중의 하루였을 것이다.

삼촌은 배를 타고 현해탄을 건너던 이야기, 남쪽으로부터 오래 기차를 탄 후, 산길로 삼팔선을 넘어온 이야기를 해주기도 했다.

아버지가 삼팔선 넘어 다니는 장사꾼에게서 약을 사왔다. 이남에서 가져온 그것은 미군들이 쓰는 군용 약품으로서 아주 비싼 것이라고 했다. 덧난 상처가 거짓말같이 낫는 약이라고 했지만 왠지 삼촌에게는 듣지 않았다.

아침마다 삼촌 베개에는 머리칼이 수북이 빠져 있었다. 봐라, 내가 이렇게 곯았다. 삼촌은 머리칼을 뭉쳐 방문 밖에 털어 보이며 우울하게 말했다.

몸이 허해서 그런 것이다. 좀 쉬어야 해, 더욱이 시국이 젊은 이들을 미치게 하고 있어. 바깥이 어수선할 때는 집에 틀어박혀 있는 게 상책이야.

할머니는 삼촌이 바깥출입을 하지 않는 것만이 다행스러운 듯 몇 번이고 말했다.

새벽부터 내리던 눈은 점심때가 되어서야 그쳤다. 그러고도 얼마든지 더 내릴 듯 하늘은 찌뿌드드했다.

마당과 지붕에 쌓인 눈으로 한층 조용해진 집의 마당에 포르르포르르 참새 떼가 날아들었다.

방 안에서 화로를 끼고 앉아 화롯불에 감자를 구워 먹으면서도 현도의 귀는 참새가 날아드는 소리에 환히 열려 있었다.

아버지는 엊그제 쌀을 사러 연백에 가고 할머니는 답답한 김에 항에 나갔다가 단골 만신집에 들러오겠노라고 보리쌀 두 되를 이고 나갔다.

어머니까지 공설 운동장에 나간 터였다. 공설 운동장에서는 연일 집회가 열리고 집회를 끝낸 사람들은 플래카드를 들고 구호를 외치며 읍을 한 바퀴 돈 후 해산했다. 집을 비운 아버지 대신 벌써 여러 날째 동원되는 어머니는 오후 늦게야 시퍼렇게 얼어서 돌아오곤 했다.

어제까지는 신탁 통치 절대 반대라더니 오늘부터는 절대 지지랍니다. 오늘 웬 늙은이가 단에 올라가 신탁 통치하면 나라를 잃는 거라고 소리치다가 끌어 내려져 몰매를 맞았어요. 아마 죽었을 거예요. 어느 장단에 춤을 추어야 하는지…… 말 한번 잘못해도 끌려가고 맞아 죽는 세상이니 불안해서 못 살겠어요.

어머니가 할머니와 이야기를 나누며 무겁게 한숨을 쉬었다.

우리 같은 백성이 뭘 아나. 나야 평생 네 시아버지처럼 때맞춰 배 들고나는 것밖에 모르고 살았다. 자식이 속 썩이는 거야 내 팔자소관이라 해도 해방이 되면 단박 좋은 세상이 될 줄 알았지. 괴기도 더 많이 잡히고 왜놈을 쫓아낸 땅에서 우리끼리 오손도손 잘살 줄 알았다. 서로 옭아가고 몽둥이질만 해대니 코쟁이든 로스케든 중국놈이든 어느 놈이 맡고 찢든 제발 편히 숨 쉬고 살 수 있는 세월이나 되었으면 좋겠구나.

할머니 말에 현도가 퉁명스럽게 내쏘았다.

그렇지 않아요 할머니, 우리 조선 땅을 왜 남들이 맡아서 다스려야 해요?

할머니가 서글프게 웃었다.

그래, 어른이 아이한테 배운다더니 네 말이 옳다.

포르르포르르. 인기척 없는 마당에 마음 놓고 참새 떼들이 모여들고 있었다. 눈 속에서 무엇을 찾는 것일까.

현도는 더 참지 못하고 마당으로 나왔다 발소리에 놀란 새들이 일제히 날아올랐다. 현도는 소쿠리를 찾아 소쿠리 테에 줄을 꿰어 길게 늘였다.

형, 뭘 하는 거야?

따라 나온 승도가 물었다.

새 잡아줄게.

가느다란 막대로 소쿠리를 받쳐놓고 부근의 눈을 쓸어냈다. 그리고 부엌에 들어가 부엌 바닥에 묻은 독에서 쌀을 한 줌 꺼냈다. 어머니가 알면 치도곤을 맞을 일이었다. 식량이 귀해지자 어머니는 수제비나 국수로 끼니를 때우면서도 쌀을 감추어두었던 것이다.

쌀을 소쿠리 안에 뿌린 후 길게 늘인 줄을 잡고 대문 뒤에 숨어 참새가 날아들기를 기다렸다. 달아났던 참새들이 다시 마당에 내려앉기 시작했다. 하얗게 뿌린 쌀알을 쪼으러 소쿠리 가까이 모여들었다. 현도는 숨을 죽이고 끈을 잡아당겼다. 소쿠리가

엎어지고 참새들이 요란히 푸드덕거리며 달아났다. 뒤에서 후
홋 웃는 소리가 들렸다. 현도는 휙 돌아보았다. 발소리도 없이
웬 사내가 바짝 다가와 있었다. 쌓인 눈 때문에 발소리를 못 들
었는가 보았다.

모자를 눌러쓰고 낡은 양복 윗도리에 털목도리를 감은 그 사
내는 현도의 머리를 쓰다듬으면서 친근하게 웃었다. 목덜미에
와 닿는 손의 얼음처럼 선뜩한 감촉에 현도는 저도 모르게 몸을
빼어 물러나며 사내의 얼굴을 빤히 올려다보았다.

젊은 청년인데도 얼굴에 병색이 돌고 윤기 없이 까칠하게 쇠
어 있어 얼핏 늙은이처럼 보이기도 했다.

삼촌 계시냐, 어느 방이지?

현도가 뒤채를 손가락질하자 그는 곧바로 그쪽으로 걸어갔
다. 다리를 끄는 듯이 비척비척 걸어가는 야윈 뒷모습을 보며
현도는 병자인가 보다라고 생각했다.

다시 소쿠리를 버텨놓고 참새잡이를 시작했으나 한 마리도
잡히지 않았다. 분명 소쿠리 깊숙이 들어간 것을 보고 줄을 당
겼건만 가만히 속에 손을 넣어 더듬으면 역시나 빈 소쿠리였다.
괜히 아까운 쌀만 없앴네. 현도는 얄미운 참새 떼들을 흘겨보며
중얼거렸다. 참새들은 빈 우물 속에서 잠잔단다. 밤에 우물 아
구리에 그물을 씌워놓고 아침에 나가보면 참새들이 그물 코에
꿰여 눈을 동그랗게 뜨고 달려 있지. 밤새 우물 속에서 잠잔 참
새들이 날 밝기가 무섭게 퍼덕이며 뛰쳐나오다가 그물에 대가

리를 박게 되면 급한 성질에 빠져나오려고 팔딱대다가 제풀에 옭혀버리는 거야. 항의 할머니 집 봉명이가 해준 얘기였다. 아침에 나가 그냥 한 마리씩 떼어내기만 하면 되는 거야. 봉명이는 생각만 해도 신이 난다는 듯 벙긋대며 덧붙여 말했었다. 봉명이, 여드름쟁이 봉명이가 붉은 완장 두른 자치대원이 되어 총 차고 돌아다니는 모습은 상상이 되지 않았다.

지난여름 할아버지의 장례를 치른 이후 현도는 그곳에 간 적이 없었다. 곳곳에 붙여진 부적들과 달 밝은 밤, 창호지 문에 비죽비죽 그림자 드리우며 들여다보던 늙은 배나무, 깜깜한 밤이면 자우룩이 기어 나와 복과 재수를 물어들인다는 족제비들만이 빈집에 살고 있는 것일까? 그동안 얼마나 많은 일들이 있었던가.

뒷방에서 드문드문 들려오던 말소리가 끊기고 사내는 돌아갔다. 사내가 돌아가고 난 뒤 얼마 안 되어 대문을 들어서던 할머니는 대뜸 뒤꼍으로 이어진 눈 위의 발자국을 보고 눈살이 꼿꼿해져 현도를 다그쳤다.

누가 왔었니?

삼촌한테 어떤 아저씨가 찾아왔었어요.

아이고, 이놈의 새끼가. 삼촌 없다고 하지 못하고.

할머니의 서슬에 현도는 비죽비죽 울음을 터뜨렸다. 할머니는 뒷방으로 뛰어가 문을 열어젖혔다.

그 살쾡이 같은 놈이 찾아왔었지? 왜 왔대? 어쩌자고 또 찾아왔느냐 말이야.

죽지 않고 살아 온 게 기뻐서 인사하러 왔답니다.

할머니의 격양된 목소리에 비해 천연덕스러운 삼촌의 대답이었다.

그놈들은 물귀신이다. 꼭 끌어들인단 말이야. 왜 여태 죽지도 않고 살아 있어 또 나타났느냐 말이야.

할머니는 싸리 빗자루를 들어 땅이 패도록 사내의 발자국을 쓸어버렸다. 해 질 때 비질을 하는 건 복 쓸어버리는 짓이라고 질색하던 것도 잊은 듯했다.

저녁 상머리에 삼촌은 나타나지 않았다. 어머니가 따로 상을 보아 들고 뒤채에 가서 불렀어도 생각없습니다라는 짧은 대답뿐 방문은 열리지 않았다.

이럴 줄 알았다구, 내 이럴 줄 알았다니까.

할머니는 속이 끓어 밥에는 손도 대지 않은 채 술만 거푸 마셨다.

현도는 밤새 사내의 꿈만 꾸었다. 꿈속에서도 그는 얼음처럼 차가운 손을 현도의 목덜미에 대고 노랗게 쒼 얼굴로 이를 드러내며 친근하게 웃었다. 새 잡냐. 그러고는 뒤도 돌아보지 않고 비척비척 뒤꼍으로 돌아갔다. 그런데 이상하게 사내가 사라진 뒤에도 뿌드득뿌드득 눈 밟는 발자국 소리는 어지러이 계속되었다. 뒤꼍에서 대문까지 다시 안방 앞까지 망설이며, 두려워하며, 갈망하며, 질책하며, 발소리는 쉴 새 없이 밤새도록 서성거렸다. 마당에 누가 있는가.

꿈속에서 현도는 중얼거렸다.

새벽녘 현도는 나직한 아버지의 말소리를 들었다.

토지개혁 소문이 돌고 있소. 쌀 구하기가 하늘에 별 따기요. 더군다나 로스케의 뻘건 돈으로는 어림도 없어. 지주들은 토지 몰수당하고 시베리아나 탄광으로 끌려가느니 삼팔선을 넘겠다고 합디다.

지난밤의 발소리는 아버지가 돌아오시는 소리였구나. 현도는 공연히 안심이 되어 다시 잠들었다.

삼촌이 집을 나간 것을 안 것은 다음 날 늦은 아침이었다. 어머니가 쌀 서 말을 사 메고 새벽녘에 들어온 아버지의 잠을 깨우지 않으려고 늦은 아침상을 차려 삼촌을 불렀을 때 삼촌의 방은 비어 있었다. 밤새 눈이 내리고 아침까지도 그치지 않는 눈에 발자국조차 남기지 않고 삼촌은 사라졌다.

또 아편굴에 들어간 거야. 그 뱀 같은 놈이 찾아왔는데 견디겠느냐.

그럴 리가 있겠어요. 전번 병원에서 나올 때 다시 아편을 맞으면 제 손을 자르겠다고 맹세했습니다.

할머니를 위로하는 아버지의 얼굴은 어두웠다.

이번이 벌써 세번째다. 병원에서 겨우 아편 떼고 나오면 아편쟁이 패들이 어떡허든 끌어내고 끌어내고…… 필시 불쌍한 인생이 되고 말려나 보다. 아편쟁이들한테서 떼어놓느라고, 죽을

곳인 줄 알면서도 징용 보낸 게 아니냐. 난 차라리 걔가 돌아오지 않기를 바랐다. 생각해봐라. 그 애 때문에 우리가 얼마나 시달림을 받고 남의 손가락질을 받았는가를.

할머니의 얼굴에 쉴 새 없이 눈물이 흘러내렸다. 삼촌은 정말 아편쟁이인가. 삼촌도 역시 언젠가 사람들의 욕설과 손가락질을 받으며 끌려갈 것인가.

할머니의 울음소리를 들으며 마루로 나온 현도는 희게 눈 덮인 마당을 물끄러미 내려다보았다. 눈 속에 묻힌, 지난밤, 삼촌이 홀로 치른 치열한 싸움, 괴로운 발소리의 흔적을 찾아내려는 듯.

겨울은 춥고 길었다. 그리고 자라나는 아이들에게 허기진 계절이었다.

주둔군의 식량을 충당하기 위해 쌀을 걷어가고 대신 밀가루가 배급되었다. 아기를 가진 어머니는 밀가루 냄새가 싫어 코를 싸쥐고 수제비를 만들고 국수를 밀었고, 아침 밥상 차릴 무렵 아이 업고 들어서는 고모는 저녁을 먹은 후에야 돌아가곤했다.

이런 형편에 아기가 더 생기면 어떡허죠?

어머니는 걱정했으나 할머니는 흐흐 웃었다.

아니다. 어려운 세상일수록 튼튼한 아이를 많이 낳아야 한다. 제 먹을 것은 타고나는 법이다. 더욱이 사내아이라면 얼마든지 좋지 않느냐.

삼촌이 또다시 아편을 맞기 시작한 후, 여자 치고는 걸대 크고 기가 센 할머니는 몰라보게 폭삭 까부라졌다. 낙담도 크려니와 속앓이가 도져 식사를 잘 못 하기 때문이었다. 삼촌이 아편을 맞는 것은, 이미 어린아이들에게까지도 비밀이 아니었다. 삼촌은 사나흘 거리로 집에 오거나 아예 열흘 만에 새카맣게 때오른 옷을 입고 눈곱 낀 눈을 껌벅이며 거지꼴이 되어 돌아왔다. 성 밖에는 아편쟁이들이 모이는 아편굴, 움막이 있다고 어머니는 말했다. 간혹 엿가락이나 알사탕 따위를 사 들고 오기도 했지만 아이들은 손톱 밑에 시커멓게 때 낀 손으로 건네주는 그것을 받으려 하지 않았다.

삼촌이 다녀간 자리에는 언제나 흔적이 남았다.

축음기, 라디오, 벽시계 따위가 없어지는 것이었다.

이건 시초다. 두고 보아라. 전에는 집에서 쓰는 놋대야, 놋수저까지 집어내었다. 네 아버지 친구분 부인의 반지까지 훔쳐내어, 남부끄러워 얼굴을 들 수 없었다.

어머니는 어린아이들 앞에서도 가릴 바 없이 험한 소리를 내뱉었다. 삼용이 그 병원 조수가 아편쟁이였더란다. 죽일 놈.

집에서 물건 없어지는 일은 쥐가 비누 토막 물어가는 것만큼이나 예사로웠다. 열아홉 살 때 만성 맹장염을 앓아 병원에 드나들었는데 그때 친해진 병원 조수가 모르핀을 놓아준 것이 아편을 맞게 된 동기라고 했다.

현도야, 뒷방에 상 들여가거라.

어머니가 부엌에서 현도를 불렀다. 뒷방에 밥상 들이는 것은 대개 할머니의 일이었으나 할머니가 없을 때는 현도의 몫이었다. 삼촌은 집에 오면 종일 누워 있었다. 밥도 잘 먹지 않았다. 상 물리러 들어가면 손도 안 댄 채 놓은 자리에 그대로 있을 때가 많았다.

현도가 밥상을 가지고 갔을 때 팔의 상처에서 고름을 닦아내고 있던 삼촌이 싱긋 웃었다.

어이, 장조카, 어서 오시게.

삼촌은 전에 없이 기분이 좋고 한결 생기 있어 보였다.

삼촌이 싫지?

상을 들여놓고 나가려는 현도에게 삼촌이 문득 물었다. 현도는 도리 없이 피식 웃으며 고개를 끄덕였다.

날더러 뭐라고들 하지?

아편쟁이요.

옳다, 네 말이 맞다.

삼촌이 껄껄 웃었다. 머리칼이 성글게 남아 있고 얼굴이 노랗게 쪼그라든 삼촌은 늙은이 같았다. 삼촌의 방에는 이상한 냄새가 배어 있었다. 무엇인가 썩어가고 혼미하게 취해가는 듯한 냄새였다. 아편 냄새 혹은 살이 차츰 썩는 냄새? 두 가지가 섞인 것인지도 모른다. 아니 그 두 가지는 본래 같은 것이 아닐까. 향기로운 것, 취하는 것, 썩는 것. 고개를 갸우뚱하며 현도는 용기를 내어 물었다.

　왜 아편을 맞지요?

　이 세상이 괴로워서 그런다. 아편을 맞으면 육신의 아픔도 마음의 아픔도 잊게 된다. 싫고 괴로운 세상을 벗어나, 무엇이든 바라는 대로 이루어지는 좋은 세상에 갈 수 있어. 거기서 바라보면 구더기같이 끓는 인간 세상이 얼마나 추악한지. 보겠니?

　삼촌은 고름을 닦아낸 팔의 상처를 내보였다. 동전 두 개 넓이의 상해가는 살. 움푹 무너진 괴저(壞疽)였다.

　이게 온몸에 생기고 있어. 벌레가 끓겠지. 육신은 이런 것이다. 인간의 원죄인가.

　삼촌의 말이 점차 느려지고 잦아들었다. 눈빛도 졸음기 가득하듯 몽롱히 풀려가고 있었다. 삼촌은 담배에 불을 당겨 한 모금 빨고는 드러누웠다.

　아주 편안해. 죽은 것처럼, 아니 태어나기 전처럼 행복하구나. 하지만 이번뿐이다. 꼭 끊겠다.

　그러나 끝의 말은 입속에서 웅얼웅얼 뭉개졌다. 눈을 거슴츠레 뜨고 있었지만 담뱃불에 요가 타들어 가는 줄도 몰랐다. 현도는 삼촌의, 진득이 기름땀이 배어 축축한 손가락에서 담배를 뽑아 재떨이에 비벼 끄고 이불을 덮어주었다. 방문을 닫고 나오다가 현도는 다시금 문을 열고 오래 안을 들여다보았다. 삼촌의 말대로 혼이 떠난 남루한 육신만을 방 안에 눕혀놓은 듯, 이윽고 그것마저 향기롭게 썩어가는 냄새로 사라질 듯한 느낌이 들었던 것이다.

삼촌의 병을 보이기 위해 아버지가 불러온 의사는 고개를 저었다.

아직까지 세상에 없던 병이오. 히로시마에 있었다지요. 그때 원자폭탄 맞은 사람들에게 나타나는 병입니다. 게다가 아편을 하니 기름에 불 당기는 격이지요.

서른 명 남짓의 일본인들이 비석거리를 지나 역을 향해 가고 있었다. 대개 늙은이와 여자와 아이 들로, 조그만 보퉁이를 하나씩 지닌 초라하고 스산한 행렬이었다. 표정 없는 얼굴로 발밑만을 보고 걷는 여자들은 절망적인 침묵으로, 죄수처럼 보였다.

곧 본국으로 돌아가리라는 기다림으로 주림과 추위를 견디며 겨울을 난 그들은 요즘 들어 드문드문 이삼십 명씩 무리 지어 해령을 떠나고 있었다.

학교에서 돌아오는 길에, 여느 때처럼 비석 위에 올라앉아 거리 구경을 하던 현도는 그들 중에서 신짱의 어머니를 발견하고 펄쩍 뛰어내렸다. 그녀의 등에 신짱이 업혀 있었다. 신짱. 현도는 어쩔 작정도 없이 무턱대고 큰 소리로 부르며 그들에게 다가갔다. 그들 중의 몇 사람이 잠깐 발길을 멈추고 돌아보다가 다시 걷기 시작했다. 그러나 정작 신짱의 어머니는 듣지 못한 것 같았다.

신짱. 현도가 다시 큰 소리로 부르며 손을 내저었으나 이번에는 아무도 돌아보지 않았다.

신짱은 더욱 조그마해져 옷 위로 등의 혹만이 둥글고 크게 솟아 두드러졌다. 노랗게 시든 얼굴을 어머니의 등에 비스듬히 대고 약한 봄볕을 좀더 느껴보려는 듯 눈을 감고 있었다. 그것은 어쩌면 이제 어떤 부름에도 결코 응답하지 않으리라는 결의처럼 보이기도 했다.

몇 걸음 더 따라가던 현도는 발을 멈추었다. 소용없는 짓이었다. 살을 파고드는 쌀쌀한 이른 봄의 먼지바람 속에, 역사를 향해 묵묵히 걸어가는 그들의 뒷모습이 부옇게 멀어졌다.

집에 돌아오니 한바탕 난리가 벌어지고 있었다. 근 열흘 만에 돌아온 삼촌이 재봉틀 대가리를 뽑아 들고 나가다가 대문 앞에서 아버지와 맞닥뜨린 것이다. 아버지가 다짜고짜 문 옆에 세워둔 빗자루로 후려치자 삼촌은 삭정이처럼 맥없이 쓰러졌다.

차라리 죽어라.

할머니가 화증을 못 이겨 자신의 저고리 앞섶을 잡아 뜯으며 소리쳤다. 구경꾼들이 대문 앞에 까맣게 모여들었다. 이미 집은, 공장집에서 아편쟁이집으로 불리는 터였다. 아버지는 삼촌의 덜미를 잡고 방 안으로 끌어들였다. 삼촌은 갑자기 품에서 날 시퍼런 식도를 꺼내 방바닥에 콱 꽂고는 살기 띤 눈으로 노려보았다.

좋소, 이번에는 담판을 지읍시다. 부모도 형제도 날 싫다 하고 조카 새끼들까지 더러운 벌레 보듯 하는 것 아오. 허지만 내가 형님 대신 보국대로 끌려간 걸 모르는 줄 아쇼? 거기서 죽고 안 오길 바랐겠지. 그래서 형님 앞으로 나온 영장을 내 이름으로 바꿔치기한 거야. 어느 정신 빠진 놈이 아편쟁이일 징용에 끌어내겠소. 내가 삼팔선 넘어, 기다릴 사람도 없는 고향에 온 건 이걸 따지고 싶어서였소. 허지만 다 부질없소. 그런다고 내 청춘이 돌아옵니까, 성한 몸이 돌아옵니까. 그건 그렇다 치고 아버지가 남긴 재산 나눠주시오. 내 몫이 있을 게 아니오? 앞으로 다시는 안 나타나겠소.

모르는 소리 마라. 보국대 보낸 건 그렇게 해서라도 아편쟁이들과 손 끊게 하려는 생각에서였다. 여기 그대로 있었으면 너는 수용소에서 죽었다. 왜놈들이 아편쟁이들을 어떻게 처치하는 줄 모르느냐. 또, 아버지 재산이라지만 그건 도무지 당신만 아시는 일이다. 우린 이것밖에 모른다.

아버지는 할아버지의 치부책을 삼촌 앞으로 집어던졌다.

삼촌이 갑자기 비죽비죽 울기 시작했다.

형님, 이걸 보오. 몸이 아파 죽겠소. 온몸이 썩어가오. 약 안 맞으면 못 견디겠소. 아편 때문에 부모에게 불효하고 형제에게 욕보였지만 나도 인간이오. 이번 한 번만 맞고 끊겠소. 집에 묶어두어도 좋습니다. 약 끊고 새사람이 되겠소.

삼촌이 무릎걸음으로 다가가며 애원했다. 할머니가 금비녀를 뽑아 던졌다.

옛다. 가져가거라. 이거 가지고 아편굴에 일 년을 처박히겠냐, 이 년을 처박히겠냐, 이 가엾고 비루한 인간아.

삼촌이 나간 뒤 할머니는 백통비녀를 찾아 꽂았다. 그러고는 할아버지의 치부책을 보자기에 싸 들었다.

헛일이에요. 죽은 사람에게 빚 갚겠습니까.

아버지가 그간의 몇 차례 헛걸음을 들추어 말렸으나 할머니는 그예 집을 나섰다.

항에서 네 아버지 돈을 안 쓴 사람이 없는 걸 내가 아는데 왜 못 받느냐.

그러나 할머니는 돌아오지 못했다. 빚쟁이와 드잡이를 한 끝에 홧술을 마시고 밤길에 돌아오다 쓰러졌던 것이다.

비녀를 들고 나간 삼촌은 할머니의 장례가 끝나고도 돌아오지 않았다.

할머니의 장례를 치른 다음 날 읍사무소에 설치된 인민위원회에 불려 갔던 아버지는 돌아와 불안한 기색으로 어머니에게 말했다.

항의 집과 배들을 팔아야겠어. 값을 낮추면 쉬이 팔릴 것 같소. 일이 심상치 않아. 양조장 주인은 탄광으로 끌려갔다더군. 치과 집은 넘어갔소. 감시가 점점 심해진다고는 해도…… 어머니도 돌아가셨으니 뒤에 걸릴 일이 없지 않소.

밤사이에 비워진 집들이 많았다. 교실에는 늘 새로이 빈자리가 생겼다. 전날 다른 아이들과 나란히 교문을 나갔던 그 자리의 주인은 다음 날 나타나지 않았다. 아침 등굣길에 어제까지 함께 다니던 짝패의 집에 들러 이름을 불렀을 때, 그리고 그것이 빈집임을, 낯익고 친숙했던 사람들이 밤사이 감쪽같이 사라져버렸음을 알 때의 허전함과 배반감은 어떠했는지.

돈으로 다리를 놓아서라도 남쪽으로 넘어가겠노라고, 미친 큰아들과 충직한 개만을 남겨둔 채 떠난 을모네는 모두 총 맞아 죽었다는 소문이 파다했지만, 버림받은 아들은 거렁뱅이가 되어 울며 텅 빈 거리를 돌아다닌다고 했지만, 그래도 사람들은 밤을 틈타 남몰래 집과 고향을 버리고 떠났다.

배를 사야겠소.

남편은 장롱 깊숙이 넣어두었던 돈 뭉치를 들고 나갔다. 시모가 돌아간 후 급히 처분했던 배 값이었다. 인민위원회로부터 자신이 '수탈자' '민족 반역자'의 명단에 올랐다는 통고를 받고도 남편은 쉽게 결단을 내리지 못했다.

나는 밥 먹고 산 죄밖에 없어.

대개의 사람들이 그러하듯이 그는 삼팔선을 단지 일본군 무장해제를 위한 잠정적인 경계선으로 이해하고 있었던 것이다.

그와 마찬가지로 그녀 역시 고향을 떠나 멀리 간 적이 없었다. 그녀는 해령에서 태어나고 자랐다. 남쪽은 더욱이 생소했다. 낯선 땅, 귀에 선 말씨, 낯선 풍물 속에서 새로운 삶의 터전을 일궈야 한다는 것은 이미 세 아이와, 한 생명을 포태하고 있는, 또한 아편 중독과 원폭병으로 폐인이 되어 있는 시동생과 무능하고도 박복한 시누이를 거느린 그녀에게는 모험심보다 두려움이 앞서는 일이었다.

남편은 밤이 되어 돌아왔다.

그믐밤이오. 일주일 남았어. 항은 감시가 심해서 배가 못 뜨니 벽성의 용신곶으로 밤 열 시까지 가야 하오. 내일쯤 중선을 큰 바다에 띄워놓을 거요.

조수(潮水)의 영향이 미치지 않는 먼 바다를 사람들은 큰 바다라고 불렀다. 그녀가 눈짓으로 비어 있는 뒷방을 가리키자 그는 고개를 흔들었다.

어쩔 도리가 없잖아. 설사 아편을 끊는다 해도 무서운 병이야. 의사도 못 고치는 병이라고 하지 않았소? 그리고 저쪽에서의 생활이 어떨지도 모르잖나. 그러니 일단 우리끼리 가서 자리 잡은 후 데리러 오든가 합시다. 왜 길이 없겠소.

벽성은 해령만의, 항에서 마주 보이는 어촌이었다. 짐은 미리 전마선으로 배에 옮겨 실어놓는다고 했다. 짐을 먼저 실어놓고 달 없는 밤을 기다리는 것이다.

옷가지와 식량, 최소한의 살림 기구 따위를 손수레에 실어 밤을 타 몰래 벽성에 보낸 다음 날 그들 부부는 아이들을 데리고 형성산에 올라갔다. 읍에서는 유일하게 바다가 보이는 곳이었다. 차가운 날씨인데도 김밥과 물통이 든 조그만 륙색을 멘 아이들은 원족을 간다고 좋아했다.

꽃샘바람이 쌀쌀하게 옷 속을 파고들었다. 멀리 바다가 보이고 둥글게 굽어 들어간 해령만이 보였다.

남편이 손을 들어 거이도 뒤켠의 바다를 가리켰다. 수평선 위에 돛을 달아맨 중선이 한 척 가물가물 떠 있었다. 여덟 명의 사공이 나흘 밤낮을 쉬지 않고 저어 그들을 낯선 땅으로 실어갈 배였다. 짐은 이미 실려 있을 것이었다.

그들은 눈을 가늘게 뜨고 오래도록 그 배를 바라보았다.

누구?

장롱에서 꺼낸 옷가지들을 뒤적거리던 그녀는 마당의 발소리에 가슴이 덜컥 내려앉았다. 벽에 기대앉아 뭔가 곰곰 생각에 잠겨 있던 남편이 날카롭게 귀를 세웠다.

나요, 성. 숙이 엄마요.

시누이의 목소리였다.

들어오오.

문을 열자 아이를 업은 시누이가 재빨리 들어선다. 그러고는 아이부터 아랫목에 풀어 뉘었다. 아이는 잠들어 있었다. 검은 머리카락이 다박솔처럼 탐스러웠다.

참 머리숱도 어쩌면 이렇게 좋지?

그녀가 잠든 아이의 머리를 쓸어주며 하는 말에 시누이가 쓸쓸하게 웃었다.

계집아이 머릿단이 너무 탐스러워 에미 팔자가 기박하다고 돌아가신 어머니가 늘 쥐어 흔들었잖소.

한숨 끝에 방 안을 둘러보던 시누이가 방바닥에 널린 옷가지들을 보며 물었다.

성, 이남 가오?

누가 그러더냐.

남편이 이마를 찌푸리며 되물었다. 누구에게도 발설한 일이 없었는데 모를 일이었다.

우릴 두고는 못 가요.

우리라니?

작은오라버니와 나 말이오. 나도 데려가오. 부모 돌아가고 난 뒤 큰오라버니를 부모 맞잽이로 생각해왔소. 언제 떠나오?

모르겠다. 생각 중이긴 하지만. 이남에 누가 있어 믿고 가겠느냐.

남편이 시누이의 눈길을 피하며 시치미를 떼었다.

데려가주기만 하면 절대 짐은 안 되겠소. 내 힘으로 벌어먹고 살겠소.

먼저 가서 데리러 오마. 감시가 심하다고 해도 얼마든지 넘어 다니지 않느냐.

시누이가 얼굴을 붉히며 입술을 떨었다.

아니, 안 되오. 작은오라버니는 죽을 것이오. 아편쟁이를 잡아들인다오. 가둬두고 굶겨 죽이거나 탄광에 보낸답니다. 이 세상에 피붙이란 우리뿐 아니오?

숙이 아범은 어찌 됐느냐?

적위대 들어갔다오. 남 된 지 오래요. 전생에 무슨 웬수끼리 만났는지 얼굴 보는 일도 끔찍하고 무서워 죽겠소. 돌아간 부모 생각만 간절하오.

시누이는 입을 실룩이며 울기 시작했다.

모레 밤에 벽성 용신곶에서 배 뜬다. 그리로 바로 오너라.

무슨 말인가 싶어 그녀는 남편을 힐끗 바라보았다.

떠나기로 한 그믐은 내일이었다. 그런데 모레라니? 시누이의 새카맣게 기미 낀 좁은 얼굴이 활짝 펴졌다. 바짝 마른 입술에 침을 축이며 말했다.

아유, 이젠 살았네.

시누이는 아이를 들쳐 업었다.

나, 갈라오. 준비해서 모레 오겠소.

대문을 나서다 말고 시누이는 문득 돌아서서 집을 훑어보며 말했다.

이제 이 집도 마지막이네.

빨강 깃 댄 연둣빛 처네가 쌀쌀한 바람 속에서 돋아난 듯 선명하게 고왔다.

추운데 숙이 감기들겠소. 이걸 씌워줘요.

그녀는 문밖으로 나가는 시누이의 등에 토끼털 댄 명도의 덧저고리를 걸쳐주었다. 처네의 빨강 깃 위에 솟은 아이의 검푸른 머리 다발에 눈이 부셔 차마 볼 수 없었던 것이다.

이거, 명도 입는 게 아니오?

그러면서도 시누이는 함빡 기쁜 빛으로 목을 여몄다.

오늘은 학교에 가지 말아라. 그 대신 밖에 나가지 말고 집안 일을 거들어야 한다고 어머니는 말했다.

학교에 가지 않아도 되는 건 신나는 일이었다. 아침상을 치우자마자 어머니는 머리에 수건을 쓰고 대청소를 했다. 아버지는 북어와 과일, 그리고 술 한 병의 제물을 꾸려 들고 나갔다. 할머니, 할아버지의 산소에 다녀온다고 했다.

어머니는 마루 귀퉁이에 마련된, 아침저녁으로 상식(上食)을 올리던 상청(喪廳)을 거두었다.

할머니는 이제 우리 집에 안 계신가?

현도는 어머니에게 물었다. 상청이란 할머니의 혼을 모신 곳이고, 혼이 머무는 동안은 살아 계실 때와 똑같은 거라고 어머니는 얘기해주었던 것이다.

그래, 자손이 없는 집에 뭘 하러 머무시겠니.

어머니가 바삐 손을 놀려 상청 안의 그릇, 향로 따위를 치우면서 대답했다. 무슨 일이 있음에 틀림없다,라고 현도는 생각했다. 어머니, 아버지로부터는 아무런 말도 없었고 여느 때와 다를 바 없는 나날들이었으나 현도는 며칠 전부터 집 안에서 일어나는 소리 없는 움직임, 은밀한 서두름을 희미하게 느끼고 있었다.

어머니가 시키는 대로 마당을 쓸고 난 현도는 집을 빠져나왔다.

멀리 가지 말고 곧 들어와야 한다.

어머니가 뒤에서 소리쳤다.

현도는 비석거리를 향해 뛰었다. 오늘은 해령에 큰손님이 오기로 된 날이기 때문이었다. 평생을 조국 독립에 바친 분으로 그분이 이끄는 독립군의 용맹스러움과 애국심은 만주는 물론 멀리 소련 땅 깊숙이까지 떨쳤다. 이 땅에서 일제를 몰아내는 데 커다란 공적이 있었음은 물론이다. 그분은 광복된 조국 방방곡곡의 흙을 밟기 원하신다. 그분은, 그분이야말로 우리의 어두운 역사를 햇빛같이 비출 존재이시다,라고 어제 선생님은 말했다. 어두운 역사를 햇빛같이 비출 존재. 아, 그는 어떤 표적을 지니고 어떤 광휘로 이 해령 땅에 모습을 나타낼까. 번쩍이는 햇빛을 이마에 달고 걸어서 걸어서 오는 걸까. 수사의 화려함에 현도는 지레 눈이 부시고 가슴이 떨렸던 것이다.

벌써 대낮이었다. 큰손님을 맞기 위해 사람들은 깃발을 들고 모여들었다. 비석 위에 올라서면 사람의 물결에 밀리지 않고도 잘 볼 수 있으리라. 비석 위에 우뚝 올라서서, 어둠의 역사, 얼어붙은 대륙을 말달려 외치며 산천초목을 떨게 하던 그를 보리라. 다행히도 아직 불망비를 차지하고 올라앉은 사람은 없었다. 몇 명의 아이들이 동그랗게 비석을 에워싸고 서 있을 뿐이었다. 그 아이들을 헤치고 들어서려던 현도는 멈칫 물러섰다.

햇빛 밝은 불망비 앞에 쓰러질 듯 기대앉아 있는 것은 수염과 머리칼이 더부룩하게 자라고 낯빛이 시커멓게 썩어 쪼그라들었으나 분명 삼촌이었다. 한 발쯤 떨어진 곳에 둘러선 아이들이 미친 사람인가. 죽은 사람인가 수군대며 가끔 막대기로 건드려 보기도 했다.

삼촌은 침을 흘리며 몽롱한 눈길로 그들의 머리 너머 눈부시게 파란 하늘만을 보고 있었다. 그러나 현도는 삼촌이 미친 것도 죽은 것도 아니라는 것을 알고 있었다. 다만 아편에 취해 오직 그만의 세상, 보다 좋고 편안한 세상에 가 있는 것이다. 때묻은 양복 소매 밖으로 비죽 나온 팔목이 삭정이처럼 가늘었다. 그리고 진득이 진이 배어나온 듯 끈끈한 살갗 위를 개미가 한마리 기어오르고 있었다. 온몸이 대꼬치처럼 말라 주삿바늘 찌를 자리가 없어질 지경이 되어, 양지 쪽에 나와 앉아 병든 닭처럼 꼬박꼬박 졸다가 고개가 푹 꺾어지면 죽는 거라고, 아편쟁이들의 죽음은 언제나 그렇다고 어머니는 말했었다.

삼촌을 마지막으로 본 것은 할머니가 돌아가시던 날이었다. 할머니의 금비녀를 주워가지고 나간 삼촌은 그날 이후 집에 들어오지 않았던 것이다.

얼굴 가득 환하게 햇살을 받고 있는 삼촌을 바라보는 동안 방금 전까지 현도를 사로잡았던 빛나는 광휘, 광휘를 보리라던 열망은 녹슨 쇠붙이처럼 빛을 잃었다. 누구의 이마엔들 햇살이 없으랴. 햇살의 금(金)물을 입히지 않으랴.

사람들이 차츰 거리를 메우며 모여들고 있었지만 현도는 그 자리를 떠났다. 머리칼을 잡아당기는 삼촌의 눈길을 느끼며, 그것을 돌아보지 않는 자신에 대한 부끄러움으로 얼굴이 달아올라 빨리빨리 발길을 떼어놓았다.

아직 훤한 대낮인데도 어머니는 밥을 짓고 있었다. 그사이 집 안은 깨끗이 치워졌다.

어딜 싸돌아다니다 지금 오는 거냐. 이런 날은 집에 좀 붙어 있지 않고.

어느새 산에서 돌아온 아버지가 눈살을 찌푸리며 나무랐다.

다락문이 휑하니 열려 있었다. 언제나 안 쓰는 살림이나 고장난 물건, 헌 옷가지가 든 궤 따위의 잡동사니로 발 들여놓을 틈이 없던 다락 안은 말끔히 정리되어 있었다.

현도는 다락으로 기어 올라갔다. 정리된 물건들이 쌓인 한쪽 구석을 샅샅이 살폈으나 동자 인형은 없었다. 어머니의 손으로 치워진 모양이었다. 현도는 다락에서 내려와 마당에 쌓아놓은 헌책, 신문지, 헌 신발 따위 쓰레기 더미를 발로 흩뜨리며 열심히 들여다보았다.

뭘 찾는 거냐, 아버지가 묻자 현도는 퉁명스럽게 대답했다. 제 물건이오.

동자 인형은 쓰레기 더미 속에 묻혀 있었다.

그게 뭐냐.

인형을 주워 들고 물끄러미 들여다보는 현도에게 아버지가 다시 물었다.

제 친구 거예요. 내일 돌려주겠어요.

불망비(不忘碑)   277

참, 신짱은 떠났는데, 라고 생각하면서도 현도는 말했다. 먼지를 불어 털고 손바닥으로 문지르니 희게 분칠한 얼굴과 검고 긴 눈, 붉게 웃는 입이 선명하게 드러났다.

왜놈들 것이구나. 이제 소용없다. 내버려라. 돌려줄 수가 없어.

아버지가 엄하게 말했지만 현도는 그것을 주머니에 넣었다. 이제 우리에겐 소용없는 물건이에요. 가져가도 괜찮아요. 인형을 가지고 나올 때 신짱의 어머니 역시 그렇게 말했었다.

이른 저녁을 먹은 후 주먹밥을 많이 만들어놓은 어머니는 그중 다섯 뭉치를 작은 물주전자와 함께 따로 쟁반에 담아 상보를 덮어 현도에게 들려주며 삼촌 방에 갖다놓으라고 일렀다.

삼촌은 없잖아요?

낮에 불망비 앞에 앉아 있던 삼촌을 보았노라고 말할까 망설이다 현도는 불쑥 내뱉었다.

그래도 들어오면 잡수셔야지.

장롱 서랍에서 솜 두어 누빈 바지저고리 한 벌과 무명옷 한 벌을 꺼낸 뒤 어머니는 다시 현도를 불렀다.

이 옷, 삼촌 방에 갖다놓아라.

삼촌 방은 깨끗이 치워져 있었다. 윗목에는 새 이불 한 채가 개켜져 있었지만 삼촌이 나간 후 계속 불을 넣지 않은 방바닥은 차디찬 냉돌이었다.

땅거미가 지기 시작했다.

몇 시지요?

잠깐 우두커니 앉아 있던 어머니가 물었다.

아직 다섯 시야.

아버지가 팔목시계를 보며 대답했다. 방이 식네. 어머니가 깜짝 놀란 소리로 말하며 일어났다. 지금 불 넣을 필요가 어디 있어? 아버지가 핀잔을 주었다.

내일 고모가 오면 아랫목에 아이부터 풀어 눕힐 텐데……

어머니의 말에 아버지는 대꾸 없이 어두워가는 창밖으로 눈길을 돌렸다.

현도야, 불쏘시개할 종이 좀 가져온.

안방 아궁이에 장작을 한 단 집어넣은 어머니는 다시 새 장작단을 안고 뒷방 아궁이 앞에 쭈그리고 앉았다. 현도는 마당 쓰레기 더미에서 헌책과 신문지를 한 아름 안고 어머니에게 갔다.

신문지에 불을 당겨 넣자, 축축하고 깜깜한 아궁이 속에 살던 귀뚜라미들이 환한 불길에 놀라 화르륵, 춤추듯 튀어 올랐다.

어머니는 불붙은 장작을 골 깊이깊이 밀어 넣었다.

빈방에 왜 불을 넣어요?

삼촌을 보았노라는 말을 꿀꺽 넘기며 현도가 물었다.

삼촌이 오시면 춥지 않겠니?

활활 골 깊이 타들어 가는 불 위에 새 장작단을 풀어 한 개씩 얹으며 어머니는 혼잣말처럼 중얼거렸다. 이 불기가 내일 낮까지 가겠니, 저녁까지 가겠니. 언제까지 온기가 남아 있을까.

안개가 끼고 있었다. 만(灣)의 건너편 멀리, 항의 불빛이 희미하게 깜박였다. 발소리를 내지 않으려 애쓰며 그들은 용신곶을 향해 걸었다. 검바위 뒤에 작은 전마선이 숨겨져 있을 것이다. 어린 명도는 그녀의 등에서, 승도는 남편의 등에서 잠들어 있었다. 큰아이 현도만은 제 몫의 작은 륙색을 메고 밤길 십 리를 쉬지 않고 걸어왔다.

그들이 검바위 뒤로 돌아가자 배를 타고 있던 사공이 일어섰다.

먼 길 오셨소. 어서 탑시다.

사공이 뱃전을 단단히 잡고 있었지만 발 옮길 때마다 작은 배는 위태롭게 흔들렸다. 그들 네 식구로 배는 꽉 찼다.

사공이 힘주어 배의 이물을 물속으로 밀어내었다.

그믐밤은 어두웠다. 뱃전에 부딪는 물소리뿐이었다.

배가 막 해안을 떠났을 때 찰박찰박 개펄을 밟는 다급한 발소리가 들렸다.

사공이 잠깐 노를 놓고 귀를 기울이다가 다시 노를 잡았다.

방금 떠나온 검바위께에 희끄무레한 모습이 두엇 어른거렸다.

성아아, 오라버니이.

머리칼을 당기는 목소리는 분명 시누이 것이었다.

잠깐 돌아가 대일 수 있겠소?

남편이 사공에게 다급하게 물었다. 사공이 고개를 저었다.

안 됩니다. 곧 해안 순시를 돌 거요.

그사이 배는 바다 깊숙이까지 들어와 있었다.

작은오라버니도 데려왔소.

시누이는 계속 울부짖고 있었다. 어쩌오, 이걸 어쩌오, 그녀는 귀를 막고 뱃전에 엎드렸다. 돌아보지 마, 남편이 성난 목소리로 윽박질렀다. 사공은 먼바다를 향해 더욱 세게 노를 저었다. 땅속의 어머니가 뭐라 하겠소. 부르는 소리는 물소리에 섞여 아슴푸레 들리는 듯 마는 듯하더니 이윽고 사라졌다.

안개는 점점 짙어지고 있었다. 이미 포구를 멀리 벗어나, 또한 짙은 안개로 아무것도 보일 리 없건만 현도, 승도 두 아이는 배 바닥에 주저앉아 그들이 떠나온 쪽을, 눈을 크게 뜨고 바라보고 있었다.

엄마, 육손이가……

뜻 모를 말을 중얼거리는 현도의 어깨를 그녀는 세게 후려쳤다. 조용히 해라. 깜깜한 어둠 속에서 이 아이들은 무엇을 보고 있는가, 그녀는 두려웠다.

안개가 짙어 오히려 다행이오.

사공의 목소리가 농밀한 안개에 축축이 젖어 있었다.

얼마나 더 가면 되오?

남편이 사공에게 물었다.

한 삼십 분만 가면 중선에 닿지요. 조용히 하세요. 우도에 로스케와 치안대 초소가 있습니다. 거기만 잘 넘기면 됩니다.

등에 업힌 채 잠들었던 명도가 칭얼대기 시작했다.

아주머이, 애기 달래시오.

사공이 노 젓는 소리를 죽이며 낮은 소리로 주의를 주었다. 여기부터 위험합니다. 오줌을 쌌는가, 등에서 풀어내려 가슴에 안아도 명도는 울음을 그치지 않았다. 쉬잇. 조용히. 애기를 빨리 달래라니까요. 급히 가슴을 풀어 빈 젖을 물렸으나 아이는 혀끝으로 밀어내며 찌르는 듯 더욱 높은 소리로 울었다.

아주머이, 이러다간 다 죽습니다.

멀리서 뭐라고 외치는 소리가 들리는 듯했다. 잇달아 둔탁한 총소리가 안개를 뚫고 들렸다. 남편이 겁에 질린 아이들을 배 바닥에 엎드리게 하고 자신도 몸을 숙였다.

제발 애 입 좀 틀어막어.

그녀는 우는 아이의 입을 손바닥으로 막고 힘을 주었다. 손바닥에 닿는 아이의 입김이 불처럼 뜨거웠다. 무슨 힘이 그렇게 뻗치는가, 컥컥 숨 막히는 소리를 내며 아이는 맹렬히 버둥대었다. 아 명도야, 명도야, 내뻗는 아이의 힘이 무서웠다. 거의 광기로 변해가는 공포로 그녀는 아이의 얼굴을 세게 눌렀다. 그것만이 아이의 울음을 그치게 하는 유일한 방법인 듯.

이젠 됐습니다. 지났어요. 숨 크게 쉬어도 됩니다.

사공이 다시 철벅철벅 물소리를 내며 노를 저었다. 안개 때문에 지척에 있는 사공의 모습도 보이지 않았다. 명도는 이제 그녀의 품에서 축 늘어진 채 울지 않았다.

하, 녀석두, 그렇게 그칠 걸 왜 갑자기 울어댔을까. 아이들도 위험을 아는 모양이야.

남편이 안도의 웃음을 낮게 웃었다.

이달 들어 네번째 배 띄우는데 갈수록 감시가 심해집니다. 세월이 좋아지면 다시 돌아오시오. 어디 간들 제 고향만 한 곳이 있겠습니까.

사공이 말했다.

그러나 그녀는 다시 돌아올 수 없음을 알았다. 바람기 따라 점점 거칠어가는 물결이, 그네들을 고향으로부터 먼바다로 밀어내고 있었다. 그것은 어쩌면 강한 거부의 몸짓 같기도 했다. 이제 숨소리 없이 아주 조용해져 그녀의 무릎 위에 누워 있는 아이는 겹겹의 안개와 어둠 속에 묻혀 보이지 않았다. 떠나온 곳으로 하염없는 눈길을 돌렸을 때, 그녀는 문득 아득히 멀리, 아직도 검바위 위에서 부르고 있는 시누이를 보았다. 아니 연둣빛 고운 처네 위로 솟아 있는, 등에 업힌 아이의 검고 무성한 머리털에 눈이 부셨다. 어느 청솔의 푸르름이 그 빛을 당하랴.

아, 아, 그녀는 옆구리를 누르며 낮게 신음했다. 배 속의 아이가 발버둥을 쳤던 것이다. 낯선 땅에서, 첫여름에 태어날 아이였다.

[1983]

　세번째 창작집을 낸 이후 띄엄띄엄 써왔던 글들을 한자리에 모아 교정을 보면서 여러 차례 한숨을 내쉬었다. 힘에 부쳐서 깊이 들어가지 못했거나 열정이 앞서 채 익히지 못한 부분들도, 겁내어 자신 없이 비켜선 부분도 어렵지 않게 눈에 띄었다. 다시 쓰리라는 작정이었지만 이미 떠나보낸 배처럼 저대로 저만치 멀어져 손이 닿지 않았다. 세상 이치가, 우리의 살아감이 다 이와 같을 것이라는 생각에 문득 스산하고 처연해지기도 했다. 미진하고 아쉬운 것들, 앙금처럼 남아 있는 것들은 언젠가 또 다른 온전한 몸을 입어 살아나려니, 불꽃으로 피어오르려니.

　이제껏 글쓰기를 그토록 겁내면서도, 또한 작가로서의 삶에 충실하지 못했다는 자책에도 불구하고, 언제나 '문학'을 생각하고 이야기할 때면 남모를 기쁜 비밀, 불꽃을 속 깊이 간직한 듯 의심 없이 든든하고 행복했다. 그 기쁜 비밀의 힘으로, 다친 마음을 위로받으며 용감해지기도 했고 사람과 삶을 바라보고 이해하고 사랑하는 법을 배웠다. 성취가 비록 미미할지라도 감사할 따름이다.

청명한 날, 가을산에 오른다. 나뭇잎 아직 푸르고 햇살 밝건만 인정 없는 숲에서 겨울나기를 준비하는 기미가 가득하다. 되돌이킬 수 없는 것들은 뒤에 두고 앞으로 나아가야 한다고, 부단히 부딪치고 껴안아야 한다고 나직이 이르는 소리, 어깨에 얹히는 손길을 얼핏 감득한 듯도 하지만 돌아보지 않는다. 그것이 내 안의 가장 깊고 고요한 곳에서부터 들려오는 소리라는 것을 아는 까닭이다.

1995년 9월
오정희

오래전에 쓴 자신의 소설들을 읽는 일에는 어느 정도 용기가 필요했지만 그것은 참 이상하고 특별한 경험이기도 했다. 과거로의 시간 여행인 듯 그 소설들을 쓰던 당시의 주변 정경, 한 문장 한 문장을 마음을 다해 써나갈 때의 정황 즉 생생히 살아나는 나의 모습과, 책을 낼 때마다 후기라는 형식을 빌려 토로했던 도저한 결의와 문학에의 열정, 안타까움 들에 쓸쓸해지기도 하고 미소가 지어지기도 했다. 글을 쓰면서, 글을 읽고 생각하면서, 글로 인해 괴로워하면서 행복하고 고마운 인생이고 세월이었다.

다시 읽어보면서 지금이라면 조금 달리 쓸 것 같은 내용과 표현 들이 더러 짚어지기는 했으나 대체로 그때의 그 자리에 그대로 두기로 했다. 이미 지나온 길이고 그렇게 쓸 수밖에 없었던 당시의 최선을, 나 자신을 인정하자는 생각이었다.

　　첫 창작집을 낸 이래 오랜 세월 문학과지성사는 늘 내게 정다운 곳이었다. 다만 순정한 마음으로, 따뜻한 배려와 후의에 감사할 뿐이다.

2017년 12월

오정희